Secret Memories

Recuerdos secretos

By

Carlos Rubio

Gival Press

Arlington, Virginia

Published by Gival Press, an imprint of Gival Press, LLC.

For information please write:
Gival Press, LLC,
P. O. Box 3812,
Arlington, VA 22203.
Website: *www.givalpress.com*

First edition ISBN 1-928589-27-8

Library of Congress Control Number: 2004111775

Cover art: "Blue Muse" by Joel E. Traylor III. Copyright © 2005 by *www.Jetgallery.com*.

Format and design by Ken Schellenberg.

Other Works by Carlos Rubio

Caleidoscopio

Quadrivium (1989 Winner
of the Nuevo Leon
International Prize for Novels)

Saga

The Neophyte

Orpheus' Blues

Bullwhip

Dead Time / Tiempo muerto (2003 Winner
of the Silver Award
for Translation
ForeWord Magazine's Book of the Year)

To the memory of my mother, who walks with me in silence.

Al recuerdo de mi madre, que anda conmigo en silencio.

Acknowledgement:

I wish to express my gratitude to Luis F. González-Cruz for allowing me to quote from his book of poems, *Shooting Gallery*.

Quiero expresar mi gratitud a Luis F. González-Cruz por permitirme citar de su poemario, *Tirando al blanco*.

Contents

Secret Memories
NOW

Chapter One

...or perhaps your memories, along with these pages, are turning yellow, slowly fading with the passing of time.

How long has it been now? Can we measure time without—maybe not really wanting to—fooling ourselves into believing that version of events which we find most comfortable, easiest to accept?

Did I imagine the touch of your hand in mine as we walked on the beach, watching the dripping sun sink into the merciless line of the horizon? Perhaps my memories—as the footprints we left on the sand—are destined to be erased by the incoming tide of time.

Above our heads, taking advantage of the last rays of the sun, the seagulls were hurrying home. The few children remaining on the beach at that hour watched us with passing interest. Then they returned to the patching up of their collapsing sand castles.

Your hand suddenly moved away and you ran into the last salty wind of the day, splashing at times, losing your feet in the fine spray.

I did not follow you.

I stayed behind purposely, watching your hair floating in the wind, your footprints which the surf erased as fast as you made them, the incoming tide. As you approached the jetty that disappeared into the ocean, you stopped.

I did not hurry.

Somehow I knew that you would stay there, looking at whatever had stopped your running on the beach. Probably something most people would not even notice, I thought. You were always that way.

I knew you heard me coming, but you did not turn around.

"Look," you said, pointing at a pool in the rocks the high tide was now filling.

I did not. What for? I had seen it all too many times before, even before I saw you.

You knelt by the pool, and for an instant I sensed your indecision. But then you picked it up—all the while your back was turned to me—and walking to the surf deposited it on the sand. Your motions reminded me of an ancient priestess making an offering to a long-forgotten god.

"It's the least I can do," you said, still without looking at me. I knew you were crying.

The dark silhouette disappeared, washed away by the shroud whiteness of the relentless surf.

Dusk.

Sitting on the sand, now with the surf rhythmically caressing your feet, you suddenly seemed smaller—with the ocean as a fastfading background—almost insignificant. Did you, too, die that night on the surf?

Dark.

Farther down the beach, directly in our path, someone had built a fire. You pushed your hair back and started to walk. I knew you were going back to the house. That night—in the dark and smoking incessantly—you would drown yourself in the almost maddening cadences of Ravel's Bolero.

I followed you.

As you approached the fire, your shadow—because that is all you were at that moment—with every step became larger, more sinister, until it finally engulfed me, erased me from the landscape.

"The interesting thing is," I thought, "that she is not even aware of what she is doing. But then again," I answered myself, "How many of us really do know?"

But by then you had reached the group gathered around the fire. You had become visible; you had become you once again.

I followed you.

I, too, reached the fire. I was not granted more than an involuntary glance, the kind one gives people on passing trains; people one will never see again.

You were now a luminous point on a black background, losing intensity as you got farther away from the fire.

I was everything.

And as I followed you, gradually drifting from the light of the fire, my shadow became larger, more sinister, until it finally engulfed you, erased you from the landscape.

Then, just for a moment, I wondered if you were real, or if I had imagined the touch of your hand, your hair floating in the salty breeze, you, as I once imagined a yellowing manuscript with slowly fading writing...

⸱⸱⸱⸱   ⸱⸱⸱⸱   ⸱⸱⸱⸱   ⸱⸱⸱⸱   ⸱⸱⸱⸱   ⸱⸱⸱⸱   ⸱⸱⸱⸱

...and taking my time I reach the landing of the stairs. The light is out; it has always been out. Now it is just there—a permanent fixture under the rusty metal shield which no longer protects it from the elements. From the shield hangs a Japanese mobile.

With the evening breeze comes the sound of remote laughter; in the distance the fire has become an oasis of light on the deserted beach. In the background, relentless, the ever-present breaking of the surf. The tinkling sound of the mobile underscores everything.

I wait.

Yes, I wait because I am not ready—am I ever?—for the confrontation, for what may or may not come tonight. For the inevitable.

The snare drums have now been incorporated to the music—that maddening piece, as relentless as the surf—which I fancy an endless spiral created by a madman. With the beat of the drums I go up the steps. The music is louder, more hypnotizing. I reach the door. It is not locked; it is never locked.

I enter.

The music inside is up to an almost intolerable level. In the darkness—because you thrive on darkness—my only guide is the wandering firefly whose coordinates always converge on the same point: your mouth. There it gathers new energy—have I imagined seeing it reflected on your eyes?—to take off again on its errant journey about your silhouette.

The music has stopped.

Suddenly the vacuum comes crashing down, smothering everything in the room. Through the window, once again, the sound of the surf and the tinkling of the mobile take possession of the room. In the background the feeble sound of the needle on the grooves tries, unsuccessfully, to fend them off.

But the firefly, suddenly aware, wanders off even farther, toward the old record player. The cadences of the musice—ever so light—are heard again.

In the darkness I find my way to the couch next to the open window. I reach for the open pack and put a cigarette in my mouth.

I am always apprehensive of striking the match; or rather, of the inevitable, endless moment of light when for a split second you will become visible to me. Many times I have seen you looking through the window, staring at the surf. But others—could I have imagined it?—I have seen you looking right at me, thinking who knows what.

It is done.

Inhale.

Exhale.

Listen.

Feel.

Time and time again with the music—yes, the same maddening piece—the fire dies and is born again of itself. Finally they are both exhausted.

"Not tonight," you say with the most natural tone of voice. "Soon, but not tonight."

In the darkness I have found your trembling hand...

"...because today's reality will be tomorrow's ghosts, phantoms whose only substance will depend on our memories, on our ability to preserve them. And once we stop thinking of them, what will there be left?"

(Did I imagine that moment, those words? Are you, too, becoming a phantom as my memories of that summer fade in my mind?)

"Yes, I suppose I never thought about it that way. But you realize, of course, that it is impossible to preserve all of it."

(This is a possible answer, although I cannot be sure.)

"Not all of it is worth preserving; ever think of that? We sample, we taste, we experiment. From this synthesis we choose; that's the most difficult part of all."

Was it that day when you told me about a certain Japanese form of painting in which the artist applied single strokes of the brush on a silk screen? The slightest hesitation on his part and the work would be ruined. He had to be absolutely sure of what he wanted to include in his painting. The difficult part was deciding what to leave out. The apprenticeship took years, in some cases even a lifetime.)

All the while you had been talking your hands had been moving over the sketch pad, turning page after page when the sketches were completed. At that stage of the summer, with the constant practice, you had become quite proficient.

"Look," you said to me with a tone of excitement in your voice, "Those kids over there, with the salt-water taffy. That's the kind of thing I choose to preserve."

The children you had pointed out to me—they were about ten or eleven—were really concentrating on the candy, oblivious to the crowd on the boardwalk.

(I remember being amazed at how the lines of charcoal on the paper could capture the elusiveness of the moment. Later, when the people left and the snows came, you would put it on canvas; you would fill in the details missing from the sketch but that you had stored in your mind.)

"In a few weeks this summer will be over; the people will disappear. Even I will wonder if they were really here, today, like those kids over there with the taffy. This is all I have," you said holding up the sketch pad, "to prove to myself that they really existed."

"Can't you paint without philosophizing?" I must have said.

"Better than just philosophizing," you answered me without taking your eyes off the sketch pad.

(I knew you were referring to my writing—or my lack of it—when you made the comment. How long had it been? A year? Maybe longer. At any rate I had spent the time talking about the book, but always managing to find excuses for not writing. You knew it and I resented it. Why did you have to bring it up, sneak it into the conversation? Suddenly I did not want to be there any anymore.)

"Let's get some salt-water taffy," I said, "Soon we won't be able to buy it."

I got up and started to walk toward the stand, but without looking back.

I knew you were following me.

* * * * * * *

The seated figure does not move: his long, white hair falls until it combines with the white beard. They both blend with the white, flowing robe. Within the folds one can imagine the lean, timeless body. The head is slightly tilted to the left; the black slits of the eyes contrast sharply with the soft skin. The slippers he wears are black with gold threads.

He meditates.

Yet there is something missing; something that has escaped our first examination.

At the openings of the silk robe, where one would expect to find the hands, the black holes hide two bloody stumps.

The hands are missing!

He meditates. Perhaps about the time when his hands will be returned to him.

In a carved ivory box—the top shows a row of elephants crossing the Pyrenees—at the base of the effigy of the handless deity lay the fragile porcelain hands. With them an assortment of cruel weapons also carved from the same ivory block.

In the air: incense, mentholated Marlboros, Ravel's Bolero.

The coffee is ready.

I shift my attention from the porcelain figurine to you, wondering how you acquired such taste for the orientalia that surrounds you.

We are no longer in need of words; you and I know how restricting they are. Besides, the music justifies our silence, becomes our accomplice. When the music stops we listen to the wind—there is always the wind— playing with the Japanese mobile that hangs from the rusty light shield above the landing of the stairs.

We found it by accident, remember? It was before the crowds went away, before they left us with the sea. And the wind.

Yes, in a small shop, just off the boardwalk. There were grass mats, monkey heads made of dry coconuts, sea shells and

American-Indian jewelry. And, of course, the mobiles hanging by the door, so the breeze coming in from the sea could move them, so they could catch the customers' attention.

But you did not hesitate; you chose the one made of bamboo and large, round capiz shells. When it moved the light refracted on the mother-of-pearl-like surfaces as it sounded. It provided a background of sound for the softly changing patterns of color.

The music of the Bolero has stopped.

There is just incense and mentholated smoke floating in the air. And the sound of the mobile as the wind plays with the mother-of-pearl reflections. But today the colors are dull, cold.

The grey sky becomes a background for your profile. The composition is framed by the window.

The Chinaman has not moved.

Without looking I know that you have closed your eyes.

...and the water crashed, foamed on the hard and irregular surface of the jetty. It was a furious, mindless entity which stubbornly tried time and time again to penetrate the hard rock.

In the afternoon it retracted with the low tide. In its trail it left a variety of odd-shaped pools—filled, in time, before the water receded—exposed to the scorching afternoon sun.

As the water slowly evaporated, the fish trapped within splashed about, until they inexorably found themselves gasping silently on the dry, sandy bottom of the pool. Sometimes it took them hours to die; they kept on opening their mouths and gills, gasping in the deafening silence of the afternoon.

But that was not the worst. The rock crabs, sensing the helpless meal at the bottom of the pool, began emerging from the crevices, slowly—I would be tempted to say with sadistic deliberateness—opening and closing their pincers.

By the time sundown arrived the figure at the bottom of the pool could no longer be seen. It was covered by an amorphous mass of legs, claws and lidless eyes that were always sticking up in the air. Sometimes the tail shook, giving a last and faint sign of life.

I had seen it all too many times before to be interested. I had never told you about it because I knew you would cry... just like you cried once (it seems so long ago), coming from one of our walks on the beach. You ran to the house to hide and drown in the maddening music of Ravel's Bolero, chain smoking in the dark, until dawn would catch up with you.

What could I say? What could anyone have said? So I did not. I just followed you to the house (as you knew I would), guided by the music.

By the time I reached the bottom of the stairs the volume of the music—even though the door was closed—was unbearable. When I reached the landing I turned around. I lit a cigarette and concentrated on a group who had built a fire on the beach. I do not know how long I stayed there, smoking, listening to the music (and to the sound of the mobile between end and beginning of the record), until I found myself sharing the same darkness with you, guided only by the glowing tip of your cigarette, by your perfume, until I found your trembling hand...

The nervous tinkling of the mobile filled the stuffy air of the shop when I opened the door, setting off the delicate mother-of-pearl alarm. It was supposed to be that way, so the owner, busy with an invisible task in the back of the shop, would become aware of the customer and materialize out of nowhere.

You followed me, penetrating into the air bubble that smelled of wood, varnish and incense. I could tell by the slight, almost imperceptible movement of your nostrils that the sudden change (coming in from the fresh ocean breeze, that is) had offended your sense of smell. I also knew that you would get used to it.

Without a word you went to the back of the store, that dark corner inhabited by monkey heads made of coconuts. I saw you fondling them, studying them, but all the time secretly aware of me.

I turned my back and faced a row of hanging mobiles. There were all kinds: metallic ones, some made of plastic or bamboo and others made of shells. Their sound was not as sharp as that coming from the metallic ones, or as hollow as the one from those made of bamboo. It was just right: rich, deep, comforting. The light, as the mobile turned, refracted on the mother-of-pearl-like surfaces.

Behind the hanging, ever-changing mobiles—fractured, distorted, reflected on the chrome blade of a samurai sword—was your face. I made a mental note of it; maybe later I would be able to sketch it. It was the reflection of your face with a cigarette between your lips. (A face sliced by the cold sharpness of the blade.) But just as you were about to light it, you became aware of the uncomfortable 'No Smoking' sign hanging high, plainly visible, on the wall.

As you turned around your reflection disappeared from the unforgiving blade of the samurai sword. It was quickly replaced by a monkey head.

When I caught up with you, after going around the long, central table that divided the shop in two, I realized that you still had the cigarette in your mouth.

"It's the salt-water taffy," you said, mumbling the words, "I need something to get rid of it."

Making my way through the esoterica of the store and with the mobile in my hand I reached the cash register. I knew that you were behind me, feeling more uncomfortable by the moment in the molten-lead atmosphere of the shop.

The mobile above the door sounded.

The ocean breeze came in.

We went out.

The Volkswagen was half a block away. You got behind the wheel—by then your cigarette was already half way down—and started the engine. You hadn't said where we were going, but I didn't have to ask. Lately it had all become almost like a ritual: the setting, the motions—or lack of them—the music, the incense. The wind. It all conspired, formed a thick paste that congealed about us, that slowly asphyxiated us...

I opened the sun roof to let in some air. As the mentholated smoke escaped from the car, I could smell (my eyes were closed) the salty air.

We were now doing about sixty on the road that ran along the ocean. Without looking I knew where we were, what stretch of road lay ahead.

How could I be wrong? I had traveled the same seven miles a million times during the last two months: at the same speed, in the same car, until it seemed that you and the road would go on forever.

By the quick way you downshifted and the subsequent lateral push I knew we had left the highway. The car now rocked slightly as it rolled over the unpaved, dusty road. The smell of the ocean became stronger. That section of the beach was completely uninhabited. The house was the only one around for miles. Sometimes we walked on the beach for hours, with the surf splashing our feet, until dark. During those walks we usually kept silent, as if fearing that words might break the spell cast by the wind and the sea.

The engine is dead. The unique sound of the hand brake announces that we are here, where we always end up—as it was meant to be—at the house. (It stands, like a sad-faced orphan, on a stretch of beach that no one visits—or even acknowledges.)

You are already out of the car and going up the stairs. As you reach the landing you stop and pause to light a new cigarette. Perhaps you are waiting for me. You face the sea and blow the smoke into the wind, but do not continue to go up the stairs. You stay on the landing, smoking, looking... waiting?

I have the mobile in my hand; the wind starts to play with it. When I get to the landing—by now you have turned toward me—you have guessed what I want you to do. Without a word I hand you the mobile and with an effort—because you are not quit tall enough—you tie it to the light over the landing. The light shield has rusted out, cracked. At places the salt from the ocean has eaten through the metal.

Once this task is finished you climb the remaining flight of stairs and open the door.

I follow you.

By the time I reach the threshold you are out of sight; I hear you in the kitchen.

"It is a good day for coffee," you say. I go to the record player and turn it on. The record is already (still) on the turntable: Ravel's Bolero.

The soft cadences blend with the sound of the wind. I lie on the cushions, among the orientalia that is evident everywhere in the room

I close my eyes.

Outside the mobile rattles incessantly.

The summer is dying. The droves of people and cars have multi-plied—a last moribund convulsion. They know that soon the beach will become inaccessible until the following year.

We can hardly move on the boardwalk. During the past few weeks, especially on week ends, your sketching has become more feverish, as if you were trying to preserve the precipitating torrent of images forever.

You only stop long enough to eat a piece of taffy and then light a mentholated Marlboro.

Back at the house, in front of the window, where the light is best, your easel awaits you. Light from outside, music from inside... the same piece always, never ending, ever present.

Ravel's Bolero.

And while you paint I will write and smoke, reclined on the cushions. We will not talk; our communication is more subtle, completely non-verbal. Since the first day we avoided the misunderstandings that words bring with them. We are not strangers, or even friends. We just are. That is so comfort-able. No demands, no promises, no disappointments.

I suppose it could not be any other way with us. It was always meant to happen this way, since the day I saw you—if just for an instant—reflected in a mirror, holding a cup of coffee in one hand and a sketch pad in the other. (It was a good day for coffee.)

We met in a mirror. I think that is very significant. Somehow I felt that this was the turning point of the summer—which by then was becoming almost dull—when everything would start to get into focus, to crystallize into a tangible substance that we call living. But I was also reluctant to ac-cept the omen on that morning.

I remember. The chill of the early-morning air-conditioning unit, combined with the high humidity engendered the shadow of an impending headache. Nothing severe, just an annoying throb that did not justify the taking of two aspirin so early in the morning. It was a day whose hours could only be traveled with the aid of steaming black coffee.

Coffee and jazz. Always there, lubricating the flow of time, easing the turns of the clock, permeating the very fiber of reality. But you have always preferred something else—even though you paint sometimes while listening to jazz—something which is becoming an obsession with you: Ravel's Bolero. It is the only record you really wanted to hear.

We have been left alone by the others: strangers in a stranger's house. The house of a friend of a friend. But who cares? One by one, just as they came, they have left with the crowds that arrived with the Indian summer.

The house was different then: always filled with jazz, conversation and smoke.

The mobile was not there; as the wind from the sea blew, it left the night undisturbed...

▦   ▦   ▦   ▦   ▦   ▦   ▦

Are you and he one and the same? I wonder. We are back at the beach after rushing through the stretch of road that leads to the town. You always drive so fast on those last straight miles. It is as if you wanted to erase the landscape with the speed, transform it into an indistinguishable blur. But all the details, every single feature of those miles is indelibly engraved on my mind.

(Do you remember the first time I was on this road? It was a dark, rainy night; I was trying to hitch a ride. By the speed of the car when it went by me, I knew that you had not expected to see anyone standing on the side of the road at that hour. You stopped and kept your foot on the brake. The reflection of the red lights was elongated on the wet pavement. I ran towards the car. As I was about to reach it, the red lights suddenly dimmed and I was left standing in a cloud of steam exhaled by the speeding engine. Then there was darkness and silence again.)

The trees are changing; some have started to lose their leaves. The road looks a little bare. Farther down, on the right, there is a fading sign advertising a product that is no longer on the market. The relentless work of the sun over the years has turned its once multi-colored surface into a faded and uniform yellow. When we pass this sign I know that you will begin to slow down and in a few moments make a sharp turn. I will feel myself pushed against the door and then we will be off the highway and onto the dirt road that leads to the house, to the ocean.

Sometimes we walk on the beach. By now, just like the leaves on the trees, the people are gone. The sun is not as warm as it once was, and the sky is losing its bright-blue color to yield to a softer hue, leaning a bit towards a gray.

Often it rains for days. Most people are familiar with the sudden thunderstorms that soon dissipate and soon give way to the warmth of the sun. But this is different. How many people come to the ocean in the fall, when the winds blowing in from the sea are icy and the water is anything but inviting?

The rain then is so persistently silent, so soft and cold. In the distance the horizon disappears, blending with the sea and the sky that share the same dull, uniform color.

I look ahead and I see you, walking near the surf, smoking a cigarette. I start to play that game that I made up: I must place my feet exactly on your footsteps. I must follow but without looking at you—that is the rule. It actually sounds simpler than it is. You of all people should know that. After all, you are so unpredictable that I never know when you will stop to look at the sea, to face the incoming wind... that's when I fear you. I might catch up with you and suddenly find myself on the sand, looking up at your hands.

Without exception I feel relieved when we reach the house.

I almost run upstairs, to the pedestal where he sits. I light the offering to him—to you. When I blow out the match I suddenly become aware of my trembling hands...

...I remember. But it seems so long ago that I have lost all perspective of time. Closing my eyes I can almost feel the touch of your hand in mine, the incessant sound of the waves in the late afternoon: in, out, in, out. Our feet were wet; the sun was about to disappear, swallowed by the line of the horizon.

I ran.

Ran into the wind, splashing about in the surf. Were there children on the beach that day? I cannot be sure. But I was sure that you would follow me, perhaps even walk on the tracks I was leaving on the wet sand... somehow you were always there, like the surf, or the wind.

As I reached the jetty I turned cold. I stopped; I felt as if suddenly everything were taking place in slow motion.

In the pool that the incoming tide was filling I saw the reflection of my own face. Beyond the surface, in the shallow water, a dark figure: a dying fish (the head intact, except for a missing eye), blended with the frozen image of my face.

I could not move.

I knew that everything that had happened was a phase in a series of pre-determined events: the fish, the pool, the low tide, the sun, the rock crabs, death, dusk, high tide. The reflection of my face.

What next?

I was now kneeling by the pool, hesitating. Without looking I knew that you were there, looking down at me.

I reached into the pool.

"Look," I said more to myself than to you as I brought out the fish in my hands. Its tail moved slowly from side to side.

I walked to the edge of the surf and carefully placed it on the wet sand.

"It's the least I can do," I said as the dark figure disappeared in the surf. For a while I sat on the sand. I think I was crying.

Without looking at you I started to walk.

An irrational fear was coming over me. I kept thinking—because isn't everything a series of pre-ordained events?—about the lean, timeless, indifferent Chinaman. About the bloody stumps that one day—but what day?—would grow back their merciless hands, just like those of an aseptic surgeon. No warning, just there, to complete the series of inexorable events... to close the mandala.

I know you are behind me, following.

Farther down the beach someone had built a fire. I fixed my eyes on the shivering point of light, increasing the pace, panting. Faster, closer, until I was there, almost feeling its irradiating warmth... then it was behind me, I was diving into the cool darkness and toward the house. I don't have to see it in order to feel its presence, the awesome feeling of timelessness that it exudes. It stands on the beach by itself, against the sun and the sea. But now—there is a sudden break in the clouds above—softly immersed in the rays of the moon it looks like a hybrid, obsolete animal who doesn't realize its time has come and gone.

The moon is hidden again by the clouds. It doesn't matter; I can hear the sound of the mobile hanging from the light shield above the landing. Below, barely discernable, the silhouette of the Volkswagen parked under the house. I go up the stairs with my eyes closed, just listening to the sound of the mobile.

The door is open; it's always open. When I enter the first thing I notice is the smell of the afternoon incense, still lingering in the air. Without turning on the light I make my way to the record player—no need to look for a record, it is already on the turntable—and turn it on. I light a cigarette and during that split second when the flame is brightest I look at the statue with the corner of my eye: the hands are still missing!

I exhale the smoke with relief and allow myself to sink onto the cushions. The music takes over. The crescendo fills the room, the ornaments vibrate sympathetically with the snare drums.

Are you there?

The record has ended and begun again. Outside there is the wind and the sound of the mobile. I light another cigarette with the dying butt.

The door opens and closes. The light stays off. I bring the cigarette to my mouth and inhale deeply. There is a sudden moment of light when I see your face, then all that remains is a glowing tip."Not tonight," I say, trying to sound as natural as possible.

The glowing tip is next to mine, on the couch.

In the darkness you have found my trembling hand...

Chapter Two

EASY LIVING.
Clifford Brown, trumpet; Gigi Gryce, alto sax and flutes;
Charlie Rouse, tenor sax; John Lewis, piano; Percy Heath, bass; Art Blakey, drums.
Recorded August 28, 1953.
JAZZ.
Yes, jazz and smoke. That is the nature of the house.
The record player is always on; the coffee is always on.
It is summertime.
I let the music flow—how I love that trumpet—while I lose myself in the white volutes of my newly lit Marlboro. I have the headphones on. I can see everyone talking, moving their hands to stress a point, laughing at a joke I will never hear.
A typical night.
All the beach bars are closed now; the regulars are beginning to drift in. The morning will find them here.
With them is that crazy Latin American with the bongo drums. Sometimes, when all the records are played out, he lectures about the influence of Latin music on American jazz. I think he fancies himself another Chano Pozo.
One night when he had had too much to drink he forgot what language he was speaking and he rambled on in Spanish. I don't think anyone in the room could understand him, but it did not make any difference anyway. We still listened, smoked and drank coffee.
We liked it.
We liked it because in this house, in this room we—I—had found a place to drop all pretenses, unmask ourselves without fear of someone calling our daily bluff.
I like it.
Sometimes, just before dawn and with the last cup of coffee, I will talk to the few still remaining about the book that I am supposed to be writing. The fact that no one has ever seen a single page of the manuscript does not seem to bother anyone. I find it very comfortable.
There are always people coming in and out. All properly protected by the shield of anonymity. People searching for other nameless people, searching for jazz and a hot cup of coffee.
Tonight is one of those nights when I feel like talking to no one, just smoking, drinking coffee and listening to the blues. I am waiting for an omen.
"The blues is a woman,

a woman is the blues."

That's what is coming in over the headphones now. I like the muted trumpet whose every note seems to caress, to intertwine itself about each syllable... I can almost see it.

When the song is over I open my eyes and take off the head phones. I get up and go to the kitchen to fix myself a cup of espresso. The sound of Miles Davis' trumpet follows me. I envy him for being able to express with his music what I will never be able to put into words. If I could just write the way he plays...

"Tempus Fugit, 1951 recording," I say to myself without hesitation. I know it too well.

When I go back—music, smoke, conversation—the door is just opening. In the threshold, still wearing the faded army jacket and with the sketch pad in your hand, I see you absorbing everything in the room.

It takes about twenty minutes to drive from the center of town—where most of the bars are—to the house. The atmosphere in The Bottle and Cork has become intolerable: the blaring music, the thick smoke, the shrill voice of the painted girls just out of their teens weights too much upon my chest; it will not let me breathe.

It is always the same crowd; the crowd that spends the days sleeping on the beach and the nights combing the bars for an easy pick up.

Through the smoke and the noise I make my way to the door and go out.

The Volkswagen is parked about half a block away, waiting.

But when I get in and turn the key it does not start.

"It is the damned mist," I think. For the past three days it has blanketed everything with a dull, uniform grayness, muffled sounds and dampened distributor caps.

The third time around it fires.

The headlights are solid shafts penetrating into the mist.

With a sound of protesting gears I submerge myself into the night. The color neon signs of the bars distort themselves on the wet pavement, forming an iridescent and improbable concrete rainbow that softly blends with the mist. I like it. As I leave town the rainbow becomes weaker, paler, until it finally disappears into the grayness of the drizzle. The last red flash comes from the sign of the grill, across from the bus terminal. Then just the headlights drilling the night ahead. When I hit the straight piece of road that leads to the house, I light up a cigarette and turn on the radio.

There is always jazz at this hour. From miles away comes a sound recorded years ago. Tonight they are featuring—according to the announcer with the velvet voice—the Be-Bop Era.

All of a sudden Dizzy Gillespie is in the Volkswagen with me, blowing his crazy, bent horn. Night in Tunisia is the name of the tune. I turn up the volume and put my foot on the accelerator, just feeling the exhilaration produced by the speed and the music on that deserted stretch of road. As the needle climbs the numbers on the face of the speedometer, I feel more euphoric, in command of the thick, dark paste of the starless night. I am leaving myself behind, on the wet pavement, in the drizzle, dissolved in the notes that escape into the night. I am speed and music.

From blur to form, to hand to jacket to face to girl: a hitch-hiker.

I slow down, shift into third, put my foot on the brake. I am barely moving. Through the rear-view mirror, illuminated by the red light—I still have my foot on the brake—I see her approaching, faster, larger.

She is closer, redder. Her reflection almost fills the rear-view mirror.

The music has stopped.

Something inside me recognizes the figure (but I cannot put my finger on it), interprets the omen, and the car is in gear again, moving down the road, gaining speed, dissolving in the salty air of the ocean night.

Behind, the red, running figure loses intensity—as the tail lights move away—until it disappears, engulfed by the misty night.

Today you are building a sand castle. The sun is high in the sky—a cloudless sky—and the warmth of the day is almost contagious. A perfect summer day; a day to be remembered. And right in the middle of the day: you. Your dungarees rolled up just below the knees, the faded trench coat completely open (I still wonder about the missing name tag, where the material shows a darker rectangle), your hair floating in the morning breeze.

I can almost believe you are happy.

You have completed the moat around the castle. Water from incoming waves fills it, rendering it impregnable. On the highest tower a banner made of chewing-gum tin foil flies softly in the pale breeze.

When you are satisfied with the solidity of the walls you get up and start to walk on the surf. You do not look at me; you do not speak. You know I am here, behind you.

You start to hum a familiar tune, but I cannot quite place it. Are you trying to convince me or convince yourself? Is all this performance for my benefit? If nothing else I hope that you have learned that you owe me nothing, not even an explanation. I am just here, as it seems I have always been, like the breeze and the ocean. But you keep on humming that tune, softly pouring it into the morning wind.

Are you perhaps afraid that if you stop I will ask you about the secret—because it was a secret, was it not?—that in a moment of weakness you let me discover last night?

How can I ask you about what I do not understand? Whatever happened back at the house last night is of no consequence now. This is today, in the sunshine and the ocean. So far as I am concerned it never happened. And, does it really matter? A red heart—if that is what it was, I am not sure—cannot alter anything. It was all too vague anyway: the smoke, the maddening cadences of the Bolero, the dawn. Your explanations are still safely lost in the room.

Somehow it all reminds me of that first night at the house. You were wearing the same trench coat—although then it was drenched—when I saw you. I had been responsible; we both knew it. But nothing was ever said; in a most natural way you just took the coffee that I offered you, just like you always do.

We are beyond explanations.

I see you walking, always walking against the blue background.

As I turn I manage to catch a glimpse of the sand castle.

The collapsing walls fall in the pool, while the tin-foil banner is carried away by the surf.

The drizzle was still dampening everything, even my hopes of finding a room. The suitcase had become unbearably heavy; the sketch pad felt damp under my arm.

The lights kept coming, flashing for a moment and then turning into red, flowing points that were eventually swallowed by the night... maybe I would be lucky with the next one.

The bus ride, the grill, the search for a vacant room, the soft, quiet rain: it is the middle of summer.

No Vacancy!

No Vacancy!

No Vacancy!

...how long did I walk, dragging the suitcase and the sketch pad? I can't be sure myself, but it was a long time, perhaps an eternity. I don't know.

In my walk—it was all so unreal—the images shifted, turned, precipitated into my retinas forming a maddening kaleidoscope: the cars, the neon lights reflected on every wet, shiny surface, the changing faces slightly blurred under the gray sky. I thought of Salvador Dali and felt that somehow I had ended up in his surrealist, no-exit world.

This evening I had completed the circle: I was back at the grill.

Was it chance that the man behind the counter remembered me? Or, like everything else, was it just another link in that inexorable chain of uncertain events; a chain whose last implacable link became a handless Chinaman?

Maybe he had seen it all too many times before. It was the first time I heard about the house. That's all he called it. All I could gather then—he did not have much time to talk—was that some miles up the road, on a deserted stretch of beach, there was a house where just about anybody could go. It was the only place left.

The light of the last neon sign spilled onto the pavement.

I remember being cold and mechanically turning up the collar of my trench coat. I started to walk into the night, leaving behind the lights, the bars, the Saturday-night crowds.

It is impossible to know how long I walked on the side of the road, in the darkness, with my steps muffled by the soft drizzle. Some cars went by without stopping, not even slowing down to acknowledge my presence.

And then, just when I was giving up all hope, a Volkswagen stopped a few hundred feet ahead of me. I ran, making its tail lights my goal. At that moment they were the most important thing in the world. But as I was reaching them, they suddenly diminished in brightness, the sound of the engine increased and I found myself once more in the darkness, with a suitcase in my hand and a sketch pad under my arm, walking silently in the drizzle, wondering if I would ever reach the house by the beach that with every passing moment became less tangible and more a part of a dream.

It all seems so unreal and distant now, in the sunshine, by the morning ocean and with the breeze blowing softly.

I stop and start digging in the damp sand. I feel like building a sand castle. The surf is behind me. The waves break, reach my feet, my rolled up dungarees that are now almost a part of me.

As I dig deeper the water from the sand begins to wet the edges of my sleeves. The olive-green trench coat becomes a little darker. By now the moat is complete; on the flat center the castle begins to take shape.

I am humming a tune I've heard someplace, sometime. But I can't remember when. Am I trying to deceive myself? Am I really happy this morning, or do I just want to fool myself into believing it?

I know that you are there (probably just looking at the sea), as you are always there on these summer days. I have come to think of you as much a part of all this as the sea, or the breeze, or even the house. It was always meant to be this way. I have tried—and failed—to imagine all this without you. But I failed because I tried to think of you as a separate entity, independent and apart from this reality; the reality that we were always meant to share.

Sometimes, when I see you from the window, sitting on the jetty and watching the sea, it overwhelms me.

Who are you?

Can a name—a word—describe you, any more than it can describe this beach, this ocean or this house?

Sometimes I am afraid.

Did I reveal to you last night—perhaps under the stress of anxiety—what I have for so long tried to conceal?

I know it was almost dawn; the music of the Bolero permeated the hour. Did I show you the heart—red, throbbing—while trying to explain between sobs what it all meant?

Did you, in the darkness, see it when I opened the trench coat? Did you understand me above the music of the Bolero?

Who can say; I know you never would.

On the sand I have found a tin-foil wrapper. It becomes the proud banner of the castle. I start to walk on the beach again. I do not look back. If I did, I would see you behind me, walking on my tracks.

I would see a sand castle collapsing, slowly washed away by the relentless surf.

In the emptiness of the room I sense your presence. Everyone has gone; we are alone: lost orphans of the dawn, wandering about in a gray phantom of a house on a stretch of forgotten beach.

We give each other reality through our solitude. What else could we ask for?

The house, the darkness, the wind, the ocean: they have become our common denominator. Our pact (I cannot think of any other word, though I realize this one is most inaccurate), is a tacit one.

My eyes are closed; I sense your presence in the room by your breathing. It has become more agitated, irregular, as if controlled by an invisible syncopated metronome.

Tonight the coffee was followed by wine. California wine.

I watched you, coming and going in and out of the crowded kitchen, always keeping your glass full, until the wine was gone, until everyone was gone.

What invisible demons are you trying to exorcise?

Now you have collapsed on the couch, still wearing that trench coat which is two sizes too big for you.

I open my eyes.

The darkness is momentarily interrupted by the light of a match. (I know your hands are trembling.) Then, after a few slippery moments, only a glowing point remains, moving about you.

20

I hear something as it unexpectedly falls and breaks on the floor. In my mind I picture a baked-clay ashtray, broken and scattered all over the room.

(It pulls out memories of another room, another ashtray on a window sill by a vase with plastic flowers.)

The 'click' of the record player coming on brings me back to the room, to you, to the almost tangible darkness we share.

The soft, initial cadences of Ravel's Bolero blend with the shadows. I hear you, breathing hard, as if trying to keep afloat in the drowning dawn.

The light of your cigarette has gone out. Your breathing—much too hard to be just breathing—becomes more agitated, progressing with the quickening notes of the Bolero.

You are sobbing.

I feel your presence closer; the shakes of your sobs are stronger. In the dark I hear you. (Are you trying to tell me something?) The crescendo of the music only allows me to capture in flight some isolated words. "...why ... didn't know... look..." and then you start to open the faded trench coat, with the care of someone uncovering an ancient treasure.

By then the music has become intolerable.

I have closed my eyes.

I am alone.

The tail lights have disappeared. Only the drizzle remains, softly permeating everything. Farther down, to my right, I can hear the breaking of the surf on the beach.

I stop walking and put down the suitcase by the edge of the road. I sit on it and take out a cigarette. The smoke blends with the drizzle, until it dissolves completely in the night.

Another car is coming; the light from the headlamps is slowed down, diffused by the mist. It could as well be the flaming nostrils of a dragon. I decide to let it go by without any attempts at stopping it.

As it goes by the driver sees me; he hits the brakes and stops a hundred feet ahead of me. The white lights come on; he is backing up. Apparently he is determined to give me a ride.

The back door opens.

Without a word I get in with the dripping suitcase and the sketch pad. Once again the engine whines under the strain and the lights mix with the drizzle, with the night itself.

The driver and his friend have not even given me a second look; they act as if all this were a common occurrence, or perhaps an unfathomable link in a series of pre-ordained events.

They continue the conversation interrupted by my presence on the road. The words—we are speeding through the night—are almost left behind; they sound distant, they have to fight their way to the surface from a cocoon woven with the mist and the darkness.

One of them has a slight accent. I find myself trying to pinpoint its origin. Probably South American, I decide.

The car is slowing down, leaving the main road. I feel the side push of inertia. The road now is a little bumpy. As we progress, the sound of the surf becomes stronger, clearer, and the smell of the ocean fills the car.

We stop.

Anchored in the mist, like the huge skeleton of a prehistoric animal, is the house. Below it—because the house does not sit on the ground, but on high beams—a Volkswagen.

Clinging to the outside of the structure, leading to the front door, there is a wooden stairway. From the single picture window above comes a faint light. There is also music, the music of a trumpet.

As I go up the stairs and reach the landing, I can't help but notice a light bulb and a shield—the light bulb is out, the shield corroded.

The door is not completely closed. I push it with my forearm and for a moment stand at the threshold.

Then I see you, handing me a cup of coffee in a most natural way, as if you had been expecting me all your life.

There is no lonelier place than the beach in winter. The snow, especially when falling, seems softer, slower. The wind, too, seems sharper, less forgiving. Maybe it has something to do with the proximity of the sea, with the desolation of the landscape.

But we still walk.

The ocean has acquired a new tone of gray which blends perfectly with the horizon. Silky gray perhaps. They could very well be twin mirrors facing each other, creating an invisible, infinite corridor.

We are the only two images trapped between those two perfect, indifferent sheets. We move among the summer phantoms which still linger on the boardwalk: slim girls sporting the briefest bikinis, the sun-tanned young men, the children with candy-apple-stained smiles.

Our steps, as we get on the boardwalk, sound hollow, somewhat distant, as if the sound had trouble traveling in the coldness of the gray afternoon.

The stores are now deserted.

The bench where we sat so often—talking, sketching—is now covered with fresh, virgin snow. I stop to light a Marlboro. Leaning against the wooden railing I face the sea—because there is always the sea, you know—and try to discover the line where it becomes the sky.

It is useless.

It was here, I think, that I told you about the Japanese art form that fascinates me so much. The one with the silk screen, I mean. I remember trying to make you see that the important thing was to decide what to leave out. The responsibility of choosing is never easy.

I even remember the day we found the Japanese mobile in the curio shop. I was an odd day. First it was the smell of varnish, wood and incense. Then the change of temperature—so unexpected when one came in from the fresh air of the beach. The image of a decompression chamber comes into my mind.

Your nostrils fluttered, got a little wider, as if making a conscious effort to get used to the heavy atmosphere. Then your failure to light a cigarette (the NO SMOKING sign stopped you cold), as you wandered wide eyed and with the unlit cigarette still between your lips, among the monkey heads carved from dry coconuts.

(I remember your face, its reflection suddenly sliced by a hanging samurai sword.) But by then I had already decided which mobile I wanted—the reflections of the mother-of-pearl-like surfaces made me decide—and I took it to the cashier. I didn't have to look to know that your were there, behind me, with the unlit cigarette still in your mouth.Then the maddening ride in the Volkswagen. I had closed my eyes, but after a while the thickening smoke from the Marlboro forced me to open the sun roof half way. I leaned back and closed my eyes again; I could smell the salty air...

(Was I already—maybe without realizing it—spinning on that merry-go-round, running down that one-way-no-exit corridor that was to culminate at the hands of a Chinaman?

...then the shifting of gears, the bumpy road, the dead engine. The decapitating sound of the hand brake.

We are again at the house.

By the time I got out of the car you were already going up the stairs. On the landing you stopped to light another cigarette.

I am still not sure if you were waiting.

When I reached the landing, without a word, I handed you the mobile. You tied it to the shield above. Then, in a most natural way, you went up the next flight of stairs and through the open door.

"It is a good day for coffee," I heard you say from the kitchen. But I didn't go looking for you; I turned on the record player and lay on the cushions.

Blending with the first notes of Ravel's Bolero, was the incessant rattling of the mobile...

I look at you as in a dream.

You are the focal point of the room, like the hollow center of a wheel on which every spoke must converge. I marvel at the strength of your emptiness: absent, yet so present in everything.

In the air: Ravel's Bolero, the smoke of mentholated Marlboros, the tenuous smell of your perfume mixed with last night's incense. The walls are covered with reproductions of oriental art. On his pedestal, still impassive, surveying everything about him, the handless Chinaman.

You, too, are wearing an oriental robe. Black silk with unintelligible gold designs. Even though it is winter, your feet are bare. The black velvet choker about your neck is crowned by a delicate cameo.

Who are you?

From my prone position on the cushions I can see your bare feet emerging from behind the huge canvas. You have been working on it for days, without rest, without sleep, just stopping long enough to drink black coffee and light a fresh Marlboro.

What are you trying to prove?

Sometimes you step back, pause for a moment, as if trying to decide where your next brush stroke will be. Your hair falls about your shoulders—a coincidence that it is just like his?—and your robe is slightly open. The light skin contrasts sharply with the black silk; when you move the light stabs wildly at the blackness of the cloth. It is just like lightning, but in a smaller scale.

Blooming on your skin, a red heart throbbing rhythmically.

You no longer conceal it from me. It has been accepted tacitly that we know about each other (do we really?), that what we say or do—now that all pretenses have been dropped—no longer has any importance, any effect on this reality that we share, alone in this summer house in the middle of winter.

I am finally beginning to accept my failure. I owe you so much.

The music of the Bolero is becoming louder; the snare drums hammer the endless theme over and over inside my skull... at last the final crescendo. Silence. Another cup of coffee. Another cigarette.

Ravel's Bolero.

But this time around I put down my writing pad—I have not been able to get beyond the first sentence anyway—and get up from the cushions.

You do not even glance at me.

I open the door and make my way down the stairs. The first thing I notice is the cold silence, the grayness of everything in sight. The landscape is sprinkled by the rattling of the Japanese mobile hanging from the light.

Do you know—or even care—that I have left?

In the distance I can see the dark mass of the jetty, now partly covered with snow. Behind me, as I make my way through the deserted, frozen beach the sound of the mobile and the cadences of the music become fainter.

24

I walk on the jetty as far as possible, into the light-gray ocean that disappears in the horizon.

Everything is icy still.

And there, as I think and remember surrounded by winter in the deserted beach, I wonder if you are watching me from your window...

From the kitchen, with the steaming cup of coffee in your hand, you have made your way to the door. I follow you and marvel at your skill at avoiding gesticulating hands, trying to emphasize a point of conversation. Not to speak of the swaying bodies of those pretending to dance in the more than crowded living room.

As I follow you I notice—perhaps for the first time—how faded your trench coat is getting, especially at the shoulders, where the sun comes down on it perpendicularly during your endless walks on the beach. You seem to be completely at home.

How long have you been around? I know it has not been very long, but somehow it seems that it has always been this way, that we have been descending the stairs on the outside of the house for an eternity.

We have reached the landing.

Above us is a light socket with a rusty metal shield: a hybrid mushroom born of salt and metal. It has never worked. It only sheds darkness upon darkness in successive and invisible waves that cover us with their gentle coldness...

The only light that reaches us now, as we sit in this forgotten pit, comes from the glass rectangle facing the ocean: the eye of a Cyclops trying to decipher the enigma of that silent vastness.

You hold your cup with both hands, slowly sipping from it.

We can hear the salty wind coming from the ocean, guiding the waves onto the sand.

From above comes the sound of a guitar: Charlie Christian, 1944. I placed it above the stack of records to be played this evening. I cannot make out the name of the song, but I would know that guitar anywhere.

Do you like jazz? I wonder. (As we sit with you, on this dark landing, it suddenly dawns on me that probably I will never know, just as I am not meant to know your name.)

From where I sit only part of your face is visible. The rest is just darkness, part of the night.

The door above opens but no one comes out. The music of the guitar is louder. When the song is over a poem comes rolling softly down the stairs, until it reaches us at the landing. It comes wrapped in a voice with a slight accent.

TIME. SEA.
Time. Sea.
The agony of parks
or objects that look for you
in your growing hibernation
all that which announces your return
without realizing what the darkness saw
and consummated in its secret chambers
is not the intangible pain that annihilates you
but drops of sand
that wear away the road
that falsify the reason for the recession
nailing the coffin of your recollections.
You adhere to the periwinkles
of the submerged sea
and the sargassos are nothing but a slap in the
face;
the imminent commotion of the tides:
cataclysms of horror on the bed.
The key of the drawer
that the careful watch of the others
actually, of those to whom you belonged.
The reproaches of the piano
but the door studied with your hands
and all that your side destroyed
annul the rupture
impose the vindication
it makes you undo the crust
of your busy horizons
and once you are there
the dispossessed sea
closes its door forever
and then you hear
the slow crying of your mother.

The last words are still floating in the air. You have not moved. For a long time you—we—just sit there, still holding the already cold cups of coffee with both hands. Your face seems carved from the block of darkness that hangs over the landing.

What *secret memories* has the poem suddenly triggered back into your mind? What submerged cave in your past are you now exploring? Where are you that I sense you so out of reach?

The modulations belonging to the same voice come from above. The record player is going back on.

26

Jerry Mulligan's sax fills the air, cracking with its high notes the block of darkness that was hanging over the landing.

You are back.

Putting down the half-empty cup of coffee on one of the steps you get up. You start to walk down, toward the moon-lit beach.

How long will you walk tonight?

As you reach the surf you pause, perhaps waiting.

I follow you.

In the silence of the deserted beach I take your extended hand.

Monday-morning blues.

If there isn't a song by that name, there should be. In my mouth I can feel the memory of Sunday night's stale cigarette smoke and cheap California wine.

The weather agrees. The sun has not shown up this morning. A soft, cold drizzle blankets everything with its delicate, perverse grayness.

On the corner, now barely visible in the morning mist, the red neon sign of the all-night grill. I interpret the omen accordingly and stop the Volkswagen.

When I enter I realize that, even though it is cold outside, the air conditioner is on full blast.

Cold and humid.

This is the kind of day when a headache sneaks up on you, rendering its length an unpleasant journey.

Today is a coffee day.In one of the back booths, protected from the fan by the green plywood partition, I see a familiar face. He is at the house almost every night, playing the bongo drums and reading poetry. He has a slight accent.

He, too, has seen me come in and signals with his hand for me to come over and join him. As I walk by the counter I order a pot of coffee. This kind of day demands it. How else could we survive?

When I reach the booth I realize that, despite the many hours we have spent together at the house, I do not even know his name.

It really does not matter.

While we wait for the coffee he takes out a book from his pocket and hands it to me: *Shooting Gallery*. As I glance through it I realize that it is printed in two languages.

The coffee is here. I am glad. This early in the morning I do not feel like reading poetry. He puts the book back in his pocket and tells me that he will read from it at the house that evening.

I lean back with the steaming cup in my hand. From that particular angle I can see the long mirror that extends the whole length of the counter, above the shelves. Reflected on it, first a hand with a sketch pad resting next to it, on the formica top. Then a face—a tired face—and from behind the partition the voice asking for black coffee.

The hand on the counter casually holds a cigarette.

When the coffee comes, just for an instant, the face looks into the mirror, into my reflected eyes above the counter. Then she looks back into the steaming cup of coffee.

I lean forward on my seat and try to explain why today is a coffee day to my anonymous friend. By the time I finish the mirror on the wall is empty.

The reflection is gone.

This morning you left the house before dawn, before I could catch a last and fleeting image of you going through the door and down the steps onto the frozen beach.

You have left behind a sitting figure, his long white hair falling on the shoulders of his robe: a handless deity surrounded by the now failing joss sticks. Secret offerings to a secret god. I cannot go beyond his—your—inscrutable expression. Today I feel left out of this improbable triangle, perhaps blinded by the smoke of the joss sticks that clouds the enigma.

Sometimes you sit for hours—your feet tucked under your thighs—staring at him, motionless, in a silent communion that I cannot even begin to understand. Your hair, too, flows about your shoulders, on the silken robe. You have become a master of *wu-wei*—the doing of not doing.

But your time (according to yourself) has not come yet. So you walk endlessly on the beach, wrapped in the faded trench coat that is now a second skin to you, a skin that—when the time comes—you will shed.

The record player is silent—on the turntable, of course, Ravel's Bolero—and the only audible noise at this early hour of the frozen morning comes from the Japanese mobile hanging outside.

Everything speaks of you, filling the void of your absence with your presence: the easel, the ashtray full of half-consumed Marlboros, the fragrance in the air, the empty cup of instant coffee.

On one of the cushions, resting face down, an open book of poems. I cannot recall ever seeing you reading it. You have never talked about it, but I know that I have seen the book before.

Without losing the page I glance through it: printed in two languages. The scene at the grill this past summer suddenly flashes before me: the early morning coffee, the casual conversation. And then, of course, the reading at the house, between coffee and jazz. Summertime.

What has caught your eye in this volume? What memories, I wonder, have been stirred by the printed page?

> SPACE
> I never counted distance in yards
> until you arrived and shook
> the universe of mine which I was offering.
> Distance was something else for me:
> faces in the wind, spinning stars,
> violent lightnings always undertaken,
> thicknesses perhaps where my hand
> imposingly entered and subdued.
> But today, as you can see, all has changed;
> I cannot share my loneliness:
> the beginning of the road that crosses
> fields of an unthinkable green
> in a black and wide space, separate us:
> you are inaccessible beyond
> the winds, beside the sea that brings us together.
> And distance is thus the bitter thing
> that reduces your body to the flatness
> of a picture taken on a Sunday and your changing,
> packed voice,
> to the tape that the recorder brings to life.
> All that unites us in this vast silence:
> eyes tired of long wakes
> dreams revealed to the foreign air
> and above all that which calls us
> banging secretly on our souls.
> Some of the lines, I noticed, had been thinly under-
> lined with pencil:
> 'You are inaccessible beyond
> the winds, beside the sea that brings us together.'
> 'All that unites us in this vast silence:
> eyes tired of long wakes
> dreams revealed to the foreign air
> and above all that which calls us
> banging secretly on our souls.'

On the margin, next to the last passage, the word 'us' followed by a question mark had been entered.

I realize that with the passing of time we know each other less. And the odd thing is, we do not want to find out more than we already know—

which is next to nothing. We are satisfied with the way things are in this old house by the ocean, ploughing through the winter days drinking coffee, smoking and listening to the music.

Sometimes you paint in the afternoons, while I sit on the cushions with my writing pad and a fresh cigarette. The record player is always on then. The same piece over and over Ravel's Bolero.

But mostly we walk, tirelessly, endlessly, exploring every corner of the deserted and frozen beach. Sometimes we even go on the boardwalk and sit on the same bench we used so much this summer, before the crowds went away, like a slowly receding tide. We are alone, just like the fish forever caught in the fast-drying pools in the jetty. You, too, could have left. For reasons unknown to me you have chosen to stay.

The beach faces the sea. Below we see the frozen sand, the now-empty garbage cans, the soft-gray ocean. We listen to the wind. We think....

The frozen wind is playing with the mobile once again, perhaps auguring your arrival.

In the stillness of the house the seated Chinaman patiently waits for your return.

⸏ ⸏ ⸏ ⸏ ⸏ ⸏ ⸏

I suppose that what attracts me—fascinates me—is this infinite whiteness, so untarnished, so virgin in its unspoiled purity. I can walk endlessly, and still leave no trace. Everything is as it always was. I haven't even been here.

It reminds me of the whiteness of his hair, of the coldness of his gaze.

And of the door.

Yes, that door, so white, so aseptic that it almost seemed unreal, as if come out of a dream. Even its brass looked just polished. On it a plaque with the word PRIVATE in black—I think of his eyes, of his slippers.

I could not shift my eyes from the rectangle that held the answer, the unknown. I remember trying to blink, to fill myself with the whiteness, until the door itself disappeared and all that remained was a vacuum where I was floating, drifting toward the white hole in front of me, getting closer and closer until everything else was erased, obliterated, and all that mattered was the whiteness—absolute—in front of me, making everything else unimportant by comparison.

Can you even begin to understand all this? The fascination I have always had for the snow, the beach, the surf? Yet I know that it is all an illusion, something false that will disappear with the warm rays of the spring sun. But it does not matter, I—like you—must live out this moment, this heavy present that we can never shake no matter how hard we try. All one can hope to do is hold it, master it a little before the illusion is over, before the snow melts and the present turns into future...

30

I have just made an offering to him. He is always there, watching, waiting. I could not sleep; I kept seeing hands, the hands, becoming larger, more threatening, until I had to leave.

You were sleeping when I went into the living room. With the light of a match I found the earphones; I smoked and listened to Ravel's Bolero.

I had to.

From where I was sitting I could see the moon reflected on the huge mirror. Then I wondered if all this was real. There was only one way to know. I stood in front of the mirror—the moon was coming in from my left—and slowly pulled down the zipper of the trench coat. At the same time I closed my eyes. Somehow I kept hoping to see nothing out of the ordinary, a clue to an endless dream. But no. When I opened my eyes, under the pale light of the moon the red heart was plainly visible. I pulled up the zipper. I wanted to see no more; I had to walk.

It was then that I stepped into the cold.

Chapter Three

Feathers, ruffles, giant butterfly wings: they undulate, twirl, float in the warm air forming a dizzying, shifting mass that metamorphoses constantly, with every passing second, with the movement of the legs.

Has the anonymous camera captured—frozen—just one pair of legs in different positions, or is it three pairs? I do not know. It is a beautiful, somewhat blurred chiaroscuro. The composition is illuminated by a soft spotlight.

The background for the rectangle is bright red. The title is in yellow capital letters: RAVEL BOLERO. On the upper right-hand corner, just below the sitting dog forever looking into the megaphone, RCA Victor Red Seal(LM-2664). But the record has not been in its jacket since you came here; it is always on the turntable, ready to be played just one more time. I have noticed that you always leave—purposely, I assume—the control arm raised, so the record will play uninterruptedly with only a few seconds of interval—the time it takes the arm to come back and start again on the first groove. The sound of the Japanese mobile fills those seconds.

You paint. From where I am, on the cushions, I can see the back of the easel and your legs and bare feet (just like the ones on the record jacket I am holding) moving, unconsciously following every brush stroke, sometimes stepping back and pausing for a moment to get a better perspective or just light another mentholated Marlboro.

The volume of the music, forever upwards, voids any possibility of conversation. Besides, I do not think we would have that much to say anyway. We walk, we listen to music and we drink coffee; we travel through the nights in this old house by the ocean.

(All that unites us in this vast silence:
eyes tired of long wakes
dreams revealed to the foreign air
and above all that which calls us
banging secretly on our souls.)
Silence.
The tinkling of the mobile outside.
The first cadences of Ravel's *Bolero*.

And you still paint, unaware of my presence, pouring yourself onto the canvas—the only real world for you—and into the music.

I think.

My writing tablet is empty (or almost empty, what little I have done is scratched out) but somehow it no longer bothers me as much as it used to, when we first started walking this summer. Then I felt that I had to prove something to you, that my words—unlike my days—were not empty, that I could give substance to the children of my imagination.

How things have changed, don't you think?

████   ████   ████   ████   ████   ▪ ████   ████

Do you wonder why I sit here, with my legs tucked under my thighs, smoking and staring at him? Do you ever notice that I don't dare move until the joss sticks are completely consumed?

I fear him.

Have you ever looked at him? I mean, really looked. How distant he is, yet so present, so commanding. Have you noticed his flowing white hair softly falling on the silk robe, his quartz-hard eyes, the long, thin moustache emphasizing the cruel line of his lips? His black slippers with gold threads?

And yet, I am no more capable of breaking the spell—is this the right word?—than I am of walking on water. I know he is the point on which we will converge, consummate what has been preordained from the very beginning.

He knows it too.

But it is not his face (although that is where I usually begin) what magnetizes me. The hand openings of the robe are empty, partially covering the bloody stumps. When the time—the inevitable—comes, his hands will reappear, come out of the carved-ivory box that holds them, brandishing one of the cruel weapons that accompany them in the darkness.The elephants on top continue to cross the Pyrenees.

He meditates. Perhaps about the time when his hands will be returned.

(How can I help but think about those long, lean hands that remind me so much of the hands, the ones slowly filling the lead-gray day, softly but firmly holding the inexorable instruments that were later discarded on a tray, producing a metallic sound that blended forever in my memory with the hidden music?)

So I sit here, staring at him, mesmerized by his gaze just as much as the first day our eyes met—instant flow—in the curio shop where I usually ended up after walking aimlessly on the beach. I sensed that I had found a key to an enigma, an enigma that I would have to follow—because, you know, it was always meant to be this way—to the very end. To his hands.

But you seem unaware, aloof, with your writing tablet (the same one you've had since this summer) in your hand. Perhaps all is as it was—is—meant to be. The only thing that unites us is this silence, tenuously superimposed on the ocean—the ever-present background—and softly underscored by the tinkling of the Japanese mobile in the wind.

But there is nothing beyond the realm of you.

How—I ask myself—have I ended up in this deserted summer house in the middle of winter, with an empty writing pad and you. Because you are always present—even when you are not here—slowly erasing all traces of everything else, overwhelming everything else, with your very self. And I am caught right in the middle of it. Perhaps you are just as helpless as I am: a link in a chain that has always been, always meant to be this way and no other.

I do not know... from the first time we met, right here in this house—it was then full of music, people, even laughter at times—I looked upon you as a last hope, a catalyst that somehow would bring forth what I had been unable to put on paper elsewhere. But as the people left—the weather was slowly turning colder—we spent more time together, but grew more distant, until we reached this absolute silence. That is now. All we ever do anymore is walk on the beach. Sometimes you paint; you smoke incessantly. You always listen to Ravel's Bolero.

I watch you, with the writing pad in my hand and lying on the cushions. As I watch your feet behind the easel, I imagine what it would be like to draw you on paper, just as you put down on canvas all those images that cross your path, or sometimes your imagination. Yes, I would like to tell someone—someone I do not even know, a nameless person on the other side of the page—what it is like to be here with you, in this abandoned summer house, on a completely deserted beach. But I cannot—will I ever?—get past the first sentence (and even that I keep scratching out). Where to start? I do not even know your name. You are so distant that I am beginning to accept my failure, accept the indisputable fact that I am alone. Trying to put the wind on paper would be an easier task.

(But today, as you can see, all has changed;

I cannot share my loneliness: the beginning of a road that crosses fields of an unthinkable green in a black and wide space, separate us: you are inaccessible beyond the winds, beside the sea that brings us together.)

The irony of it all is that I know precisely the instant when I became displaced. It was his arrival that marked the turning point. I sensed it right away, as soon as you removed his hands and lit the first joss sticks: an invisible wall went up. You were staring at him through the thin curtain of smoke; your lips were moving. I might as well not have been in the room at all.

Last night was worse than usual. I saw you. Or rather, I saw your reflection in the mirror. It was late, but your demons—I know—never sleep; they are always stalking you. I heard the shuffle of the sheets when you put them aside, the squeaking of the springs of the bed when you shifted your weight to get up. Silence: you were getting dressed.

Through the open door I could see part of the next room: a wall, the side mirror. A sound of feet on the carpet, the sudden flash of a match, a glowing tip puncturing the darkness—because you thrive on darkness. You were feeling for the headphones, for the plug, for the 'On' knob of the record player: Ravel's Bolero.

I heard the slight scratch of the needle on the record, then the distant music, barely cutting the darkness. I did not move; I knew you thought I was asleep. As you inhaled the smoke I saw the glow from your cigarette softly covering your face (your features appeared and disappeared in the darkness). From the almost extinct fire you started another mentholated Marlboro; you would chain smoke until dawn.

When the record was over, rather than allowing it to play again, endlessly, as you are in the habit of doing, you turned off the machine. Reflected on the mirror I saw your silhouette slowly, ceremoniously, approaching the pedestal where he sits. Somehow it became so clear, in the silent darkness, that he had been waiting for you a lifetime, perhaps even longer.

A flash of orange, the smell, two glowing tips: joss sticks. Your lips were moving, but no sound came forth—or, at least, I could not hear it.

For a long time you remained motionless—your reflection transformed into another still object—sitting on the floor across from him.

(I imagined your hands holding your ankles while the joss sticks—a private offering, a silent prayer?—burned their deliberate yellowish streaks onto the fabric of the night.)

You stood up.

In the mirror by the window, facing the sea, your reflection emerged. The moonlight came in through the glass; you stepped into it and suddenly your silhouette was transformed into the silvery effigy. Your left hand—actually your right, since I was looking at your reflection—reached for the top of the trench coat, for the metal tab of the zipper. It came down, splitting the coat in two.

In the moonlight, clearly visible above your right breast—actually your left, since I was looking at your reflection—was a red, throbbing heart. Your hand moved up—did I hear a muffled gasp?—to the huge window and traced a word, or perhaps a symbol, on the moisture that had collected on the glass. Then it came down, reached for the zipper. The heart disappeared.

A shuffling of feet on the carpet.
An empty mirror.
The joss sticks are dead.

You are back in the house, still asleep. He watches over you, impassive, knowing that his time will come. Will you be afraid? Surprised, perhaps?

The wind howls as it passes around the corners of the house and becomes trapped in the steps of the wooden stairway. I stop on the landing and light a fresh Marlboro. (I only succeed after my third attempt.) Above, tinkling incessantly, the Japanese mobile. The sea at this hour is a soft gray, like a huge blanket or an endless lake of molten wax.

The beach is deserted.

The jetty is partially covered with snow. It does not matter, I will still walk—I must walk—until I can go no farther, until his face dissolves in the ocean. The pools in the rock are now frozen; the animals have disappeared.

(Sitting here now, by the edge of the water, it almost seems that it was a blink ago that I ran to the house after finding a dying fish in one of the crevices. I remember it so well: the slight shaking of the tail when I took it to the surf, the cool water of the evening covering its parched body. I saw so much that instant, the last link of the inexorable chain that I—we—am powerless to break, a link that will end at his hands.)

The sun is coming out behind the house. A thin column of smoke comes out of the chimney, softly dissolving in the cold morning air. You must be up by now, making coffee in the kitchen, opening your eyes to the books you always seem to have with you. Books and a writing tablet. Do you have by now the key to this reality that we are destined to share? Have you unraveled —foreseen—the end of the road, the last implacable link? Sometimes I fear you too; fear that you may be recording everything on your tablet. It would be so useless. Just the task of choosing what to record would be an impossible one. Could you be so sure that the facet you seem to see, the version you believe to be correct is indeed accurate? The best you could ever hope for would be a series of disconnected, seemingly unrelated pages—a broken mirror whose countless scattered pieces reflect the same room, but from slightly different angles.

What to believe? The ramblings of a madman would be as valid.

In the meantime I paint (do you still think the canvasses are unrelated?); I paint; I listen to the music. There is nothing else to do for now.

In the spring the last canvas will be completed, the mandala closed. We will play out our inevitable roles to the end.

I feel threatened... not by you, or anyone, or anything in particular. I just feel insecure, restless. The other night, somehow, I feel that I gave away a secret that should have remained with me. At least for now, until you are ready. But everything conspired against me: the darkness, the silence, the late hour. Him.

Did you really see anything? Were your eyes closed, as they are so often, when you listen to the music? And if you did see, did you understand the significance of what you were looking at, did you even begin to imagine how painful it is?

I don't know.

You never said anything. The following morning was as usual. I walked on the beach (with you behind me, I know) and I tried to pretend that nothing had happened. I may have even been humming a tune whose name escapes me now. I remember that morning, how bright the sun was, how blue the sky. I stopped by the surf and started building a sand castle. I was almost happy.

But today everyone has taken refuge in their cabins, in the shops, in the bars. I walk the same beach, build the same sand castle in my mind. The afternoon is gray, cold, auguring the imminent arrival of the first frost of the fall. The sand feels soaked, sticky under my feet... a soft drizzle is coming from the sea. Yet, I keep walking on the deserted beach, trying to leave behind this unexplainable feeling, that voice in the back of my mind that tells me that I am on the verge of something awesome, something that at this moment I cannot even begin to comprehend. (I wonder if you, wherever you are, follow me in your thoughts, this instant, as my feet leave their damp imprint on the sand.)

Sometimes, when I deceive myself into thinking that I am beginning to understand you, you will say or do something that makes me realize how futile everything is. It is so difficult to grasp—am I really trying, or is this yet another self-deception?—perhaps it is the way you look at me sometimes, when you think that I don't see you, or the way you turn your head to face the morning sun coming in through the window. I sense a certain aimlessness, as if your center had been dispersed and you had no longer a way of knowing which way to go.

The drizzle from the ocean is turning into rain. I zip up my trench coat. In the distance I see the wooden stairway reaching down from the boardwalk to the beach. (So empty, so free from the incessant summertime footsteps.)

By the time I reach the stairs I can feel the rain trickling down my neck and my hair sticking in my face. But I do not hurry.

On the boardwalk I stop to look at the ocean—its horizon now blending with the gray sky—and the surf. I think of you. Yes, I think of you because I feel that somehow you follow me in your thoughts to this beach where I sat so many times this past summer, sketching everything in sight. You were always there, sitting beside me (but never looking at me) with a writing tablet in your hand.

38

For a moment I feel as if you were still here, trying to find the nameless people who are gone forever. Sometimes I wonder who you are.

But the boardwalk is deserted this afternoon. I flows in either direction; it disappears in the thickening rain. By now my hair is soaked; I can feel the drops falling steadily onto my trench coat. (Yes, the same faded trench coat I have been wearing for the past months.)

I walk.

This time of year the shops are usually closed. The tourists—and their money—are gone for another year. As I walk in the rain the open door catches my attention.

I go in.

This is the same shop where earlier I found a capiz-shell Japanese mobile. For a moment I close my eyes and inhale the aroma of wood and varnish. It suddenly occurs to me that the little bronze bells that used to hang from the inside of the door are gone. It was as if my arrival should not be announced, as if I had been expected.

The old clerk is sitting at the rear of the store reading a newspaper and drinking coffee. He does not pay any attention to me. I wander among the tables and racks that I know so well: the seashells, the painted scarfs, the couri necklaces, the monkey heads carved of coconuts. On the walls hang the usual swords, animal skins, posters announcing anything. And, of course, hanging from the ceiling, by the door, the mobiles.

I feel myself floating in the stuffy atmosphere; I have to make a conscious effort to keep my eyes open. Had the air—I thought—turned into a thick and nauseating syrup?

I have closed my eyes; I inhale and think of the fresh air outside. I feel a little dizzy.

I open my eyes. I feel a sudden jolt, an energy up to this moment unknown to me. I cannot break away.

Seated on a jasper pedestal, impassive, distant, even a little arrogant, a long figure with a black silk robe. His long white hair flows onto the robe. The black slits of the eyes stand out on the yellow background of his skin.

I look at him more closely; I feel even more dizzy, almost fainting.

His hands are missing!!

By this time the owner (has he detected something unusual?) is standing next to me, coming to the rescue, breaking the spell with his unsolicited information about the statue.

The hands, he says, are enclosed in a box with a carved top (elephants crossing the Pyrenees mountains). And with the hands, an assortment of cruel weapons.

At this point I no longer hear him, his words die, collapse in mid air before reaching me. I know that I have found the key.

There is no argument about price, no questions about his history.

I walk on the wet sand, with a bundle in my arms, leaving prints on the deserted beach, dripping water from my trench coat.

I am no longer thinking of you.

I did not notice it when you left. As usual you and I had been walking aimlessly on the deserted beach. Finally we had made our way back to the black mass of rock that was the jetty. We traveled its full length into the sea.

I sat down on the rocks, facing the water. I watched the horizon, the sea gulls, the edge of the water. In my hand I still held the writing pad.

Even though it was not very cold yet, I had seen you shiver involuntarily, as if a sudden and unexpected icy breath had come over you for an instant. You pulled up the zipper of the trench coat. (I still wonder whose name used to be on the now missing patch of white material.) The dark rectangle on the cloth was an open invitation to conjecture. Perhaps you are trying to conceal from me what you think you revealed the other night. I am not even sure myself of what I saw, or what I heard you whisper.

And it really does not matter. By the time I stand up and turn around you are no longer there. The sun has been momentarily eclipsed by some afternoon clouds; a cool wind is blowing from the sea. Soon it will start to rain. That is as certain as the fact that you will return. (After all, have you any other place to go?)

Toward the horizon the rain can be seen as a solid and fast- approaching curtain. I turn around and start to walk back. In the distance I see the house. I feel the dampness of the writing pad in my hand and the wind on my back, pushing softly toward the shore. The first drops of rain are like needles—frozen needles—on the back of my neck. I do not hurry.

From where I am the Japanese mobile is plainly visible, hanging above the landing, from the light shield. It dances wildly, but I do not hear its sound; the wind carries it away in the opposite direction. Perhaps to where you are.

As I start to up the steps the rain finally comes in full force. Where are you? Have you been caught somewhere by the cold, sudden rain, or have you found shelter, a place where you can hide with your thoughts, with your secret demons?

I am here; I know you will return. No matter how far, how long you stay away, you will always come back to this house, to the canvasses, to Ravel's Bolero, to the long, uninterrupted silences only punctuated by the rattling of the Japanese mobile. To me.

It is a fact that I have come to accept, just as I am accepting other things because you and I are here, alone in this summer house.

So I do not worry. I go to the kitchen and make some coffee. I glance at one of your drawings (children on the boardwalk) and then come back

40

to the living room. I take Ravel's Bolero off the turntable and replace it with Booker's Blues, from Booker Irvin's That's it. (Originally recorded on Candid, now reissued by Barnaby. Z 30560, to be exact.)

The sound of the initial bass line fills the room, then Booker's saxophone begins to weave the theme. Outside the rain is softly tapping on the glass, forming miniature rivers that eventually meander to the base of the window. The images—the surf, the jetty, the uniform gray of the sky—become distorted when seen through the glass. Inside: the blues.

I put down my empty cup and search for a Marlboro in my pocket. I let the smoke drift out of my nostrils and blend with the music.

The rain, the music, the smoking by the window. It all seems so familiar, as if all this had happened before. But I do not want to admit that I am waiting. To do so would somehow void all I have been trying to do, it would bring back all those ghosts from which I am running, all the things that I would rather forget. I try to think of something—anything—else.

I concentrate on the music while I look at my empty writing tablet. With every passing day what I had set out to do becomes more difficult. And your presence does not help me; it just makes me realize even more how futile it is to try putting everything down on paper, how insurmountable the task really is.

Sometimes, when I look at you I fool myself into thinking that perhaps I could start with the first night, here in this very room. When you walked in from the rainy night and I offered you a cup of steaming black coffee. But, was this really the beginning? Oh should I start with the grill that morning, when we met—if just for an instant—in the mirror above the counter? And even if I could find a suitable place to start, what could I really say about you? How could I be sure that what I wrote was a faithful account, a true rendering of our reality? At this point I am not even sure of this room, the music, the rain outside. Everything could be my own invention.

On the huge glass there is now a quivering speck. I concentrate on it through the smoke and the rain. It grows visibly, approaching the house. I can now distinguish a trench coat and jeans. As you start up the stairs I realize that you are carrying a bundle in your arms.

When I approached the window the fartherest thing from my mind was that night, months ago, when you left the house before dawn after looking at yourself—bathed in moonlight—in the mirror. I remember the look of horror on your face after seeing the reflection of what your trench coat usually conceals. You stopped by the window to trace something on the moisture that had collected on the inside of the glass.

But my eyes were filled with you—painting, as usual—and the finished canvasses that are apparent everywhere in the room.

From the pedestal, inscrutable, he is watching. On the record player, of course, Ravel's Bolero. It is not until now, after so long, that I finally realize that the symbol you traced that night on the glass was a circle (a mandala, I am sure you would say).

I now sense a vague pattern: your walks on the beach never leading anywhere except to the point of beginning, over and over, never tiring. I should have sensed it from the start, deduced it from the way you reacted to the people and the poems. To the ocean and the house. There was an underlying restlessness in you that always came out no matter how well you tried to hide it. And, of course, your music. Yes, that circular piece, ever repeating the theme almost to the point of madness, that it hammers on the inside of my brain until the final crescendo, when I feel everything exploding.

When the music stops there is the silence and the sound of the Japanese mobile, filling the vacuum with the soft sound of its mother-of-pearl scales. Did you choose it because of its shape, because it offered you an endless parade of circles forever multiplying in the wind, in your mind?

But it is I and not you who is before the window, slowly raising my index finger to the slightly hazy glass. With deliberateness I trace a circle. I feel that this act carries an underlying significance, as if by doing this I were perhaps acknowledging my complicity in an unspeakable but inexorable series of events—fate?—that you and I are condemned to share in this silence. Has someone else—abominable thought—invisible and ever present, been guiding my hand? Am I nothing but a minor character in an absurd play, a character who, regardless of personal preference, must act out the lines that have been assigned to him?

And you—whoever you are—are you also just another empty character out of a book who must do someone else's bidding without protest? Can this knot be unraveled, or does it lead to yet another more intricate and infinite labyrinth?

The mandala on the window has become a symbol: a snake biting its tail.

I suppose it was the hands that compelled me to him. Yes, there is no question about it, that was the decisive factor. I could not cease to marvel at their beauty, at their hidden potential for an infinitely refined cruelty. I was mesmerized, my will evaporated like salt water in the midst of the afternoon sun. It was like remembering at last something long forgotten, something that had remained dormant in the back of my mind, until it was triggered by the most trivial of images. My heart was beating faster, there was a rush of blood all over my body. Had I found the completion of the triad, the third side of the triangle, the three that make up one?

At that moment I was oblivious of the store keeper, the rain that had drenched my coat and hair (that now clung to my body, dripping slowly onto the floor where it formed little puddles of water that ran through the cracks in the boards.)

(I was once again in the waiting room staring at the fashion magazine that I could not bring myself to read, waiting for the white door to open. The whiteness finally engulfed me, led me to the next room—whiter than white—where the only reality was the smell of antiseptics and the sound of the music coming from the speakers hidden out of sight. The same relentless, circular music forming an endless spiral with an explosion in its vortex. And, of course, bathed in the bright lights, the hands. I remember the long, lean fingers. They moved with confidence, slowly at first and then a little faster, holding the rods, the metallic instruments that were one by one—their usefulness over—discarded on the metal tray. The hands became everything, erasing the rest of the room with their conjuring motions, always within the impenetrable circle of light, until they disappeared in the black hole of the anesthetic: a dream, a memory that will not die...)

Had I entered the labyrinth of light and sound where—it is not until now that I realize it—I would be my own Minotaur? Can you understand this? Do you still perceive all these events as unrelated pieces of an uncertain reality? Even if I wanted to, I would have no words to tell you about the pain, about the needles so ceremoniously—so indifferently—carving my flesh as I lay in the darkness with tears silently escaping my eyes. No, you could never understand the symbols along the way, the symbols that are now a part of me because I have felt them in my own flesh.

And the hands. They, too, had become the only thing present, filling the foreground of my consciousness to the limit, until I lost track of time and space, until everything was the hands and the soft tinkling of a mobile in the dark.

But, you see, three, and not two, is the magic number to close the triangle, to complete the mandala. Everything has suddenly crystallized before me, as if an imperceptible gesture of a magician had dropped a blindfold from my eyes, a blindfold I was so used to wearing that I didn't even know it was there.

The triangle is complete. He is the third side, the indispensable element. Before he came you and I were without a link. But now—you don't know it yet, I am sure—everything has begun. Little by little, slowly, the end will be reached. I have begun to work on the final paintings. When the last one is finished—I know now—the time will have come. Your hands will come forth again for the third and last time to close the mandala. Sometimes I am afraid. I try not to think ahead, just live this moment, this now which is here to stay forever. When I get tired of walking on the beach I will run back to the house and listen to the music in the dark while I watch the glowing tips of the joss sticks work their way down, until they are finally consumed.

I make these offerings and hope. In the meantime I paint and smoke.

You come and go, always carrying the writing pad, always looking serious, perhaps a little sad. I hope you don't expect me to feel sorry for you. You and I are beyond that by now. How would you react if I were to tell you about the park that is forever in my memory, with its dark gazebo, the empty fish pond, the soft snow falling silently in the middle of the gray afternoon? Do I have words to tell you—to tell anybody—how it feels to be discarded like an object that has outlived its usefulness?

Could you understand what it was all about? No, I seriously doubt it. And even if you were to make an effort to penetrate, to understand what you never will, it would probably be just to write it down, as you seem to want to do with everything. Will you ever realize how useless it is? There are no words to describe all this. Have you deceived yourself into believing that you can tell someone—someone who has not even walked on this beach in the middle of winter—about the house, about the music, about everything else that makes up this implacable reality?

I know you will continue looking for the key to the enigma.

I see you sometimes, watching me while I paint, or when I walk on the beach. And even more important, when I light up the sticks and stare at him. Words are meaningless (you, of all people, should know that by now), but you persist in jotting down everything on those terms which are irreconcilable with all that you and I share. But you will learn, soon, when the inevitable comes. You will realize how feeble your fortress of words is.

I close my eyes and think of the timeless sand running through his fingers.....

It seems that I have always been sitting here, by this window, smoking and watching the snow outside. You are out there someplace, wandering in the labyrinth of whiteness, tracing concentric circles with your steps. I am at the center; you always return. It is all so familiar: the snow, the window—the ashtray on the sill—the waiting.

Everything is so obvious by now that we have learned to accept it without question. But I still wonder. Who is at the center of the vortex? To whom do you return from your endless walks on the beach? Who am I in your scheme of things? Is it possible that I am nothing but a link, a means of reaching him, the center of the center?

I know that he waits. For you? I do not know; I have never known for sure. Even from the first day, long ago, I could not be certain. The rain on the glass distorted the world outside. I was here—as always—smoking and watching the sea. The soft tinkle of the Japanese mobile came in faintly from outside. It was a dull day. The kind of day one does not want to say or do anything, just smoke and listen to jazz and the rain. Or remember the past, if it is not too painful.

Then you slowly materialized from a spec in the distance. I watched you, a dark point on the whiteness of the sand, progressively getting larger, until I was able to distinguish the features of your face through the rain. You were not walking any faster than usual. As you approached the house I realized that you had a bundle in your arms; something wrapped in what seemed to be a blanket to protect it from the elements.

(...I remember standing closer to the window—my breath was clouding the glass—watching you come up the stairs, pause for a moment on the landing and then climb the final steps before reaching the door...)

When you came in I did not turn around but kept facing the clouded glass. I believe you were humming a tune, I am not sure. I still faced the window, watching your reflection on the glass.

(Whenever you moved away from the lamp I lost you, but eventually you sat on the floor, under the light.) You did not take off the trench coat. Slowly, with infinite care, you started to unwrap the bundle you had brought with you.

I turned around, sat on the cushions and lit a mentholated Marlboro. Your back was by now turned to me. You were facing him.

(...have you ever stopped facing him since that day, I wonder now as I write these lines. It was the turning point in this absurd relationship. Nothing could ever be the same...)

He was seated, impassive, on his pedestal. At his feet, a box with a carved-ivory top. His hands were missing. With slow movements you lit the match and then the first joss sticks. Was this act a commitment on your part? A covenant of some sort whose finality I could not even begin to guess? I still do not know.

Even now, months later, as the joss sticks burn, you whisper softly, your back turned to me. The words are lost in the tenuous meanderings of the Japanese mobile.

I feel so empty today, like being away for a long time and finding everything changed after coming back. Maybe I am the one who is different, unable to look at things as I did before. Nothing, no one, seems important. Except you. Or the memory of you. Sometimes I still doubt if you were real; I look for clues but all that is left is a handful of yellowing pages abandoned by your hand. (Or perhaps it was my hand all along, pretending to be you.) But this is really a minor point. The important thing is that the pages do exist; they in turn give me reality, substance.

I touch them and a world opens up to me as I go over the lines. The walks on the beach, always watching each other out of the corner of the eye, but never admitting to it. Always feigning an indifference that perhaps was not really there, playing the game until its very purpose was forgotten and it became an end in itself. I still remember the painting sessions, the drives in the Volkswagen, the endless nights of smoking, drinking coffee and listening to Ravel's Bolero. Is it possible that I could have imagined all this? Could I have imagined you? What about him? The evidence is here: these pages; the paintings; the almost worn out copy of the Bolero; the Japanese mobile. Yet, how can I be absolutely certain? Even when we sat in the same room, walked side by side on the same beach mixing our tracks on the sand, you were never within reach. Detached is the closest word I can use to describe you. It was as if nothing mattered anymore. You had seen everything and nothing could hold your interest any longer. It was like that from the beginning, the night we met at the house. It was full of people that night; they were all listening to jazz and drinking wine. Yet, from that first cup of coffee we had then I knew you had traveled a long and hard road. There was no need for words. In the darkness of the landing, while listening to the poems coming from above, I saw in your face that you were beyond language, beyond explanations. Even beyond me.

Were you aware of the sound of the surf? When I think back now I realize that there were so many details that seemed insignificant then: the words from above; the smell of coffee; the mist coming in from the sea. The best I can do is to say that these details gave the moment depth. As they slowly fade from my memory I desperately try to put them down on paper, refusing to accept this today. I persist in conjuring you back, in trying to assemble all the details.

And then, for a moment, as I close my eyes and inhale the mentholated smoke, I can almost hear your voice in the wind, mixed with the sound of the surf and the tinkling of the mobile...

THEN

Chapter Four

...definitely a good day for coffee."

The unexpectedness of the sentence, combined with the harshness of the overly bright neon lights—especially after an all-night bus ride—startled her for a moment, slowed her down.

The nameless voice had come from a booth, near the counter. Its modulations suggested an underlying sureness, a command of the situation by the speaker.

By now she had moved over to the counter. Setting her suitcase by the stool and the sketch pad on the green formica top, she lit the first mentholated cigarette of the day.

The man behind the counter asked her what she wanted. The tone of his voice betrayed the fact that he was not quite awake yet.

"Coffee. Black, please," she heard herself saying. Somehow she had changed her mind from the time she got off the bus. She had intended all along to have bacon and eggs.

"There!" came the same voice from behind. "Coffee, the stronger the better. Today is a coffee day."

At the top of the shelves behind the counter, all along the wall, there was a long mirror tilted downward.

She looked up.

Reflected in the mirror, looking down at her, was the face of the man in the booth. For a moment she held her gaze, but then lowered it into the cup of steaming black coffee.

Everything conspired to make him right: the impending Monday-morning humidity had inadvertently changed into a drizzle underscored by the unexpected temperature drop. Yes, it was the kind of day one says, "If I could just go back to bed."

(That day had been just like this one. The drizzle; the morning chills; the soft ruffle of the aseptic gowns; the bright lights; the metallic sound of the instruments on the surgical tray. Then the coffee. Lots of coffee and sympathetic smiles.)

Inside the grill the electric fans made matters even worse: they forced the humid, air-conditioned atmosphere to circulate. The customers were caught off guard.

In the back of her head she could feel the embryo of an oncoming headache. Days like this always made her feel that way. Just bad enough to throw off her day, but never reaching the severity needed to justify to herself taking a couple of aspirin. It was definitely a coffee day. And the stronger the better.

"But what I would like to see..."

After sipping some of the coffee she could actually feel the waves of pain receding to the back of her head, shrinking, almost—but never completely—disappearing. The whirlwind created by the fans had also lost some of its severity.

"...is everyone drinking..."

From a hammered-silver cigarette case she took out the second Marlboro of the day. The first attempt to light it was a failure: the turning fan coincided with the feeble flame, extinguishing it as soon as it was born. The second time she succeeded; she inhaled deeply. Another cup of coffee gave her the energy, the get-up-and-go that the first one hadn't. She stood up. After paying for the coffee she picked up her suitcase and sketch pad. Making her way through the whirlwind, she walked out.

"...coffee."

When she opened her eyes she saw from the moving bus the first signs of life in the awakening town: the milk truck making its usual runs; the garbage men gesticulating wildly—not fully awake yet—and a junior-high student making his newspaper deliveries before going to school.

The soft drizzle that muffled the morning had not prevented the driver from keeping the air conditioning from running all night. It was the middle of summer. Inside the bus it was cold and sticky and she didn't have a sweater.

So she decided to take out her sketch pad and pass the remaining time of the trip trying to capture some of the fleeting scenes. Later she could transfer them onto the canvas.

The delivery route of the paper boy and that of the bus seemed to coincide. So she had the chance to observe repeatedly how gracefully he delivered the papers from the moving bicycle. It was always the same fluid motion—never broken, never indecisive—of reaching back with the right hand into the bag attached to the rear fender of the bicycle. With a quick movement, as if tracing an invisible arc on the soft drizzle, the paper would suddenly emerge from his hand, completing the parabola on the front porch of the chosen house.

She was getting it now: the bicycle, the torso, and yes, the arm that had just released the newspaper. "It reminds me of the classic discus thrower," she thought, remembering the hours spent before art books, in museums and, of course, in art class.

Suddenly she realized that she had not eaten anything since the night before. And just a ham sandwich at that. At that moment she wanted bacon and eggs more than anything in the world. The delivery boy had disappeared from her sight; he was replaced by an old woman sweeping her front porch. Then the garbage men again—still gesticulating wildly—and the milk truck. A police car. A bus.

Yes, a bus.

They had arrived at the terminal.

"This is it," said the driver as he stretched from an all-night drive, and then proceeded to disappear into the building.

50

Across the street the still-on neon sign of a diner seemed to invite her in. When she crossed the street—with her suitcase in one hand, the sketch pad still in the other—she realized for the first time how hot and sticky it was. But she didn't care.

Placing the sketch pad under her left arm, in order to free the right hand, she opened the door.

Hello, operator,
get me Dr. Jazz...
Oh, yeah, operator
'cause he's got
what I want.

By the time in his life he first heard those lyrics, the author—the immortal Jelly Roll Morton—had been dead for decades. But it really didn't matter; he had never heard of Jelly Roll anyway. As a matter of fact, it was the first time he had ever heard any jazz. She had left the record on the turntable and he had—by chance—turned it on.

He liked it.

It somehow seemed to fit with the room: the books, records, ashtrays that should have been emptied the week before. It also fit with the uniform dullness of the gray afternoon.

The blues.

Hello operator...

Outside it was beginning to snow. He got up to increase the volume. The voice and the piano filled the room. Holding a baked-clay ashtray he made his way to the window. He placed it where he always did, on the window sill, by the vase of plastic flowers.

...get me Dr. Jazz...

He wondered who had what he wanted (whatever that was), just like the man said in the song. Outside a group of kids had already taken out their sleds and were making their way to the top of the hill.

...oh, yeah, operator...

It was all kind of senseless, he thought, going up the hill, dragging the sleds, to come down again: up, down, up, down... and so on, until they were exhausted or their mothers, suddenly alarmed, would call them from within (taking advantage of the soap-opera commercial). And the young voice, still gasping for air, would ask to stay out a little longer. But the question would get lost, muffled by the sudden snow. The commercial would be over.

...'cause he's got...

But maybe it wasn't so senseless after all. The time, the effort involved just for a few moments of exhilarating speed, when everything would become a blur and all the senses would be focused on that one instant. Isn't that what it was all about? The work, the effort, the ever present disappointments just for a few—if one was lucky—moments of false euphoria. Sometimes he thought of it as meaningless, a task unworthy of being carried out.

...what I want.

He inhaled and looked out the window again. Through the smoke of his cigarette he saw her; she was carrying an armful of packages, making her way through the freshly fallen snow.

The huge skylight covered three-fourths of the studio ceiling. Directly below it, on a small platform, a nude model sat on a stool holding a red flower to her breast. One of her legs was crossed, and her free hand rested on her ankle.

In the room the students hurriedly traced the final charcoal lines on the canvasses, while the instructor walked around them, arms locked behind his back, letting out enigmatic "ahs, mms and ahas."

By the time he got around to her canvas, however, he had exhausted his untranslatable repertoire. So he just stood there, behind her, observing her progress silently. It always made her nervous—though she realized there was nothing she could do about it. Not that she did worse than the other students, but in her mind she always tried to guess what the instructor was thinking: "Yes, that's right.... no, the line should be fuller, thicker, to round off the shoulder..." and on.

It just made her nervous.

By the time she completed the torso, she heard the "Good" coming from behind as the instructor walked away. It was indeed rare when he praised any of the students. In fact, one could consider oneself praised when he did not have a word of criticism for the work.

What the instructor did not know was that she had a much older tutor at home: Leonardo da Vinci. For months she had been studying, copying, learning by heart his anatomy books until she felt that she was finally beginning to master the human figure. Her apartment was filled with literally hundreds of drawings of arms, legs, hands, feet and even ears. She had studied every muscle both at work and at rest; in a dynamic as well as a still setting.

And it was beginning to pay off. "So many students today choose to ignore the masters," she thought while applying the last strokes on the canvas, "that they do irreparable damage to themselves by taking shortcuts."

"Time is up," came the voice of the instructor from the other side of the studio. The model got up from the stool and stretched before slipping into the flower-covered smock. She left the flower on the stool for the next session. It turned out to be made out of wire and red and green velvet.

After putting the charcoal away she covered her canvas. With a stack of art books in her arms—she had stopped by the library before coming to class—she left the studio.

Outside it was beginning to snow.

Paul Desmond, Norman Bates, Joe Morello, Dave Brubeck: The Dave Brubeck Quartet.

Recorded at Long Beach, California.

It is one of her favorite records; she plays it every day at his apartment.

When she comes in she goes directly to the record player and turns it on. And today is no different. After placing the armload of packages on the kitchen table she walks over to the machine.

He watches her take the record out of the jacket. As she was about to place it on the turntable she noticed another record on it. She took it off and smiled approvingly.

"I see you've been listening to Jelly Roll. Good!" she said while placing the Quartet on the machine.

The recorded applause came on. She adjusted the volume and then took off her coat. The snow flakes were already melting on it, leaving their imprint on the fabric. After folding it over the back of a chair she kicked off her shoes.

He watched her stretching on the easy chair and reaching for the cigarettes in her purse. Later she would get up and turn the record over and make some fresh coffee.

He would sit by the window for hours, watching her, listening to the music. Smoking. He liked listening to her talk about jazz; she could tell something about each recording, about each performer.

So he listened to her talk about the Dave Brubeck Quartet, how they had done more than any other group to promote jazz during the fifties by taking it into the colleges and junior colleges.

Sometimes they just made love.

He felt comfortable with her. Somehow, he thought, she had added a new dimension to his life, to the apartment. She was like her music: abstract, intangible, but ever present.

He lit another cigarette and looked out the window.

The children with the sleds were no longer there.

As she approached the train station she realized that she was feeling somewhat apprehensive. It had been, after all, two months. People sometimes changed, especially when they interrupted the normal flow of their lives to do something else so suddenly. That it hadn't been his own choice was really irrelevant.

She still remembered the day—it had been the beginning of winter—they had met in an Italian restaurant for lunch. She had gone there from the art studio, still carrying her sketch pad and her art books. It was the first snow of the season.

Throughout the meal he had been rather sullen, even a little distant. But she did not press him. She knew that sooner or later—when he was ready—he would tell her whatever was on his mind.

But that had been the beginning of winter, the day of the first snowfall. Now she was wondering how those months away from her, from everything familiar, had changed him. Of course, there had been the letters and the telephone calls.

But her time had not been wasted. She had spent the months of waiting studying anatomy drawings by da Vinci. Studying and putting everything down on her sketch pad. Every limb, every muscle at work and at rest. It had helped the time go faster. And, of course, it had helped her technique tremendously.

The old brick building of the station became visible after she turned the corner—it reminded her of an antiquated anthill, with all the people constantly coming in and going out.

She checked her watch.

With quickening steps she crossed the parking lot; then up the stairs at the front of the building. She was now one of the ant-like creatures, going its own way, sometimes with, sometimes against the others.

She went in the station. Even though there were wooden benches available, she was too nervous to sit down. She finally opted for watching the trains that had already arrived.

She checked her watch again.

As the first snow flakes began to fall the train pulled into the station. She had not had to wait in the crowded, overheated lobby, with its smell of last winter's coats still floating in the stuffy atmosphere.

Through the window she saw the first group of passengers getting off, instinctively turning up the collar of their coats to protect themselves from the sudden gust of cold wind.

He was the last one to come out of the car. As he walked toward the terminal he buttoned up the top button of the trench coat bearing the white name tag.

She did not wait for him to reach the building, but came out into the cold to meet him.

They embraced, then walked into the building and out onto the parking lot, on the other side.

On the just-fallen snow the cars were leaving their intertwining signatures.

He sat motionless in the red canvas chair, staring absentmindedly at the soft column of smoke that slowly drifted upward from the cigarette tip. The music of Dave Brubeck's Quartet flowed out of the record player. He put the writing pad on the coffee table and stood up to look out the window. The street below was deserted at this hour of the night; the lights in the neighboring houses were all out. People slept; he waited for her, smoking and drinking coffee, maybe even trying to write a little.

As he was getting ready to go to the kitchen to make a fresh pot of coffee, the telephone rang. He hesitated for a moment before picking up the receiver, perhaps anticipating the bad news. But he put it to his ear nevertheless. Then there was what seemed an interminable silence. The expression on his face did not betray what was going on at the other end of the line. A click was then heard, followed by the droning sound of the dial tone. He just stood there, still holding the receiver to his ear, as if waiting for the voice on the other end to come back and tell him that everything had been but a joke in poor taste.

He looked out the window again.

The trees that flanked the now empty street were growing the first leaves of spring; a new cycle, a new hope. Yet, for him—whether he would admit it or not—a phase in his life was coming to an end. There are no guarantees about a relationship: how long it will last; who will end it; who will make a last desperate attempt to save it.

The Quartet was now playing These Foolish Things Remind Me of You. Yes, he thought, she was everywhere in the room: her picture on the dresser, in the music, the furniture and the drapes that she had picked out for him. Even the books on the windowsill. She was there, in every corner.

What was he to do now? His first reaction after the initial shock had passed was to reach for the bottle of Seagram's 7 that he kept with her books. He mixed it half and half with ginger ale and tried to gulp it down, but couldn't. It burned his throat too much. He closed his eyes and tried again, holding his breath this time so the taste would not be so noticeable. He filled his glass again and this time it was not as hard as the first to drain it. The record player kept playing over and over the same song, but he did not care. At that moment the only important thing was to erase the pain from his mind, to forget, if only temporarily.

With one last gulp he finished the remainder of the glass. Slowly, carefully, he walked toward the door. The stairs were dark, but he made his way holding on to the banister.

Above the record player tirelessly kept playing the same song.

Everything spoke of his absence: the naked trees, the cold wind, the now empty pond in the center of the park.

But she stayed there, motionless in the deserted gazebo, just looking at the drifting leaves being carried away in a whirlwind.

(The agony of parks
or objects that look for you
in the growing hibernation
all that which announces your return....)

The uncertainty of his return.... does he even suspect what she already knows, what she already feels? How things can change without one even knowing it! Is it too late?

With a mechanical motion she turned up the collar of her coat. In the right pocket she found a piece of charcoal. She started to sketch the bare trees, the empty pond, the brown leaves on the ground, everything that was a part of the dull afternoon.

Not too long ago she had sketched the same things, but then they had a vibrancy, an inner life that was now lacking. Or maybe—she thought—she was the one who had suddenly changed, looking at everything—no matter how insignificant—through a different prism.

The lead-gray of the afternoon was getting darker, turning into a blanket of steel wool. Closing the sketch pad she got up and started to walk toward the multi-colored neon lights whose reflections could be seen on the clouds overhead.

As she approached the center of town the faces became more frequent, faster, until it all turned into a kaleidoscopic blur colored by the changing patterns of the neon lights.....

Without stopping she crossed the labyrinth of light, where the faces had lost all meaning, become mere reflections of the neon lights of sometimes of those in the show windows.

As she made her way into the darkness everything slowed down, came into perspective once again. By the time she reached her apartment night had fallen, silencing everything.

Putting her sketch pad on the coffee table, she collapsed on an easy chair.

With a sign of relief, she lit a mentholated Marlboro.

56

The two figures moved slowly under the setting summer-afternoon sun. They left the road, crossed the green field and finally went into a group of trees that grew closer to the river. In her hand she had a beach blanket with a dollar sign on it; he was carrying a red plastic cooler. As they went deeper into the woods they had to cross the railroad tracks. As far back as they could remember, there had never been a train passing through. The rails were orange with rust; the wooden ties were falling apart.

They walked unhurriedly down the narrow path that led to the river. By the water there was a boulder. From one of the branches above hung a rope. People would swing on it, then let go and fall in the river.

The sun was coming down behind the trees; the only sound was that of the summer insects. They did not stop at the rock, but kept on walking past it along the bank, until they found the spot they wanted. With a fluid motion she opened the blanket and let it come down softly on the ground. He had meanwhile produced a pocket radio and was tuning in the local jazz station. Then the sound of the vibes was in the air: Fontessa, by the Modern Jazz Quartet. He came closer and sat next to her on the blanket, after positioning the radio on the flat surface of a nearby rock. He held her hand. After a few minutes of silence he leaned back and stretched out full length on the blanket. He closed his eyes and concentrated on the music. Through the blanket he could feel the steam of the earth on his back; the heat that had been absorbed by the ground during the day was now being released. He felt good. At that moment there was complete harmony within. Her hand slipped away but he did not open his eyes or try to hold her back. A few moments later he heard the splash as her body hit the water. Even though she did not call him, he knew that she was waiting for him. He did not move, pretending to be asleep. She would come for him. There was the splashing of her legs as she lifted herself out of the water, the steps on the grass, the cautious sprinkling of water on his face.

She ran and jumped back into the water; he stood up and ran after her. In the water they embraced for a moment that seemed to go on forever, then they separated and their swim suits came to the surface in unison, as if by previous accord.

They swam towards the middle of the river and then stopped to catch their breath. They embraced again and this time they went underwater, entwined around each other. When they emerged they had already separated and started swimming back to the rock where he had put the portable radio. Once there, wrapped in a huge towel, they walked the short distance that separated them from the blanket on the ground. Slowly they sank into the softness of the material, of each other.

The sun was barely visible above the tree tops.

Even before she entered the restaurant, the aroma from the kitchen reached out at her, exciting her olfactory sense despite the cold air. It extended a wordless invitation to come in from the cold and enjoy a meal.

She did.

Once inside she took off her coat and left it on the rack, by the door. The snow flakes turned into minute droplets of water; under the bright lights they shone with the persistency of randomly scattered diamonds.

She went to an empty table, by the window, and put her art books on the red and white checkered tablecloth. Through the window she watched the first snow of the season, slowly covering the street and sidewalks.

The cars, slowed down by the snow, left their lazy tracks on the white asphalt. She felt good; her art work was progressing nicely and that was enough for her. She opened one of the books she had just put on the table and started looking at the plates while waiting for him to arrive. A waiter went by. Yielding to an unexpected impulse, she asked for a bottle of chianti.

So she sat there, contented, looking at the color reproductions of the masters, drinking the robust wine and occasionally noticing the deepening snow accumulate. By the time he arrived she had gone through half of the books and two thirds of the bottle. She was hungry and slightly drunk.

He walked in slowly and sat across from her, without taking off his coat. She reached over the sea of red and white squares and put her hands on his: they were cold.

"Are you hungry?" she asked.

He just shook his head from side to side, without saying anything. She was too euphoric to notice his air of despondency.

They ordered.

Throughout the meal she talked incessantly, mostly about art, and drank the rest of the wine. He remained silent, distant, not knowing how to give her the news.

So he ended up not saying anything at all. At the end of the meal, when she stopped talking and took out a mentholated Marlboro, he knew it was time. As she was lighting the cigarette he reached into his coat pocket and placed the envelope in front of her.

The official seal printed on it had a sobering effect. She put down the Marlboro and took out the letter. Inside the official seal was repeated (this time on the top center of the sheet) and the words: 'Greetings, from the President of the United States.'

There was no need to read any further. She now felt a slight pang of guilt for not having noticed his depression sooner. Apparently he had been walking, trying to sort things out, deciding how to tell her.

"How long?" she said in a voice that almost became a sigh.

"Ten days," he answered without looking at her and putting the letter back in his pocket.

He got up and went to the register. She put on her overcoat and followed him. Outside it was getting dark and the snow did not show any signs of tapering off. But very little mattered today; just as it didn't matter in what direction they walked or for how long.

They ended up at the park they had visited so many times before. The fish in the central pond—thanks to the thoughtfulness of the park keepers—were gone for the winter. They had been replaced by the last leaves to fall from the trees: floating vegetable cadavers. As the snow covered them, the pond became spotted with white, as if someone had randomly spilled paint on a huge black canvas. White on Black, she thought was a good name for it.

They stood by the edge of the pond, resting their hands on the iron railing that surrounded it, not saying anything. They just watched the snow falling on the floating leaves, now beginning to realize the full impact of what had happened to them. Their plans—their lives, in short—had been altered abruptly.

The apartment walls were completely covered with art reproductions, from the masters to the most modern works. The living room was furnished with Scandinavian-style furniture—wood, hemp—and the couch had been upholstered with Indian madras. In the center of the room there was a llama-wool throw rug. It was a comfortable room.

But this night every detail went unnoticed. They cling softly to each other, seeking an intangible inner warmth rather than a physical one. Their coats hang in the corner—heavy shadows, freshly shed artificial skins. The snow melts slowly, forming miniature streams that meander down the sleeves until they find their way to the floor, where they become minute lakes.

Outside it is no longer snowing. Through the wide windows they can see the flakes drifting in the wind, sometimes forming shifting whirls when they reach the corner of a building.

She is glad to be inside, warm and at home. She presses his hand; she still feels a little guilty about not having noticed how he felt earlier, at the restaurant.

So many things are going through her head. Their plans, the letter, the days. Ten days. He seems uncomfortable: he has not said a word since they arrived. What is going on in his mind?

She goes to the record player. From a rack next to it she chooses an album: Themes from Great Movies. After the record falls on the turntable and she has adjusted the volume, she disappears into the kitchen. He is left alone with the theme from The Umbrellas of Cherburg.

She returns after a few minutes carrying a small tray—dark wood, mother-of-pearl inlays—containing two tall glasses: amber on the rocks. She hands him one. Once again she is next to him, on the bright madras couch.

They do not talk, but quietly sip their drinks and listen to the music. The rhythm of their respiration betrays the effect of the alcohol.

By the time the record reaches the last band—theme from South Pacific—she stretches her arm and turns off the lamp next to the couch. Now there is just darkness and the sound of the cold wind outside.

Enveloped in the crescendo of the music, they descend slowly, almost painfully, onto the inviting softness of the llama-wool rug in the center of the room....

He sat back in an easy chair with a sigh and thought how a short phone call had upset his plans. Perhaps he had taken too much for granted, assumed that everything would go on as it had for the past year: the jazz concerts; the summer picnics in the park; swimming in the river. And the weekends in his apartment, filled with lovemaking and music.

He went to the record player and placed Miles Davis at Carnegie Hall on the turntable.

Jazz: one of the few things he still had left... jazz and a handful of bittersweet memories. And every one, like the meanderings of a river, led to the same point of departure: her.

He closed his eyes and thought of that rainy afternoon at her apartment: the pink wallpaper with the delicate arabesques; the bright-red burlap curtains; the work table made from an old door. (It was cluttered with paper, a typewriter and a smiling rubber troll by the pencil cup.) Hanging on the wall there was a Mexican hat. On the record player, Dave Brubeck's Take Five.

Every detail was etched in his memory. They drank tea while listening to the music. Then they talked until they ran out of words, until words were no longer necessary but an excess baggage to be shed as quickly as possible to give way to the onrush of feelings that could no longer be held back. The record played many times, but they did not hear it. Outside the rain was beginning to fall.

He opened his eyes. The apartment was empty. On the window sill was the rubber troll, with its mocking grin and orange hair.

She had left it there after one of their more heated arguments. She said that he would always be her peace ambassador. But now it just seemed to mock him with the stupid grin.

On the stand, next to the record player, was the portable tape recorder she had given him for his birthday. He reached for it and pressed the 'On' button. After a few seconds of static her voice, reciting one of her poems, came on:

...when the last flower of spring

has withered,
when the last drop of rain
has fallen,
when the last word
has been spoken,
I still wait,
for you...

He turned the machine off and lit a cigarette. The smoke drifted slowly toward the ceiling. He was trying to be strong—there was nothing else he could do—but he knew that all his feelings for her were still there. He also knew that if she walked through the door at that instant he would not be able to hold himself back, that he would forget the sleepless nights, the days of desperation, the heartaches...

He was not unlike a man walking on a tightrope. One of her glances was enough to make him lose his balance and fall. Yet, paradoxically, this was the very thing he wanted.

He kept looking for her in every crowd, around every corner, every time the telephone rang. Do me wrong, but do me... A good title for a blues. But this was not a blues, but real life with real people and real pains. And the pain, he knew, would not go away by itself. He had to do something about it, give himself time to recover, get a proper perspective of the situation. In the meantime he knew there was something he could do, something that would give him a chance to reach her, to prove to her that she was wrong about him.

This time he carried out what he had done a hundred times before in his mind. He got up and took a writing pad from the top drawer of his desk. He also knew what his opening sentence would be; he had read it in Schopenhauer's anthology of woe. With a decisive motion he wrote: "Sometimes I think the world is my idea."

At five-thirty in the morning there was nothing open, so they had to abandon the hope of hot chocolate or coffee. They stood almost wrapped in each other, trying to avoid the icy wind that swept across the front of the building, howling with different degrees of intensity.

But they were not alone; they hadn't even been the first to arrive. As the men got out of cars and taxicabs they instinctively gravitated to the ever-growing group of strangers. They were united by a common fate.

They talked, spat their names into the wind, exchanged cigarettes and stories in a nervous manner. It was all meant to ease the tenseness of the wait.

Those whose relatives or friends had come with them formed separate little groups. They whispered; gave last-minute advice and instructions.

As she stood there, in the windy dawn, she felt that words by this time were meaningless. They would, if anything, distort the situation, tarnish the moment. He should know by now how it was, how it would always be. How it had been for the past ten days.

They stood close until the bus arrived. A man got out and without even saying good morning pulled a piece of paper from his pocket and started calling off names in alphabetical order.

As the names of those men who had their families with them were called, last hugs and kisses were exchanged. The last few words of farewell were smothered by the howling wind.

When his name was called, he just let go of her and slowly walked towards the bus. She did not leave, but waited until the last name on the list was shouted into the wind .

The door finally closed and with a whining of the cold engine the bus was gone. She started to walk towards town. The restaurants were opening; the sun was coming out.

She went into a cafeteria and ordered some coffee. The warmth inside the building made her realize how cold she really was. Her face and fingers started to throb as the circulation increased.

But at that moment, on that cold winter morning, reality for her was a hot cup of coffee and a handful of memories.

As the weeks passed he hoped to feel better, less despondent.

But how could he forget her? His mind dictated one course of action but his feelings made him follow another: he would spend hours listening to jazz, reading her old letters, visiting the places they used to frequent together in the hope of running into her. At night he would sit by the telephone.

Yet he wanted to forget her. But more than anything he wanted to prove to her how wrong she was about him; he wanted her to be sorry about her words.

But first he had to forget. It was then that he read about the 'big sleep,' and his inventor, Jack Burden. He thought that he had found the answer, that if he could bury the hours in the dark hole of sleep everything would be all right.

So he would get home from work, eat and go directly to bed, sometimes for as long as fourteen hours at a time. He kept it up for as long as he could—there was, indeed, some relief in sleep, when he did not dream of her—but after two weeks his body was so saturated that he would wake up in the middle of the night, unable to go back to sleep. The 'big sleep' was not working for him. After all, Jack Burden was nothing more than a character in a novel, while he had to endure all the realities of life.

Then it happened. The very thing he had been hoping for and yet trying to put out of his mind: she called.

In his mind he had gone over this conversation a million times; he had learned every word, every inflection of how his voice would sound. He wanted to be distant without being rude. He wanted most of all to show her that he no longer wanted to see her.

But in life, situations seldom turn out as one imagines them.

When he picked up the receiver and heard her voice all those words that he had so laboriously gone over in his mind turned into a knot in his throat, a knot that would not be untied. He suddenly became aware of his own heartbeat, of his hands that would not stay still.

He listened to her, to the words that came over the wires and into his head. He said yes and nodded. Then there was a 'click' and the phone went dead. But just like the first time, he did not put it back in the cradle right away, but kept it to his ear for a few seconds, perhaps hoping to hear something more.

She wanted to see him, to return some of his things she still had, she had said.

He lit up a cigarette and picked up her picture. She smiled at him from the cardboard.

He knew he had to take a stand.

Chapter Five

She tried to fill the vacuum of his absence with art—Oriental art. She found the works of Waka Murasaki, the twelfth century Japanese artist. It was a rare edition—an English translation of Genji's Tales, the beautiful combination of painting, literature and Japanese calligraphy. Of course, she only had color plates of the nineteen silk rolls that contained Lady Murasaki's novel and illustrations.

At first, to her untrained Western eye, it was difficult to see the close relationship between the paintings and the text. The footnotes helped.

She abandoned the canvasses in favor of ink drawings. But it was not enough to fill the hours, the days that remained of her wait.

(The key of the drawer
that the careful watch of the others
actually, of those to whom you belonged.)

She would take long walks; walks that invariably led her to the park. She would sit there and sketch for hours: the gazebo with its conical, green-tiled roof, the kidney-shaped pond that now held no fish, the bare trees with their limbs reaching out into the sky, almost like praying. Sometimes she would take a bagful of bread crumbs and feed the birds.

By then she had begun to suspect what had happened, although she hoped to be wrong. She would give herself another week, and when nothing happened she extended the time—she knew she was lying to herself—trying to believe that such delays sometimes occurred. After a few weeks she just had to be sure, so she made the necessary arrangements for the test.

She waited for the results trying to read a fashion magazine. When the white door opened, letting through an equally white-clad nurse bearing a rehearsed smile, she knew.

"Congratulations," was all she heard as she rushed through the front door, into the bitter cold of the bright, sunny day.

She walked and, as she always did, ended up in the deserted park.

He would return soon.

He had gone to bed hours before, but knowing that he would not be able to sleep he had placed a stack of records on the record player. In the darkness they fell one by one. Outside the icy wind howled among the trees and power lines. And she was not there yet. Hoping to catch a glimpse of her coming down the street, or maybe getting out of a taxi, he had gotten up so many times to look out the window that he had lost count.

Again he went back to bed, lying on his side and listening to the ticking of the watch that she had once given him...

He tried to think about better times, about the picnics when they shared a loaf of bread, cheese and a bottle of wine. About their swimming in the river and the kisses and lovemaking that usually followed.

The sound of the key in the lock brought him back. These Foolish Things Remind Me of You, by the Dave Brubeck Quartet was playing. He knew that things had changed, becoming progressively worse. She had become cold. First it was her increasing excuses for not seeing him, and when she did, she seemed distant, perhaps as if she were thinking of somebody else...

(Somebody else... somebody else... Those words he felt were setting fire to his brain, clouding his reason to the point where the only thing he wanted to do was to hurt her, to smash everything in sight until that river of lava that was flowing within him would be exhausted. He would then be left empty, cold and insensitive as volcanic rock.)

He heard her come in. A few seconds later the hollow 'clomp' of her shoes falling on the hardwood floor of the living room reached him. Then it was the sound of the refrigerator door opening and closing. As usual, no matter how late it was, she would have a glass of milk before retiring.

She came into the room, walked to the record player and turned it off. From the bed he could see her silhouette against the soft street light that came in through the window.

She began to undress, throwing her clothes on a nearby chair. But that night—he soon realized—she was not coming to him, but going to the couch. She lit up a cigarette and inhaled deeply. He watched her chain smoke, until he lost count of the cigarettes and suddenly it was morning.

By the couch all that was left of her was the full ashtray.

It was then that he realized that it was finally over....

He was back at last, if only for a few days. They had walked slowly from the train station to the apartment, despite the fact that it was snowing. They took their time, not knowing really what to say to each other.

She felt awkward.

When they arrived, she went directly to the kitchen to make some coffee. He took off his brand-new trench coat and put it on the back of the chair.

She came back into the living room with the two cups of coffee on a small tray. He took the cup closer to him and blew lightly on the steaming surface.

She sat down on a chair across from him, not knowing how to tell him, although she had no idea of what he would do."I went to see a doctor...." she said, leaving the sentence hanging in mid air and putting her cup down.

He looked up, as if expecting to hear the rest, perhaps already sensing what was coming.

She lit a mentholated Marlboro. With a whorl of smoke she started giving him the detailed account of the visit: the waiting in the outer room, the ever-smiling nurse with the result of the test. She stopped, realizing that she was now sitting on the edge of the chair, perhaps trying to get closer, make him understand—feel—what she was going through.

She fell silent; leaned back. Some of the ashes from her cigarette fell on the rug. Unconsciously she recalled the relationship and all its stages. They had come to a crossroads.

(...without realizing what the darkness saw
and consummated in its secret chambers
is not the intangible pain that annihilates you
but drops of sand
that wear away the road
that falsify the reason for the recession
nailing the coffin of the recollections.)
After putting his empty cup back on the tray he got up slowly.
"Wait here," he said.

It wasn't until much later that she realized that his trench coat was still on the back of the chair.

* * * * * * *

For the past two months he had been desperate. He found himself waiting for the telephone to ring. He resented having to go out, fearing that he would miss the call that he wanted to receive. But the call never came. Occasionally he would hear some bit of news about her from mutual acquaintances. Then he would try to sound casual and not too interested, but inside he wanted to inquire, to find out, to possess every item of news that had to do with her.

More than once his senses deceived him. He would believe that she was walking ahead of him in the street, or sitting at a corner table in the local library. But when he rushed ahead to see the face, or when he sat across from the girl reading silently, the only face he saw was that of disappointment. Then he would return to his apartment, more depressed than before, and look at the pictures in the imitation-leather album with embossed gold-leaf lettering.

Often he dreamed of her. The dream, however, no matter which variation it took, always ended the same way: the loud ringing of the telephone, shattering everything to pieces. He would sit up in bed, unable to go back to sleep for the remainder of the night. He kept hearing her voice coming from the other end of the wire, telling him that she was tired of making decisions for him, that he would never amount to anything, especially as a writer...

But the time came when he felt so low that the only way left to go was up. Once he realized this, added to the fact that the telephone never rang, he had no choice but to decide something.

The easiest choice was to turn his back on everything and leave.

So he got rid of every item that was not absolutely essential. He sold it all, until he was left only with the key to the empty apartment. It was time to leave. His hand rested on the door knob, but then changed his mind and turned around, perhaps to make sure he was leaving nothing behind.

On the window sill, still smiling at him, was her picture. He could not decide whether to take it with him or leave it behind, with the rest of his memories.

He picked it up and looked at it for a few minutes, then took it out of the frame. From his pocket he produced a small knife, opened it and very slowly, with infinite deliberateness, proceeded to stab the figure on the cardboard. Finally he ran the sharp blade the whole length of the picture.

After throwing the pieces in the trash, he closed the door behind him.

She waited; she didn't know for what. The answer came a few days later in the mail. In a plain white envelope were three one- hundred dollar bills, an address and a date. At the bottom—she recognized the handwriting—the words: "Everything has been arranged." There was no signature. She put on her coat and mechanically—it was almost a reflex action—she walked into the cold. She had to think. The date on the paper was only two days away and a decision had to be made. One thing was certain: she was now on her own. He had, in his own mind, done all he could possibly be expected to do.It was inevitable that after walking aimlessly she would end up at the park. A beginning and an end, she thought, for it was where they had met. The completion of a circle; a curtain falling at the end of an ill-rehearsed play.

She leaned against the iron fence surrounding the pond. It was there to prevent kids from skating on the ice. Through it one could distinguish dark silhouettes at different depths: dry leaves and debris caught until the spring, when the ice would melt and the clean-up men would drain and clean out the pond before putting the fish back in.

She felt as trapped in the situation as the leaves in the ice. A sudden gust of wind made her turn her face and put her hands in her pockets. The sharp corners and angles of the crumpled paper scratched her skin.

There was an alternative.

Up to that moment she had not even considered it seriously; it was some-thing remote, something that only happened to someone else. But then, even if she would not admit it to herself, wasn't she already someone else?

For the first time since receiving the letter she tried to visualize the whole event from beginning to end. A sinister-looking man in a drab, gray room. Dirty sheets, the fat nurse with a bad complexion and dirt under her fingernails. No, she was being melodramatic; she had no way of knowing how it would be.

She rolled the piece of paper in her hand—as if trying to extract a secret from it—until it became just a small ball in the depths of her pocket. There were two days left. Without looking back she walked away from the park for the last time.

Spring was still a long way off.

▦   ▦   ▦   ▦   ▦   ▦   ▦

By the time he came downstairs, where the car was parked, the sun had already set. He started the engine and put the Volkswagen in first gear. Although he had a map on the empty seat beside him, he would not need it. He had been to the shore many times before; once he arrived in town it would just be a matter of finding the house on the beach. They knew he was coming.

The weekend traffic was lighter than usual getting out of the city; then he was on that stretch of road on the outskirts of town that was illuminated by the multi-colored neon signs from the motels and fast-food places that flanked the highway.

The car gained speed with the disappearing traffic, until it was the only one on the road. Everything was left behind: At that moment, speeding down the highway, that was the only thought in his mind. He lit a cigarette, turned on the radio and searched for the station that played jazz all night. The car was inundated with the soft sounds of The Modern Jazz Quartet: Fontessa. Then there were too many other compositions and groups to be remembered...

By the time he arrived at the beach town everything was closed, except for an all-night grill across from the bus station. He stopped and got out of the car. He was sore from sitting for so many hours. The section of the diner where the booths were was now dark; behind the counter a man was reading a newspaper.

"Coffee," he said while sitting on one of the stools. The man did not even look at him, but with the paper still in his hand went over to the glass coffee pot and poured some into a white cup with a light-green line around the rim. On the mirror above the counter he saw his hand holding the cup and a face which resembled his own, slowly sipping the coffee.

He looked at his watch: four-fifteen. He finished the cup of coffee and asked for another. The man behind the counter repeated the same procedure. He was too immersed in the sports pages to care.

After paying he went out and sat in the car. From the glove compartment he took the little map with the directions to get to the house. It was, according to drawing, about five miles down the road. He started the car again and left the diner behind. Once more he was surrounded by darkness and music. He lit a fresh cigarette and let the smoke escape through the open window. He received the smell of the ocean in return.

The headlights hit a faded sign on the side of the road. He knew it was time to slow down, so he shifted to third and took his foot off the gas pedal. Had he not been warned by the map in his pocket, the narrow dirt road off the main highway would have gone unnoticed.

The smell of the ocean was becoming stronger. About a quarter of a mile from the main road he saw the house. It was built high, to protect it from the ocean. He thought that it looked like a regular house on stilts. On the front, facing the sea, there was stairway leading to the front door. In the middle there was a landing where one could stand and watch the ocean. Directly above the landing, a huge picture window: it was now completely dark.

He parked the Volkswagen under the house and turned the engine off. There was no sound from above; he got out and started to walk towards the beach, inhaling the mentholated smoke of his cigarette mixed with the fresh ocean breeze.

In the distance he could see the silhouette of a rocky formation disappearing into the sea. When he reached it he did not continue walking on the beach, but started to walk on the rock, penetrating into the sea that crashed on the side of the jetty. In the horizon, to the east, the light was emerging; it bathed everything in a kind of milky-white glow. The water splashed at his feet, reminding him that he could go no farther. His watch told him it was five-fifteen; everything had been left behind.

With a somewhat tired motion he unstrapped the watch from his wrist and threw it as far as he could into the morning ocean...

Had she known all along that when the time came she would go? She wanted to think otherwise. Of course, in the end it didn't make any difference. Whether she had known all along or had decided that morning, the fact remained that she was there, in the waiting room, surrounded by soft lights and thick walls that completely muffled the sounds from the outside world.

She was alone.

From somewhere in the ceiling the piped music was coming in uninterruptedly, filling the room. She tried to read a magazine, but soon found herself staring at the same page. It was no use. She felt her fingernails biting into the palms of her hands. With a conscious effort she tried to relax. Yes, relax and not think, just concentrate on the waves of music coming from the invisible speakers in the ceiling. It was a soft theme, stated by a flute that was later joined by the other instruments of the orchestra. She didn't know the name of the composition, but concentrated on the music anyway, trying to lose herself in the spiraling notes while fixing her gaze on the whiteness of the door. At that moment she just wanted to be carried off by the whirlwind of the music, drown herself in the white abyss of the door. It was coming closer, filling her field of vision completely, until the whiteness erased everything else.

"It is time," said the nurse in front of her, putting a hand on her shoulder.

The nurse was smiling. (How many times a week did she say the same words, smiled the same way to other girls sitting in the same chair, thinking the same thoughts?) It was just a reflex action, something done without realizing it.

She followed the whiteness through the door. The room on the other side was also white. Cabinets with glass fronts lined the walls and on the ceiling, directly above the center table, a huge panel of bright lights shone. A faint smell—she didn't know exactly what it was—gave the room an aseptic feeling. She felt as if she had stepped into a floating bubble from which there was no way out.

The nurse handed her a gown—as white as her uniform—and told her to put it on. She did so. Then she was instructed to lie on the surgical table, below the lights.

"It'll be all right," said the nurse while arranging the instruments on a metal tray. She looked at her and tried to smile, but couldn't when she saw the series of steel rods of increasing size, the toothed tenacula and a steel curette.

She looked at the blinding lights and tried to empty her mind. She realized then that the music from the waiting room was also being piped into this one. It came down upon her, burying her in successive waves of spiraling notes. It was the same repetitive composition.

Now the nurse was busy rubbing a small section of her lower back with a piece of cotton dipped in alcohol. Then the sting and the gradual numbness invading her lower abdomen and legs.

When the man came into the room, he had already put on the mask and the latex gloves. She tried to look at his face, but it was beyond the lights, so the only thing she could distinguish was a black void. The hands, however, were fully illuminated, as if they were drawing the light from the lamp above. The latex gloves gave them a waxen quality. The fingers were bony, almost delicate, but they held the first rod expertly.

The pain she had expected never materialized; there was just a dull throbbing deep down—it seemed to keep time with the music. Once in a while the metallic sounds of the instruments being discarded on the stainless-steel tray reached her.

The hands in front of the lights were inexorable in their task. Then came the sound, soft and muffled, of the small vacuum pump.

It was over.

She was wheeled out of the surgical room down a narrow corridor and into a bright-colored room with a bed in the middle. On the stand next to the bed was a vase with plastic flowers matching the decor of the room. The bed was firm, but comfortable. The nurse—still wearing the same smile—handed her a little paper cup with two red pills in it and a glass of water. She hesitated.

"Just a mild sedative," she explained, "to help you sleep."

The offer was too tempting. She nodded and drank everything down; then she concentrated on the bright colors of the plastic flowers. After a while they began to fade, until finally she sank into the black, bottomless hole of sleep.

When she opened her eyes the bright colors of the plastic flowers slowly inundated her consciousness. At first she didn't know where she was, but as she shed the last traces of the sleeping pills everything came back eventually, painfully.

The door opened and the same nurse came in holding a tray. On it were a bowl of soup and a glass of milk. She was smiling.

She sat up in bed and started to eat, slowly, savoring the first taste of life after awakening.

"How long?" she finally said.

"Since yesterday," answered the nurse while retrieving the tray, "You can go home today."

It had been that simple. Nothing to it. All that remained was the memory of light-flooded, anonymous hands and a relentless, repetitive piece of music.

Later that afternoon she was led to the front entrance. Before leaving she turned around and asked the nurse the name of the musical composition.

It was impossible to ascertain whether she had heard the question before. The answer was as artificial as her smile.

"Ravel's Bolero," she said. "Good luck."

She started to walk, not in any direction in particular. She needed to think. The blinking of the neon lights told her that the afternoon was turning into evening. But she still walked, until the lights became a multi-hued blur through the tears that were streaming from her eyes...

> (...but the door studied with your hands
> and all that your sided destroyed
> annul the rupture
> impose the vindication
> it makes you undo the crust
> of your busy horizons
> and once you are there

the dispossessed sea
closes its doors forever
and then you hear
the slow crying of your mother.)

...the bus was now speeding through the night. She was trying to sleep, trying not to think about anything except the trip, the new paintings she would be able to do in her new surroundings. The new people she would meet...

(For the last two weeks she had taken to walking, to losing herself in crowds and the false light of neon signs. Anything was preferable to the solitude of her apartment.

Her work had not helped. She had tried to paint, just to find herself standing in front of the empty canvas, not knowing where to apply the first brush stroke, her mind a thousand miles away.

During one of her walks a small establishment, with its color drawings and astutely placed mirrors in the window, caught her attention at once. She stood there, trying to take in every image, every reflection.

A voice invited her to come in.

She did.

The voice belonged to a middle-aged Chinaman with a long moustache. The voice was soft and soothing, yet commanding. He explained in detail about the drawings, about the ancient art of decorating the human body. A noble art that, regrettably, was falling into disuse.

It did not take her long to decide.

The lights above were bright; the face of the figure leaning over her was obscured. But the hands—yes, the hands—were fully illuminated, alive, acting of their own volition as if they were in no way connected to a body.

She felt the pain and closed her eyes, sensing the lean hands expertly using the instruments with a skill acquired over a lifetime. With every new tool a metallic 'click' filled the room as it was placed on a tray. Then the different sensation on her own flesh. Her eyes were still closed...)

...with the motion of the bus she finally fell asleep holding an empty sketch pad.

MANDALA

Chapter Six

Will I ever stop seeing those hands when I close my eyes? They are locked in a carved box, I know, but that does not help. They go beyond substance, they compel me with a terrifying force.

In the stillness, in the dark, I hear your breathing in the next room. You sleep, a dreamless sleep in all probability. I must go to him, but I don't dare turn on the lights. In the darkness I feel my way to where my clothes are, then I proceed to the living room. All I must do now is push the lever and adjust the earphones. The record is already on the turntable. The music always helps me to accept the inevitable, what must come. In my coat I find a mentholated Marlboro. I light it quickly and then inhale the smoke while I listen to the first notes of Ravel's Bolero. From where I am sitting I see the sudden flash reflected on the mirror by the window that faces the sea.

There is something about mirrors, something that has always eluded me. But I know that they play a part—a most important part—in my life. Sometimes, when it just happens, it goes unnoticed. But later, as the thread unravels, the significance of a seemingly unimportant incident becomes evident.

Do you think for a moment that I have forgotten the onrush of images on the surface, covering the entire show window? I knew it was a trick with mirrors to make it look bigger. But it worked; you know it worked. I must have stayed in front of the window, lost in the whirlwind of color and images, for quite some time. Until I heard the voice from within and I saw the long, lean hands inviting me in. By then I knew I had lost all control; I think that I closed my eyes when I went in. I cannot remember seeing anything; maybe it was just dark inside. It is hard to tell. The smell of incense was strong; in the background I could hear the soft tinkling of a mobile. I never saw it, but it was there all the same. It seemed to be everywhere, just like the voice in the shadows. Then the lights. The lights and the surrounding mirrors. In the center: the hands emerging from the silk robe. Then, after a little while, the pain.

But you will never know about this.

Once again I am in front of the mirror, the mirror by the window facing the sea. I see the room reflected in it; I step into the light. The reflection of the waves seems to come in slow motion, as if eternally waiting for something awesome to happen. But we are not ready yet; there is still so much to be done. The preparations of a lifetime for the sake of a single moment when you and I and he will be attune to one another. We will become the music, the images floating in the wind, the pain...

But this is here and now, in the moonlight by the ocean. It is reality. The rest... maybe I am imagining everything, perhaps it will not come to pass.

I feel my hand reaching for the zipper of my trench coat. It slowly pulls it down; I hear the sound. My eyes are closed; I do not move. The answer is in the mirror. I open my eyes; my legs are weakening. Reflected on the smooth surface is a red, throbbing heart. I pull the zipper up as I move back into the shadows.

He is here, watching, waiting, perhaps even smiling to himself after witnessing my moment of weakness. In the dark I find the joss sticks. A match... a light... an offering...

I can almost feel his eyes on me. I remain motionless, waiting for the sticks and the music to go out. I do not know how long it has been. Outside the dawn is approaching.

The Bolero is over.

Rising from the ashes, I go out into the morning.

...we had walked silently on the beach. The only sound was that of the surf breaking on the shore. The house had become just a distant silhouette in the misty night; the music had died.

When we reached the jetty you stopped and turned to look at me. For a moment I thought you were about so say something: your lips moved, but no sound came forth. Perhaps—how can I be sure?—you were crying, or maybe it was just the rain on your face suddenly reflecting the distant lightning towards the horizon. But everything about you confirmed what I had felt from the moment I saw you walk in, drenched and wearing that old trench coat. Your presence, out of nowhere, was the turning point of the summer. It was as if your aimlessness had suddenly found a point of concentration, come into focus. I knew nothing about you.

Without saying anything you started back, towards the house.

In the distance we could see the occasional flashing of lightning and hear the deep rumbling of thunder. The storm was approaching fast.

By the time we reached the house the first thick, warms drops started to fall. I felt your hand on my arm. I stopped and turned around, but by then your hand had moved away and you were going under the house, between the pillars where the faded Volkswagen was parked. I saw you disappear in the shadows.

I followed you.

You were sitting on the front bumper, an unlit cigarette between your lips and your hand fumbling in the pocket of the trench coat for a match. I reached in my pocket and with a quick motion took out a book of matches and lit one for you. Instinctively, to keep the flame from going out, you put your hands around mine. They were trembling. Your face came into the circle of light. Were you still crying, or was it just the first drops of the storm still clinging to your face? In a moment the light was out and all that remained of you was the glowing tip of your cigarette, growing brighter as you inhaled. You were now leaning on the front fender of the car, smoking silently under the house.

I suppose that I could have made you talk, but I did not. We just stayed there, watching the rain come down in heavy sheets and listening to the sounds that came from the house above. At times the whole beach was suddenly illuminated by lightning, freezing everything for a fraction of a second. Then came the deep roar of thunder.

You would light one mentholated cigarette with the stub of another, until you ran out and crumpled the white and green pack in your hand.

The rain had stopped. Someone was coming down the steps; they walked by us, but did not see us in the shadows. Their words became more diffuse as they got further away. Then there was the sound of car doors closing and the engine starting. The headlights were pointing at the surf, and as the car made a half circle on the sand to get back on the road, the bright lamps hit us for an instant. I saw you blinking, trying to shield away from the brightness. Then there was darkness and silence.

I followed the taillights until they became two small dots that finally disappeared beyond the bend. I reached into my pocket and offered you a cigarette. You took it mechanically, without saying anything. I lit the match and you came closer; I leaned over and for a moment we shared the same fire, the same light. I will never be able to forget the expression on your face, especially that look that to this day I still carry with me. I remember wondering who you were, what things those timeless—this is the only word I can think of—eyes had seen, what events had led you to this beach, to this old summer house. To me.

I do not remember whose idea it was to get in the car, but somehow I was behind the wheel of the old Volkswagen and you were sitting next to me. I had no idea where to go, or if we would be going to any place in particular.

I started the engine absentmindedly and shifted into first with a noise of grinding gears. I deliberately kept the lights off as I drove the car from under the house onto the dirt road that led to the main highway. I made a ninety degree turn as I shifted into second. I saw you move involuntarily against the door, pushed by the sudden change of direction.

When we reached the main highway we were already doing forty. I turned on the lights and pressed my foot on the gas until we were doing an easy sixty. At that hour the road was completely empty. After the rain it looked like a straight and silken ribbon rolled out by a mysterious hand.

The wind created by the speed came in through the open windows and made your long hair dance, twist and fall unpredictably. I did not know where I was going; the only reality for me at that moment was the road, the speed. But there was something missing. I turned on the radio and then the car was instantly filled with the sound of a saxophone. The tune was Here Is That Rainy Day, done by Stan Getz. The bittersweet sound seemed to float out of the speaker, wrapping itself around everything, clinging to us. Then the sax faded to the background and there was a vibraharp solo by Gary Burton, then the saxophone again.

When the number was over the announcer came on. They were featuring Stan Getz that night. So we rode and listened to jazz. You had found a fresh pack of cigarettes in the glove compartment and were chain smoking again, drifting in the smoke and the music with your eyes closed, trusting me to take you somewhere, anywhere, but especially away from where we were at that moment.

Again I asked myself who you were, what you were doing on this beach. But it was a pointless exercise. We all had our reasons for coming to the house, reasons that in most cases we wanted to forget.

The last notes were left hanging in mid air. In the silence that followed the only sound was that of the wind coming in through the open windows of the car. Then the music again, without any commercials: Summertime. The initial bass line, followed by the sax and the vibes, flowed into the car. It had always been one of my favorite pieces, so I slowed down and made a turn onto the sand, off the road and close to the ocean. I stopped the car and shut off the engine. Again there was a solo vibraharp solo by Gary Burton, the applause and the bass stating the theme...

I opened the glove compartment, searching for a cigarette, but then I remembered that you had taken them and put the pack in your coat pocket.

You had left the car and were walking on the surf with your jeans rolled up. The moon was shining behind you; your elongated shadow, washed away by the surf, disappeared in the water. I turned the volume up on the radio and got out too. You must have heard me coming, but you did not turn around. I stopped next to you, without a word. I did not wish to intrude on your thoughts, on your solitude.

Eventually you faced me. We stood there, in the surf that shattered and put together the reflections of the moon in an incessant motion. We smoked and listened to the music. Your feet were but silhouettes beneath the wet sand that the water carried in and out in an eternal back and forth motion. Then we started walking away from the car, still on the edge of the water. I could feel my own shoes being filled with water and sand, becoming more slushy with every step. But it did not matter; we walked until the music from the car radio turned into a whisper carried by the wind. In the distance there was a rocky formation that disappeared into the sea. It would prevent us from going any farther without going in the water.

You stopped and sat down on a rock. I sat next to you, perhaps—I do not really know—waiting for something you would do, something you would say that would give me a clue to your identity. After a while, still looking ahead, you put your hand in mine. What followed is not clear in my mind. Yes, I know that you whispered something—something that has

80

eluded me until this day. Did I hear you say "You again?" Maybe what I heard you whisper was "It's the end." I do not know, there is no way to be sure. It all happened so fast that before I knew it you had taken your hand away and started to walk back to the car.

I followed you.

As we approached it the music became distinguishable again. Stan Getz was still being featured. In the distance I heard the last notes of the Zigener Song.

The only thing I remember about the drive back was how sticky my feet felt inside the wet shoes as I pressed on the pedals. Beyond the familiar bend the house looked deserted; all the lights were out. I shifted into second and drove slowly under the house. I turned off the engine. Silence.

The sound of the waves breaking against the jetty came to us in the wind. We got out of the car and started up the stairs. Above the landing there was a light bulb with a rusty metal shield. We stopped for a moment to look at the ocean under the moon. The flickering light of a boat was traveling the horizon.

The door, as usual, was not locked. We went in. A small lamp by the record player was still on, but there was no one there. I went to the kitchen to make some coffee, but by the time I came back into the living room you had already fallen asleep on the couch, with all your clothes on.

I sat down on the floor with the steaming cup between my hands, just sipping slowly and watching the features of your face which now were within the circle of light projected by the lamp.

What road had you traveled that led you here? What secrets were locked away in your head, in your dreams? Would I ever succeed in decoding your actions, the hidden meaning that each of your acts seemed to carry with it?

There was a slight vibration of your eyelids, as if your eyes were following something—or someone—in your dreams. The barrier that separated us was thin and impenetrable. Your lips started to move—were you speaking to someone on the other side?—but nothing came out.

I reached over your face—for a moment the shadow of my hand obscured your features—and turned off the lamp. Through the window the soft light of the moon was now coming in. The clouds were passing. I was not sleepy, so I picked up a pack of cigarettes and went back to the car, to the music, to the night. I still had a full pack and a couple of hours before the dawn would catch up with me.

One by one everyone has gone. Not even a goodbye. They have just drifted into a world of dreams, a world of forgetfulness, leaving nothing behind but a withered handful of memories of good times/bad times but mostly times when we were all too busy with our own reality, with our own music.

All that's left of this summer is you and the sound of a Japanese mobile. On the table: a stack of sketches and a half-full ashtray. I know that I should be painting, but I don't really feel like it today. You are out there, somewhere....

Outside the temperature is changing, getting colder by the day. I make my way to the kitchen and get a refill for my cup of coffee, then sit down on the couch and place the cup on one of the arms. I notice a stain on the fabric; it looks like a bat with its wings open. I had never noticed it before, but it has always been there, I am sure. How many other things have I missed because they are so obvious, so ever present. You?

I lean back on the couch and stretch my arm until I find the 'On' knob. I press it. A few moments later I hear the flute behind me, softly stating the theme. I close my eyes...

But I feel something hard, bulging behind one of the cushions. I reach inside until I can feel it with my hand. A book. On the cover there is a drawing of a white and red target surrounded by white stars. Shooting Gallery, a book of poems. As I flip the pages I realize that the book is written in two languages. I stop. Some of the lines have caught my attention:

> "...the universe of mine which I was offering..."
> "...I cannot share my loneliness..."
> "...a black and wide space separates us:
> you are inaccessible beyond
> the winds, beyond the sea that brings us together
> ...All that unites us is this vast silence."

Had I heard this before? I could not be sure, but it struck a familiar chord.

Was this poem meant for us? How could a person, who did not even know of our existence, be so accurate in describing a reality that he will never know, that he will never share? Is he perhaps endowed with a special kind of insight which makes him different from the rest? I don't know. But these lines—that I know—were written for us, for this moment in time that we share here, by the ocean.

But—another question in a sea of questions—who has left this book behind? Is it just a coincidence or is yet another link, another gesture in the pattern? (A gesture like the image in the mirror that we must follow to the minutest detail.)

I must find out more from the unknown Oracle.

> "...eyes tired of long wakes
> dreams revealed to the foreign air
> and above all which calls us
> banging secretly on our souls."

Did I let out a gasp when I read the final lines? If I did, the crescendo from the record muffled it. In the sudden silence I find myself breathing heavily. Outside the tinkling sound of the Japanese mobile seems to be laughing at me, at the nervousness brought about by my discovery. But I know that this book contains the key to the paradox. It is up to me to find it. And you. Are you aware of these printed pages? Or are you just pretending, so you can see how I react?

"You are inaccessible beyond the winds, beyond the sea that brings us together. All that unites us is this vast silence."

...and what is so special about this house anyway? People come and go as they will, at all hours and without pause. The record player is always on; people never stop their endless conversations about anything and everything.

But I am here; I stay. Perhaps because I have no place else to go. And what about you? Somehow since that first night here there was something, a silent exchange perhaps, that transcended words, an unspeakable knowledge that we share.

From the kitchen I see the faces letting the words escape, while the hands help them on to their targets over the sound of the record player. And as I stand here in this kitchen, waiting for the coffee to perk, I realize that this moment—or one exactly like it—will never happen again for as long as I live: the dark kitchen; the blue flame of the gas stove; the bass line of the record playing now. Even as I think of the moment it is gone. A most unsettling thought.

The coffee is ready. Everyone drinks espresso; sometimes they add a dash of rum. I take the coffee pot from the stove and place it on the metal tray next to the demitasse cups.

As I go through the door, through the curtain of smoke, I see you. You are sitting where you always sit, by the huge window that faces the sea and with the earphones within reach, just in case the conversation should cease to interest you. There is always the refuge of the music while the others hide behind the words. What is there left for me? A handful of memories that I would rather leave behind?

I put the tray on the coffee table. You are getting up and coming towards me. Without saying anything you pour yourself a cup and signal me to follow you. After a moment of hesitation I also take my cup and start after you out the door, into the darkness and down the stairs. On the landing you stop and sit on one of the steps. Above us there is a light bulb protected by a rusty metal shield. The light is out. No one has bothered to change the bulb in years. So we sit in the darkness, holding the cups of steaming black coffee and listening to the surf. We wait for a word, a sign.

Above us someone has opened the door and the sound of a guitar comes closer through the curtain of smoke that slowly flows out of the house. We are sitting on the bottom step, facing each other, but I only see half of your face bathed in the milky and diffuse light coming from above. The other half might as well not be there.

I have seen you sometimes, immersed in your writing, sitting on the jetty, or just taking notes while you listen to jazz. Yet I know so little about you, about those thoughts that I know are constantly shifting in your mind, even when you sleep. Must a side of you remain hidden? ...or is it possible that I am deluding myself, making all this fit me because it is the easiest way for me? Maybe I am just looking at a mask like the ones worn by the actors of the Greek plays. And perhaps I am wearing one too, just for you. The music from above has stopped. The voices have died down; a lone voice is now in the air. It brings a poem with it, but I cannot concentrate. The words are hitting home, raising ghosts that I want to leave behind, buried in a sea of forgetfulness...

The agony of parks or objects that look for you...

...and consummated in its secret chambers is not the intangible pain that annihilates you but drops of sand...

...and all that your side destroyed annul the rupture impose the vindication

...the dispossessed sea closes its doors forever and then you hear the slow crying of your mother.

The last words are still hanging in mid air, like an indecisive bubble that does not realize its time has come to burst, to disappear, to be swept away by the ocean breeze.

I raise the cup of coffee and take a sip. As my hands brush against the side of my face, I feel the two warm streaks running down my cheeks...

    ▦   ▦   ▦   ▦   ▦   ▦   ▦

When was the first time I wanted to hurt you? It is so difficult to be precise, to isolate the exact moment when I felt the first tinge of resentment. Was it because of your indifference toward me? Or maybe because I saw in you the very things that I wanted to forget about myself. I cannot really tell, but I know that it was sometime toward the end of the summer.

Sometimes we would walk on the beach for hours, just watching the children and the last seagulls of the day fading into the horizon. We would end up on the boardwalk, on the wooden benches that are now covered with snow and ice. I had my sketch pad; I wanted to put everything down then, somehow I would feel a little cheated if a gesture, an image, got away.

I had not found him yet.

And you were always so serious, so solemn, as if every one of your acts carried with it the life and death significance of those of a Druid priest. In your hands, as ever, your pencil and a writing tablet. Did you still believe then—I wonder—that you were going to write, that you would succeed in creating, in giving substance to a reality of your own invention?

I was sketching the moving forms on the boardwalk. I think that I tried to explain to you about the art of choosing what to leave out. You were telling me that it was impossible to preserve everything. I must have persisted. Did I tell you about the Japanese type of painting that is done on silk, where each brush stroke must be decisive, firm and uninterrupted? Did I try to make you understand how difficult it is to choose? Did I—not really wanting to—annoy you? You suddenly came out with an abrupt statement. I can't remember your exact words, but it had something to do with what you called my philosophizing. That's when I saw my chance. I knew your weak spot (at least it was your weak spot then). I knew that you fancied yourself a writer. The fact that you had not written anything did not seem to make any difference.

("Better than not doing anything," I think I said hoping you would catch my reference to your inability to write. How much did it bother you, I wonder. I know that you knew what I meant, because you suddenly closed your writing tablet and stood up. But you would not admit—or even acknowledge—that I had made the remark. You simply started to walk away after muttering something that was lost in the noise of the summer crowd that filled the boardwalk....)

I was sorry and glad at the same time. Making my way through the crowd I started to follow you. I could see you ahead, walking on the edge of the boardwalk. But I did not catch up with you; I simply followed you a few paces behind.Was I hoping that you would turn around, look for me in the crowd? I really don't know. And if I ever did, I have forgotten.

But you didn't look back. I still wonder if you knew that I was following you; I wonder if you really cared.

Finally you stopped at a stand of salt-water taffy. When I caught up with you, you simply offered me a piece, as if it were the most natural thing in the world to do—as if I had been next to you all the time. I took it and sat next to you on the wooden bench overlooking the ocean.

I noticed that you were about to light a cigarette and I took one out too. As you struck the match, our hands went up instinctively, to keep it from going out. Then, for a moment, when our hands met, I was in the darkness, under the house and staring into the dark pools of your eyes.

As I opened the door and came into the room I noticed that you had not moved, that you were still working behind the easel.

You have been at it for days now. What force compels you?

What is your purpose? Are you perhaps trying to meet an inexorable deadline? The clues are everywhere: the ashtray overflowing with cigarette butts; the music of the Bolero on the record player; the joss sticks burning by his pedestal.

You give me an involuntary glance and then go back to your feverish pace of painting. I still do not know what you are doing; you will not leave it uncovered when you are not working. The canvas is huge, larger than anything you have done before. Sometimes I have seen you standing on your toes, so you can apply a brush stroke with more ease, maybe reach a difficult corner. This is all you ever do. Even your walking on the beach has diminished since you started working on this painting.

What can be so urgent, so important that you would put aside everything else?

I feel that we are approaching the center of the vortex. There will be a momentary calm a blinding revelation that in one stroke will tie all the loose ends and give meaning to our walks, our nights of vigil, our sessions of music in the silence of the night...

The air is heavy with the music of Ravel's Bolero; it feels like a thick paste we are no longer able to penetrate. There is no escaping it, there is no escaping you. Or him. By now I know that we must play it out to the end, when the enigma will be revealed and our finality fulfilled.

As I go into the kitchen you again give me a quick glance and go back to your painting, feverishly applying the oil on the huge canvas that faces the window. Sometimes, during the late hours of the morning, when the sun comes in behind you and I am in the right position on the cushions I can see your hair glowing, almost as if your head were on fire or surrounded by an improbable halo.

While I carefully prepare the espresso I cannot help but think of the nights that we spent here at the beginning of the summer. They are now gone forever; only ghosts and memories are left. Can anything survive? I have tried to put things down on my tablet, fix them in time and space so these events will go beyond the realms of memory, beyond the distortions of reality...

Will I ever know how well I have succeeded? Have I succeeded at all? Sometimes, going back to what I have written, I must admit that it all seems like a series of events without any connection, or perhaps the same events interpreted in different ways at different times... But I know that regardless of everything I must persist.

Soon there will come a time when these pages will be the only thing left.

...looking back now, as I smoke and listen to the music, I find it difficult to pinpoint the moment when we reached the crossroads, the point that marked the beginning of the end, the beginning of the thread that would lead me into the labyrinth that I am now condemned to inhabit until the end of my days.

If I had to choose a day, an event... perhaps—how can I be sure—it would be the day I managed to see the unfinished canvas for the first time. You had been working feverishly and without warning. The easel was by the window, where the flow of light was best.

And then you, working and smoking night and day, sacrificing even your long, lonely walks on the beach. Were you trying to give me a signal, an unspoken clue that would alert me to the oncoming events? What I remember most about those days is the motion of your bare feet on the faded carpet spotted by randomly fallen ashes. I spent most of my time then on the floor, reclined on the cushions and listening to jazz—fortunately I had earphones—while you painted and listened to the maddening Bolero. Sometimes I tried to write on my tablet, make some sense of what was taking place, try to record the events just in case memory would betray me (as it has so many other times) in the future. I remember you standing on your toes, stretching, making an effort to reach a remote corner, to place the stroke right on target. At times the lower part of your robe became visible, when you flexed your legs to work on the lower half of the canvas. Black silk on the white smoothness of your flesh.

But I must have closed my eyes, maybe even dozed off to sleep, because suddenly you were gone. I remember the silence when I took off the earphones. Yet, the painting was there, uncovered (its back to me, of course). But you never left it like that; I had not until then been able to find out what your were doing. Was this an open invitation? Had you left purposely, knowing—hoping—that I would take a look at the canvas? To my right, on his pedestal, the handless Chinaman. The joss sticks were burning. This, too, was odd. I knew that you would never abandon him until your offering was completely consumed. Why the sudden change? Had you seen the light at the end of the tunnel? Had you, at last, come to the end of the road?

I remember walking slowly towards the canvas, as if that moment were taking place in slow motion. Somehow I knew that no force in the world could prevent me from looking at the work that had absorbed your energy for so long.

I reached the window and looked out, into the ocean, delaying the moment when I would turn around and come face to face with the painting for the first time. As I looked at the surf, at the distant jetty, I realized that now, when all I had to do was turn around, I was not curious. I stood by the window, watching the ocean and smoking a cigarette that I had taken out of my pocket.

I was aware of the sound of the Japanese mobile outside, always rattling in the wind, and of the joss sticks burning by the base of the statue. Where were you? Were you—wherever you were—imagining this scene as it took place?

I knew it was time. The ashtray on the windowsill received my cigarette. I turned around. The figure was all too familiar, although I must admit I did not expect to find him there, repeated on the canvas. He was already in too many places. His white hair flowed freely above his shoulders. The robe in the painting was more elaborate, as if meant for a special ceremony. His arms were outstretched; the hands were still missing. But there was something else missing. The oval where the face should have been was empty. You must have had your own reasons—unknown to me—for doing the painting in sections.

The mirror was a few steps away. I stopped to look at myself in it for a moment. Above my shoulder I could see the reflection of the unfinished painting, its empty face absorbing everything in the room.

When I left the house I noticed that it was not cold anymore. Below, where the car was parked, the first patches of grass were showing through the sand. I took out another cigarette from my pocket and lit it before getting into the car.

The engine did not start at first. The moisture from the ocean invaded everything. But I knew that it would fire eventually. When it did, I moved up the beach with a sound of crashing gears and the rear tires ejecting sand in the air.

Green was sprouting everywhere. In the rear-view mirror I could see the sun almost touching the line of the horizon.

The main road was always deserted at that time of day, at that time of year. I did not bother to stop but got right onto it and shifted to third.

Fourth, gas, to the floor. I turned the radio on. Always the same station it seemed, the only one that played jazz uninterruptedly around the clock.

The sound of an organ came into the car. I recognized it as Jimmy Mc Griff's Black Pearl. I accelerated even more, until I lost myself in the music and the wind.

The sun had disappeared behind the horizon.

The time is near.

All the signs point in that direction: your nervousness, your smoking more than ever before, your feverish compulsion to paint, to finish that one canvas that I saw some weeks ago for the first time. Your robe is open to the waist. You no longer bother to conceal the read heart from me, but rather seem to want me to see it clearly. Is this another one of those events in the chain? I do not know. No matter how hard I try, I still cannot decipher the enigma that is before me. Perhaps I do not want to contemplate the solution—it has come to me in flashes, during the middle of the night—because it is all too improbable, too unthinkable. And all the while you keep on playing the same record uninterruptedly, that piece of music conceived by an almost demented mind. It is a circle, a dead end, just like the situation we are living, this absurd reality that always manages to elude me when I try to pin it down with my pen, catch it in a net of words because by now it is the only thing that I have left. But, how can I transpose onto the empty page how it feels to be drawn irrevocably to the glowing tip of your cigarette as you look out the window at dusk? Can I ever hope to explain, to make someone else experience the lines of your profile against the dying sun while I smoke reclined on the cushions?

And what about him? I could exhaust the dictionary and still not even begin to convey the feeling of uneasiness—not unlike being watched by someone you cannot see—that his presence gives the room. And beyond. Yes, because even when we walk on the beach, on those by now rare occasions that we hold hands he seems to be there, watching us, mocking us with his slanted eyes.

At times I feel that no matter how we try to escape his gaze, his control, we are merely doing his silent bidding, whatever he has destined for us. What secret power does he hold over you? I feel that at this point I should know. The ritual has been performed enough times; the dawn has found me watching you in the dark more times than I can remember. I have seen but I have not understood. Those essential points of reference on which you base your version of reality are not available to me. Whatever takes place now will determine what those events were, what your reality was before becoming this present, this dead end that we share. The future will shape the past.

I have seen you before, staring at me while you listen to the music and you chain smoke. I have seen your eyes, wide, almost wild, during the fraction of a second when you strike the match and your face becomes visible. What are you trying to tell me? I realize that we are beyond words, but what I am beginning to suspect is too terrifying, too final for me to accept just yet.

But everything is becoming increasingly clear, a pattern is developing. Our walks on the beach have become more sporadic, yet they seem to be more packed with tenseness—are we expecting something awesome to happen at any moment?—and you seem to be trying to take everything in, to fix it forever in your mind....

I have opened the book.

PARALLEL

89

Yes
your cowardice in ambush
and still
you surrendered perhaps
out of fear or indifference
believing that history
would repeat itself
not knowing that history
what others told us
is not what happened to us
that life passes, nothing changes
that we pay for everything
and when we want to recover
some forgotten tremor
we didn't use for the first time then
it is too late to speculate
with your happiness
yes
it is too late for us both
each in his distant ring
unique and yet
sadly committed
it is already late
and for that reason, because of the parallel
I speak with your errors
I know your loneliness
I breathe your own calls
now
after the revelation
the laughter the words
when what was before only
an atrocious presentiment
has become presence
a chill that I shared with you
in your confessed fear
in your daily
almost mortal suffering
with bread and key and transparencies
without salt or house or frontiers
your circumvallions
your role of incipient Daedalus
was useless
because he escaped every minute
from the hiding place
where you also fell,

there, where you didn't even exist
where your words perished
and your dreams succumbed
drowning in naphtha or tea.

Before it is too late I have closed my eyes.

⸻

I have no need to look to know that you are there. As I get closer to the house I can hear—feel—the notes, the maddening cadences of Ravel's Bolero drawing me to the vortex, creating in me a faint sensation of vertigo. In the background, carried by the wind, is the soft sound of the surf. I look toward the sea, but night has fallen and I am not able to see anything. Under the house, barely perceptible, I see the dark silhouette of the Volkswagen. For a moment I consider the possibility of an early drive. The road is so empty at this hour, the cool breeze so good in the early spring, almost like taking off bandages that have been on your face too long. It always provides me with a new, fresh perspective. The breeze, the speed and the jazz on the radio added to the lonely highway at dusk are so much a part of me. It is one of the few instances when I can truly say that I am whole, beyond any need. Even beyond you.

(Again I come face to face with my perennial failure to express exactly what I mean, what I am feeling at this moment in time. Words are such poor tools. And even assuming I could find the words that I need, how can someone who has never seen your face, stood on this beach at the foot of the stairs while listening to the sound of Ravel's Bolero mingled with that of the breaking surf and a Japanese mobile, know exactly how I feel? It is all so useless, really, as you once told me during one of our walks on the beach, that by trying to pin down reality—or my version of it—I was doing nothing but perpetrating, compounding my failure. I know that I owe you for helping me to realize the futility of my undertaking.)

I am suddenly consciously aware of the rough texture of the wooden banister in my head. My right foot is on the first step. I fancy myself the climber of a forbidden mountain, a mountain whose top contains a terrifying knowledge that once acquired will never allow one to descend. It is never possible to stop being an accomplice once one has participated in this ceremony.

The tinkling of the Japanese mobile hanging above the landing offers a rest from the climb, a temporary umbrella under which to breathe, hide from the pressure of the music coming from above in ever-increasing waves. The sound, always the same, is repeated infinitely inside my head. (The same snare drums underscore every other instrument, hammer away at my sanity.)

I turn towards the beach and reach into my pocket for a mentholated Marlboro. I light it and inhale the smoke deeply, holding it in and then slowly allowing it to drift out of my nostrils. From the landing the only visible thing now is the fire on the beach. At times mercurial silhouettes seem to dance around it. Occasionally the flames become brighter; sparks fly into the salty night air. Above the crescent moon adopts an indifferent smile.

The huge glass plate facing the sea is dark, but I know that you are there; you have no place else to go. With a flick of my middle finger and my thumb I throw the cigarette away. Below there is a momentary fountain of sparks when it hits the sand.

I start up the stairs. As I approach the closed door the ascent becomes more difficult: the sound is almost intolerable; the air has turned into molten lead.

The door is not locked, I know, but the knob seems to burn in my hand. I want to put off that moment when the music and the smoke will hit me full force, when I will find myself sharing the same room, the same darkness with you. And him.

But I turn the knob and go in. The music—the snare drums—hit me full blast. I close the door behind me but do not move. I want to get accustomed to the deeper darkness, just as a diver must descend in steps to get used to the increasing pressure.

The sudden flash of a match: your profile, darkness punctuated by a glowing tip. I approach the cushions where you are sitting by the ashtray, by him. I sit next to you. After a moment of searching in the darkness I find your trembling hand...

For what seems an eternity we just sit in the darkness, chain smoking and sharing the sounds that come from the record player. Whenever the record ends and the arm travels back to the start again there is a pause—always accented—by the rattling of the Japanese mobile outside.

"Soon, but not tonight," you say at last with a soft voice, barely audible over the first flute notes of the Bolero. "Come, let me show you," you whisper as you pull my hand in the darkness. The joss sticks by his pedestal are now just ashes. But he sits there, impervious to time, to us. He knows that he is in command of the situation. By the huge window is the canvas that has occupied so much of your time, the canvas you would always hide from me. But by your own admission the game is almost over. I see your silhouette against the dim light of the moon that comes in through the window. You search for the light switch that turns on the small spot light above the canvas.

I close my eyes.

"Look," you say. I try to imagine what your painting will be like. What could be so important that you would give up your walks on the beach, your sleep, to concentrate solely on this canvas to the exclusion of everything else? A fish? A sand castle perhaps? Or maybe just a red heart, gigantic, throbbing, forever awaiting the piercing dagger?

I open my eyes.

Under the light I see his white hair, the silk robe, the black slippers with gold threads. His hands have appeared. He is holding a cruel weapon: a dagger whose silvery edges gleam under the light. Through the top of his hands part of the elaborately carved handle can be seen. Below, what seems to be a sleeping figure, not yet complete. His face is also missing.

"Soon it will be finished," you say while squeezing my hand,

"There is no turning back now."

As you finish saying these words you turn off the light. Once more we are in the darkness, with the crescendo of the Bolero. We sit on the cushions, by the record player, by the coffee table with its overflowing ashtray.

Every time you inhale the flow from your cigarette shines on your face. After a while I realize that you are still crying.

Chapter Seven

...it is still so clear in my mind. Do you believe for a moment that I could forget it? That stretch of road is forever with me, just as you are with me. I close my eyes and I can see it with every detail: the bare trees; the few patches of green grass; the wind howling among the naked branches. It was late fall.

By then the beach was deserted, except for you and me. We would walk in the afternoon, shivering at times inside our coats when a sudden gust of wind would hit us. Nevertheless we walked by the surf, by the ocean that had changed from deep blue to a hard steel grey. We kept trying to discover a horizon that had slowly faded from the landscape, becoming a blur of sea and sky as the season progressed.

Sometimes I would stay behind, walking a little slower, lost in the waves that broke with a display of white mist just a few feet away. Then I would light a cigarette and slowly let the smoke drift with the wind.

Have I ever told you about my secret, silent game? I don't even know when I started it, but it eventually became a habit, second nature during our walks on the beach. I knew you were walking ahead of me, with your writing pad under your arm, maybe smoking a cigarette. I would give you some time and then I would follow you, placing my feet exactly where you had placed yours. But I could not look at you—that was the unspoken rule—my eyes had to be fixed on the sand, on the impressions left behind by you. I never knew how long I could keep it up. You were so unpredictable at times that it was impossible to tell when you would stop and I would walk right into you.

Can I ever win?

As I followed your footsteps I imagined that you were he, that at any moment I would find myself looking at your hands.

By the time I reached the house I was invariably shaken, thinking about my escape at least for that day.

I would rush to him and light the joss sticks. His impassive face was everything.

Eventually I would close my eyes.

⠿　⠿　⠿　⠿　⠿　⠿　⠿

Your face is forever in my mind. Every feature, every little flutter of your eyelids, the straight line of your nose. I have looked at you so many times, from so many angles, under so many different kinds of light that I should by now know your face. I have even looked at you reflected in a mirror. (No, I have not forgotten that it was in a mirror where we met for the first time.) I have seen you with your eyes closed, your profile against the hard blue sky of winter, framed by the window. Sometimes you smoke and your features become a soft blur behind the changing volutes. It is then that you remind me so much of him. Or maybe at that moment you are he and I am at your feet, looking up at your face while I intone a soft chant and make my offerings, hoping to postpone the inevitable, what sooner or later must be consummated.

But, do I really know your face? Since this summer I have been trying to sketch it. At first it was in a crowd, where everyone's back was turned to me. You were in the center, looking back. Then it was just you, looking down at something—a writing tablet?—and resting your head on your left hand. After that I sketched you in every way: on the jetty, listening to jazz, looking into the distance from a dark window...

I know that there is still something missing. There is a certain elusive quality which I have not been able to capture. The canvas will remain unfinished until I can find the missing element, that which makes your face yours and no one else's. You are not one, but many. My dilemma is to choose which one of you will complete the painting that will give meaning to the whole reality.

I saw you once this past fall, as you were driving, and your face was perhaps as close as I've seen to the effect I want to achieve. You know that stretch of road, so straight and narrow, that runs along the beach. The same piece of road that we have traveled so many times to come to the house.

As usual you kept your eyes on the road ahead, not paying any attention to anything else. The radio was on: jazz; the sun was setting. As you headed into the straightaway the shadows cast by the trees, combined with the increasing speed of the car, submerged your face alternately in darkness and light. It was a visual effect that eventually became like that of a strobe light. At that moment—although I did not realize it at the time—you almost became someone else, almost he.

Is it possible to transfer that effect onto a canvas, the fluidity of that moment onto a frozen eternity?

Can a memory be preserved? How long before it becomes too distorted by the passing of time?

And what if we are nothing but a lie? Is it possible that this reality—the beach, the house, the nights of vigil smoking and drinking coffee—are nothing but someone else's invention, someone else's idea of what we should be? And worse yet, even as I think these thoughts, while lighting a cigarette, I panic because I fear that these ideas may not be my own, that my actions may be in reality fictitious.

There are nights when I have these visions, just before falling asleep. I sense an entity—I can never get a clear picture—who waits until my resistance is weakened by sleep, so he can put his thoughts, his feelings into my head. I have tried before to pretend I am asleep to catch him in the act, but somehow he always seems to know and I just end up pursuing a shadow and with a bad case of insomnia for the rest of the night. I have then gone into the kitchen and found my way to the gas stove in the darkness. I have waited for the coffee to brew while I smoked a mentholated Marlboro and watched the blue flame under the coffee pot. The dawn would find me there, wrapped in a blanket, still smoking and drinking the last cup of coffee.

Who is he? What is his finality? I close my eyes and picture him working in a room filled with books and papers. His back is always turned to me. I can see the gray hair on his temples, softly shining under the light that comes in through the window directly above his head. In my mind I shout at him to turn around, to let me see his face at least once, but he keeps right on writing. It is at that moment that I realize that whatever he puts down on the paper are the very actions I am performing that instant. It bothers me to the point of despair.

I mentioned it to you once before, during one of our walks on the beach. You did not say anything right away, but gave yourself time to digest my words while smoking a cigarette. We had reached the jetty, but rather than continuing to walk on the beach, toward the house, you started to walk onto the black mass of rock that led to the ocean.

I followed you.

When you could go no farther, you turned around. At that moment there was something almost cruel about your face.

"That's impossible," you said, "and I have my memories, and more, to prove it."

You would say no more. Then you threw your cigarette butt into the ocean and started to walk back to the beach.

I did not follow you.

Yes, what you had said made a lot of sense. How could one deny one's past, a past that was often too painful to forget?

(Will I ever stop remembering the ringing of the telephone, the sleepless nights, the hours of waiting by the window?)

From the kitchen I saw your image disappear out of the mirror. You had been sitting by the window all afternoon, working with paper and charcoal in the development of what I assumed to be one of the preliminary sketches you had made on the boardwalk that summer. The light coming in from behind made your hair sparkle, as if it were on fire. The shadows of your hands as they moved over the paper created unreal, mythical beings on the texture of the faded carpet; they swiftly devoured the fallen ashes on the floor. Everything was framed by the window.

Suddenly you got up and with a gesture of disgust crumpled the paper and threw it on the floor. You disappeared, but I knew where you were going. Moments later the first notes of Ravel's Bolero inundated the house. The rays of the sun coming in through the window were momentarily filtered by the smoke of your cigarette. I knew that you were on the cushions, smoking and listening to the Bolero. Your eyes would be closed.

What had made you throw away the sketch with such fury? You always persisted until everything came out to your satisfaction.

What could be so important that you would not settle for anything but perfection the first time around?

In the kitchen I did not move. I stayed seated at the table, drinking a cup of espresso and reading the can: Paradiso, it proclaimed proudly.

As the tempo of the music increased the volutes of smoke became thicker, until they almost blocked out the sun coming in. When the final crescendo came, the smoke was abruptly swept away and a cold gust of air came into the kitchen, wrapping itself about my feet like a stray cat.

You had left.

It was up to me to decipher the enigma, to find out what was the cause of your frustration. But not yet. I poured myself another cup of espresso and lit up a mentholated Marlboro. I sipped the coffee, slowly savoring its fresh aroma which I alternated with the cool taste of the smoke. I closed my eyes. The music had started again, hammering away at everything.

Where were you?

On an impulse I ran to the window. In the distance, against the blue background of the sky, I saw you standing on the jetty.

You could go no farther; the water crashed on the rocks at your feet. You did not move, but stood at the edge of the ocean as if waiting for something to happen.

It was time.

On the floor, by the base of the statue, I found the crumpled sketch. I opened it slowly, making sure the paper did not tear. Before me was not the summer sketch that I thought I would find, but rather a set of cruel hands brandishing a weapon. I no longer knew what to think, the more I penetrated the enigma the less I understood it.

I felt slightly dizzy. The music was growing faster. With a swift motion I reached for the matches in my pocket. I brought the flame to one of the corners of the crumpled sketch. When it began to burn, I placed it in the ash receptacle at the base of the statue. Again I ran to the window. The beach was empty.

Did I ever love you? Or is this the word that might describe our relationship? I really don't know. But if I had to pinpoint a day, a moment when I felt one with you, it would have to be that late-summer night when we went for that long ride in the car, when we ended up on a distant section of the beach.

We had been walking on the jetty, just to get away from the other people in the house. I could feel the warm air on my face; towards the horizon the clouds were suddenly illuminated by distant lightning. Your silhouette emerged out of the unpredictable flashing. At that moment you reminded me so much of him that it was almost like being back in the dark gazebo, by the fish pond in the center of the park. I closed my eyes and started to say his name, but I stopped myself at the last possible moment.

The first warm drops of rain fell on my face, perhaps mixing with the tears that I could not hold back while remembering him. It was then that I knew that somehow you would play such an important, decisive role in my future. I didn't even know your name, but at that moment, on that rainy night, it was an unimportant detail.

The rain was closing in, so I started to walk back to the house. What I remember most was the deep rumbling of thunder in the distance. You were next to me, tuned to my motions as if you were my own shadow. In the house ahead I could see the people through the large window that faced the ocean. They were always there, smoking, talking, listening to the music until late...

When we arrived I noticed that you were on your way upstairs, to join the others. Without knowing why I reached out and put my hand on your arm. You stopped. For an endless moment we stood there, at the bottom of the stairs. Were you perhaps waiting for an explanation? Then I lowered my hand and started to walk under the house, where the car was parked.

I knew you would follow me.

In the darkness I found the Volkswagen and sat down on one of the front fenders. I took a mentholated Marlboro out of the pack I kept in my trench-coat pocket. Before I had a chance to find the matches you were next to me, offering me the fire. I got closer and put my hands around yours, to keep the flame from going out. We shared the small oasis of light for what seemed an eternity. My hands were shaking. What was it about you, about the touch of your hands that made me tremble so uncontrollably? I was confirming what I had felt months before. Somehow you would step into my life—you already had, although I had not realized it yet—and take control and I would surrender myself at the same time.

The rain was coming down full force, so there was no way that we could get out from under the house. I don't remember if I expected you to make conversation, but you didn't. We smoked and watched the rain. Occasionally the sounds from the house above reached us through the curtain of water. I think it was the sound of a guitar mixed with that of laughter. But mostly it was just the sound of the rain. We must have stayed there for a long time, because I eventually ran out of cigarettes by the time the rain stopped.

We did not move.

After a while someone opened the door above and started to come down the steps. I am not sure whether they saw us or if they just did not want to say anything. They kept on walking to where the car was parked. As they turned around, to get back on the road that led to the main highway, the headlights momentarily shone on my face. In the subsequent darkness I could only see the blue afterimages. Then your face, the light of a match, the glowing tip of another cigarette.

"Let's go," I heard myself saying without knowing why or where we were supposed to be heading. But you seemed to have been waiting for me to say something; without any question you got in the car. Perhaps you had an idea.

I closed my eyes. I felt the push against the door.

I knew that we had just made the ninety-degree turn that led to the main road.

▦   ▦   ▦   ▦   ▦   ▦   ▦

I had just left you; you were asleep. For a while I had watched your face, your eyes moving rapidly under the eyelids, your lips which at times started to open, as if ready to say something, to reveal your secret. But nothing ever came out, so I turned the light out and left you on the sofa, still wearing your jeans and that trench coat with the missing name tag.

I stopped on the landing, under the Japanese mobile that hung from the rusty light shield. I looked at the vast darkness of the ocean; in the distance there was the light of a boat... shadows... the tip of a cigarette.

(At that moment I could not help thinking about those summer nights: another time, another place. Another you.

She would come at midnight and close the door behind her without turning on the lights. In the darkness she would slowly come into the bedroom, take off her clothes and collapse on the easy chair by the window.—Yes, the window with the vase of plastic flowers and the ceramic ashtray. There she would sit and smoke while listening to jazz. Sometimes she would hum along with some of the songs. From the bed I could see her profile against the street light that came in through the window...)

The faint light from the boat had disappeared. I went down to the car and started the engine. On the passenger seat was the half-empty pack of Marlboros you had left behind. I lit one, then put the car in gear and slowly went up the road that led to the main highway.

The radio was on. I accelerated until the memory of someone smoking by the window faded away and was replaced by your sleeping figure on the sofa...

100

So many times our images played in the mirror. Would our reality be different today if we had—if just for an instant—met in the cold surface, in the quicksilver lake? Yes, we have tacitly played at pretending we were lovers. But we knew that our bodies would never meet. If they had we would have become a part of another reality foreign to our own. We would have never met.

It was an impossibility, a harmless game. You know that. How could we have touched when he was always there, his own handless image between us? It was as if he were saving that moment for later, for that day when his hands would sprout from the soft smoke, brandishing a cruel weapon to consummate the conclusion of an esoteric ritual. Until that time we play in the mirror. We pretend that we do as we please, pretend that he is not there, between us, holding us back with his cold gaze.

(And what if our images were to meet? What if I were to close my eyes just for an instant, an eternal instant when you would become someone else whose face I am trying to erase from my memory? I know that I would reach for the knife—a gesture that I have performed in my mind so many times before—and slowly push it into the red heart beating under your silk robe, until your limp body would exhale its last breath of life mixed with an incomprehensible word that would be lost in the wind with the soft tinkling of a mobile....)

Although I didn't see you I knew you had come in. The fraction of the door visible beyond the top of my easel told me so. Some of the smoke in the room was drawn out to the outside and a few moments later I felt the fresh smell of the sea stimulating my nostrils. Then the door closed and I heard you going into the kitchen. I knew the ritual by memory: the filling of the espresso coffee pot, the placing of the three little spoonfuls of sugar in the demitasse cup, the waiting by the stove staring at the blue flame. Then the soft sound of the water boiling. Finally the tinkling of the spoon hitting the sides of the cup as you stirred the coffee.

After all this is done, you will come back to the living room, put the coffee on the table by the record player and sit on the cushions. Your writing tablet will be in your hand, and as you sip the steaming coffee you will try to put something down. Will you succeed? I doubt it. Everything here is too elusive, too mercurial to be put down on paper. You will look at the ceiling, light up a cigarette. Close your eyes. Then you will start wondering about this painting, about my dedication to it for the past weeks. No, you do not understand yet. I know that you can see my bare feet moving as I apply the paint. You do not dare ask. And even if you wanted to, the music of the Bolero makes it impossible.

In the corner, reflected in the where our images have played so many times, he sits. He silently accepts the burning offering which is slowly being consumed at his feet, by the carved ivory box. He knows that his time is near.

The record is nearing its end. My respiration—it always happens when the final crescendo approaches—is growing faster, more irregular. I look at him reflected in the mirror and I feel a little weak. I can sense the hardness of his eyes, always so unforgiving, as impenetrable as quartz. For a moment I have to close my eyes and lean against the easel. The record is reaching its end; the whole orchestra comes crashing down on me. I almost feel like fainting.

I put down the palette and cover the painting with the stained piece of cloth. I must go out, walk, try to find him on the deserted beach.

My trench coat is hanging from a nail in the wall. I put it on and move across the room. You are asleep on the cushions, still holding your pencil and empty writing tablet. Will you ever desist? You are attempting the impossible. From the table I pick up a fresh pack of mentholated Marlboros. I turn off the record player.

When I open the door the sound of the mobile welcomes me to the desolate landscape.

⠿　　⠿　　⠿　　⠿　　⠿　　⠿　　⠿

"And what if we are nothing but a lie, like the reflections in the mirror?" you said to me once, after returning from one of our walks on the beach. We were standing by the window, looking at the ocean, at ourselves in the deceiving surface.

(I can't remember if I gave any kind of answer. Perhaps I told you that we might be the reflection and that the world on the other side might be the real one. Maybe we were just repeating—mimicking—the actions that came from the other side and all the time we had fooled ourselves into believing that our actions were the result of our own free will. I don't know; I might have said that.)

But should there be any doubt in my mind all I have to do is look in the mirror and open my trench coat. The answer is there, indelibly engraved with red ink on my flesh. How could all my memories, all the pain, be a lie? No, this is not a lie but a dead end. At the end of the tunnel all I see—all there is—is a pair of bloody hands holding a beating heart.

Everything that has led me to you—to him—has been like the proverbial dominoes analogy: the art studio; the endless walks in the park, the apartment, the dark gazebo, the frozen fish pond, the letter, the white door, the plastic flowers, the walks under the neon lights, the tattoo parlor, the bus ride, the mirror over the lunch counter, the deserted road, the house. You.

And let's not forget him. He is the culmination of our struggle to take command over our own destinies. Or maybe it is the last image that reaches the pupils of the condemned one when the swift and merciless blade of the guillotine separates the head from the body. Yes, that last desperate image to which one clings tenaciously, trying to take it to the other side. The image perhaps of a woman running on the beach, her hair floating on the last wind of the day, her feet splashing on the surf, until she is stopped by the black rocks of the jetty. A man follows her, but she does not turn around. She kneels, holding a dying figure in her hands; she walks to the surf and deposits it on the sand. It is washed away by the waves. Then she stands and runs towards a fire.

The blade falls.

Or is it a blade? Could we have been fooled into believing an illusion? Perhaps it was just a mirror that when beheld from a certain angle decapitates the sleeping figure it reflects. And above the body, as always, sits the impassive figure, watching, waiting...

I close my eyes and picture you at the banks of a river. You are clad in an immaculately white robe that reaches to the ground. You move in slow motion. Yes, you are watching an Egyptian funeral barge—filled with farewell presents—go down the river for the last time. You follow it until it disappears beyond the bend. You raise a hand, but I cannot tell whether you are saying a last good-bye or covering your face from the rays of the setting sun.

By the size of the barge we know a child occupies it.

As you turn around the robe falls to the ground, revealing your naked body. Bathed by the last rays of the sun it acquires a bronze-like quality, or perhaps a more accurate description would be to say that it looks as if it had been bathed in dark honey.

The focal point, even brighter now, is the red heart over your left breast. You walk to the edge of the water, followed by your attendants. They stop, holding the white linen. You walk into the water, slowly, without looking back. When the water reaches your chest, you turn around. Your eyes are bright embers in the center of black and white whorls painted on your face.

You raise your arms.

The heart begins to drip into the river, the redness stains the water until it completely becomes blood.

The sun is disappearing behind the horizon.

You start to walk back to the shore. Your attendants await you; they wrap the white, fine linen around you. As it absorbs the moisture from your body, it also turns red.

You are carried away through a white door.

When the figure did not turn out just the way I wanted it, I became impatient and tore the page out of the sketch pad. I crumpled it and threw it on the floor with a gesture of annoyance. All morning I had been working, but somehow I could not translate my idea onto the paper.

As usual, you were there, smoking, drinking coffee and pretending to write. I don't know if you noticed how angry I was. At that moment I really didn't care, so I put away my paper and charcoal and turned off the record player—I didn't even wait until the final crescendo of the Bolero. Making sure I had a fresh pack of mentholated Marlboros, I left the house.

There was no wind; I remember this because the mobile above the landing was completely quiet. Below the sea was so still that for a moment I believed that it had turned into a congealed and endless mass.

I knew that it would be useless to go back to work. There was something keeping me from completing the drawing to my satisfaction. I just had to walk, try to think of something else—but what else was there, really?—before going back to the house.

I had already left the jetty behind, but for some inexplicable reason I turned around and started to walk on the rocks, until I reached the end. I was facing the ocean; I sat down and took a cigarette from my trench-coat pocket. I lit the match, shielding it with my hand out of habit, but it was not necessary. The wind had completely died down. It was one of those days when everything is very still and very gray, when the thought of a sound breaking the monotony seemed unimaginable.

I tried to look at the horizon, but the sky and the ocean blended their grayness and made it impossible to locate. For an instant I thought that the sky and the ocean were nothing but two huge mirrors, facing each other, creating an infinite corridor in either direction. And I was in the middle of it all. Suddenly a fish jumped out of the water; I watched the concentric ripples until they dissolved.

When I turned around I automatically looked at the house. Did I see you—if just for a fleeting moment—watching me? Or could it have been a reflection on the glass, my imagination perhaps? I started to walk very slowly, looking at my feet and noticing every crevice in the dark rock. I remembered the sketch that I had thrown on the floor. Even though it was now but a small ball of crumpled paper. Had you noticed it? And if you had, would you be able, at this early stage, to guess its significance?

In the gray silence of the afternoon the only sounds were those of my feet on the sand and that of the rhythmic breaking of the small waves on the shore. Farther ahead was the spot where I had once built a sand castle. I remember finding a discarded tinfoil wrapper that I used as a banner on the highest turret...

But the beach was empty on that dull afternoon; even the sun was absent. I looked at my jacket and saw the darker rectangular strip on the faded cloth, where the name used to be. But I would rather forget. The boardwalk was no different from the rest of the beach: deserted. The soft mist that had descended over everything had driven the early vacationers away.

I heard my steps on the wooden planks; they echoed and then disappeared in the mist.

I have just left you. For hours we just rode around by the ocean, smoked and listened to the music. But I do not know you. You are as distant as that first night, when we met on the road. I had been to one of the bars in town; I was bored. As I started down the road I only had one thought in my mind: the house. Yes, I knew that there I would find jazz and coffee. That was all I needed that night to make it until dawn. The beach crowds had always made me uncomfortable, self conscious. Every time I sat at a bar, with a drink in front of me, I had the sensation that I was a stranger, that I would never be able to understand the rules by which these nameless faces ruled their actions. I would end up leaving abruptly, getting in the car and driving out of town until I found a lonely road where I could speed and turn on the radio....

Eventually I would end up at the house, where I could listen to jazz and talk to people who had the same set of rules I did, no matter how odd or bizarre they were considered to be by others.

And then I saw you.

You were standing by the side of the road, in the drizzle, trying to hitch a ride. My first impulse was to stop, which I did. I remember the reflection in the rear-view mirror: you were a red silhouette—I had kept my foot on the brake pedal—running behind the car. For an eternity I was there, in the red mist that seemed congealed by an evil spell. As you were about to reach the car (I could even see your breath in the cold mist) I changed my mind and putting the car in gear I sped down the road until I reached the safety of the house. To this day I have not been able to explain to myself why I fled—odd that I should use that word—when I saw your reflection approaching in the night. Was it perhaps a premonition, a warning of my subconscious? Can one avoid the inevitable, what has been written since the beginning of time?

I do not know if I tried to put you out of my mind with the music. I remember arriving at the house and finding a group talking about poetry. Someone might have had a book. I took refuge in the music. By using earphones I could isolate myself from everyone and concentrate on the music, making it the only reality for me. I would often close my eyes.

But eventually—just as it was meant to happen—you would catch up with me.

The door opened and you were there, standing in the threshold, water dripping from your hair onto your trench coat. I found myself next to you, offering you a cup of steaming black coffee as if I had been waiting for you all my life...

Memory is such an unpredictable thing. Take an event, witnessed by two people and later their recollections will be different. I can be more specific, if you want. Let me use one of our days as an example. Any day will do.

It was raining. When the storm arrived I was walking on the boardwalk, smoking and looking at the sea. Perhaps I was thinking of him, of the end... I can't remember.

I did not bother to run to the house; I knew that I would not arrive in time, that no matter that how much I hurried I would be drenched. The rain was coming down stronger by the moment, in huge sheets that erased the landscape. At some point of my walk I left the boardwalk and came onto the beach. The sand was heavy, sticky, and it was difficult to walk. The force of the rain was blinding, so I had to look down. But I could have found the house even if I had been completely blind. I think that I knew you were there. (Could there be any other place for you on a day like that?) The door, of course, was not locked. I opened it and stood in the threshold. You were sitting on the cushions, smoking and writing on your pad. You looked up and I had the feeling that you were filling yourself with me, absorbing my image, engraving it with fire on your retinas. I realized that I had stood there longer than usual, because when I finally took my eyes off you and looked down I saw that the water had dripped from my hair and trench coat onto the floor, where it had formed small puddles that slowly made their way on the irregularities of the floor until they finally found the faded carpet and penetrated it.

As I walked by you I dropped my trench coat on the couch. From the kitchen came the smell of coffee. (It was a good day for coffee.) Outside the rain kept tapping incessantly on the window. I lit a mentholated Marlboro and poured myself a cup of espresso.

When I returned to the living room you had abandoned your place on the cushions and were looking through the window. Your back was turned to me. I went to the record player and turned it on after putting my cup on the table. I sat down. At that moment the only thing for me was the music, the hot cup of espresso and the soft mentholated smoke of the cigarette. I shifted my eyes from the tip of the cigarette and looked at you again. Your hand was slowly reaching for the inside of the glass, for that section that had been momentarily clouded by the proximity of your breath...

The record was coming to an end.

Then it happened; your hand reached the glass and traced a symbol that was partially obscured by your arm. The final crescendo came crashing down as

106

the lightning illuminated your face, which was in turn reproduced by the mirror. It was the white mask of evil worn by the players of the Kabuki theater.

But when I close my eyes what stands out more about that day is not the images—how odd—but the lines of a poem that I read somewhere, sometime, in a book I found by accident:

> It is impossible to alter the loneliness
> and when I hide my fatal angles
> it is not because of indifference or fear
> it is because I walk without my shadow
> and I have no other choice but to accept
> the mandates of my desolation.

I know that when the time comes to surrender myself to you I will have a feeling of deja vu, of having been through it all before. I tremble while I sit in front of him and make my silent offering. It is almost like having been there and back. Now all I have to do is travel that road one more time... I know the way. I will pass through a white door, into a room with lights on the ceiling. The lights are so strong that I will close my eyes. In the background there will be music (a contemptuously repetitive piece) and the tinkling of a mobile. I will open my eyes; in the circle of light I will see the hands once again, holding the steel instruments that will be discarded later on a tray, with a metallic sound that will dissolve in the dark corridors.

The lean figure behind the light will be clad in a silk robe. His white, flowing hair will blend with the beard. On his feet he will have black slippers with gold threads. When he approaches me I will be afraid and try to think of other things.

(...a park in the spring, with trees full of flowers. In the center there is a gazebo where couples have carved their names in the soft wood. Farther on, surrounded by trees with budding leaves, a fish pond. It has been just stocked. In the clear water the bright-red figures swim lazily. From time to time they appear at the surface to get a piece of bread that one of the many children that frequent the park has thrown in the water. It is a perfect day. The music from a radio will reach me; a young couple having a picnic enjoy it. He has dark hair cut short; he is in uniform. She is blonde and thin, and perhaps a little cold on that spring day. He notices her slight shiver and takes off his trench coat. She places it about her shoulders. From the distance what stands out is the white tag over the pocket, bearing the indistinguishable name...)

At this point I will blink, trying to ease the discomfort brought about by the brightness of the lights. I will see what seems to be a spark, a sudden flash of lightning coming from your hands. As you come closer I can almost see myself reflected on the cold and cruel steel of the blade. But you will not stop; it is already too late, or rather, it is time to consummate what has been preordained since the beginning of time. The blade will now be so close that I will have to close my eyes again; I will abandon myself to the sound of the music of the mobile. I will think of you as I feel the first caress of the merciless steel on my tattooed heart...

Chapter Eight

..and I felt the push of inertia throwing me against the side of the car. My eyes were closed. Then I felt the wind, mixed with the smell of wet earth, on my face. I knew we were on the straight piece of road that led away from the house, away from town. After riding for a few minutes the radio came on, like a blooming flower on a time-lapse film.

Jazz. What else?

The wailing sound of a saxophone filled the car, mixed with the wind, until it subsided and gave way to a vibraharp... I knew you were oblivious to me, to everything around you except the music and the speed. I can't remember how long we rode, but it must have been a long time. In the glove compartment I found a fresh pack of mentholated Marlboros. I lit the first one and for a moment I wondered what I was doing there, in a car with a stranger, riding on that deserted highway along the sea.

(Did I at that moment think of everything at once? Did I clutch my hand on that rectangle of the trench coat where his name had once been, searching perhaps for the indelible heart underneath? I don't know. But I knew then that I was where I was meant to be, at the dead end where you and I were destined to meet since the beginning of time.)

When I opened my eyes you had stopped the car. The only sounds were those of the radio and the occasional wind coming in through the windows. I opened the door and got out of the car. The clouds that had covered the sky earlier had disappeared; a lonely moon shone over the ocean. I started to walk on the surf; I knew that you would follow me. I stopped and turned around. Without saying anything I took a cigarette out of the pack and offered it to you. You accepted it and then took mine from between my lips and joined the tips as you inhaled.

The car radio was still on; we smoked and listened to the music. As we got farther away from the car the sound of the surf breaking slowly but inexorably drowned the music, until it became the suggestion of a whisper carried in the wind...

In the distance, growing by the moment, rose a wall of rocks that dived into the ocean. I could go no farther. I sat down.

(Then I thought of him, the park, the envelope with the money, the white door, the sound of the steel instruments on a metal tray, the music, the tattoo parlor, the bus ride. You.)

You had sat down next to me, looking ahead toward the ocean, smoking. I put my hand on yours and whispered, more to myself than to you, "It's a dead end." No sooner had I finished uttering the last word I felt angry at myself for having allowed that moment of weakness to take place. I stood up abruptly and started to walk back to the car. I think I was guided more by the music than by my sight. I got in and waited for you. I turned off the radio and lit a cigarette.

The silence was welcome.

During the ride back I kept my eyes closed. The images came to the inside of my eyelids, as if projected on a movie screen. The lateral push and the sudden deceleration told me that we had turned off the main highway and onto the unpaved road that led to the house. The engine died.

I opened my eyes.

In the distance I could barely distinguish the black silhouette of the jetty. After a while I got out and started to walk upstairs. For a moment I stopped on the landing. I didn't know whether to look at the ocean or look back to convince myself that you were following.

As usual the door was not locked. I went in and turned on the lamp by the record player. I sat on the couch. Behind me I heard you come in; you walked by me and went into the kitchen. It had been an odd day. I leaned back on the cushions and closed my eyes. The last thing I remember was the sound of the coffee perking....

Time is running out for us. I have this feeling of foreboding, as if the impending wing of doom were going to cover us at any moment. Now I realize that one cannot run, that the past and the present are compressed together, irrevocably, making us whatever we are—or whatever we think we are. I know that it is easy (or sometimes even inevitable, if we are to preserve our sanity) to fool ourselves into believing that which is easiest to accept for us.

Was that the case for me the first time I came to this house? Did I really believe that I could escape from myself? It all seems so long ago; I feel so old at times.

...I close my eyes and see the lights by the side of the road, inviting me to stop. Then there was darkness and music and the sound of the engine lasting almost all night. A town, a neon sign, an all-night grill. Even though the night was cool the air conditioning was on, making the atmosphere inside the diner somewhat chilly. I ordered coffee; two, three cups, I cannot be certain. I think there was a man reading a newspaper. I also remember a mirror.

I left the town behind and soon I was on the road again, doing sixty, slicing the remainder of the night with the steady pressure on the gas pedal. Before long I had reached the dirt road that led to the house; I shifted down and made the turn off the main highway. When I reached the house I parked under it and sat in the car for a while, smoking and listening to the radio. The first signs of dawn were apparent, painting everything in an unreal, milky light. I left the car and started to walk; I was overwhelmed by the immensity of the ocean, by the stillness of the surroundings. The only sound was that of the surf breaking on the end of the beach.

110

In the distance I could see the black mass of rock that disappeared into the sea. I made it my goal. When I reached it, rather than walking across it and continuing on the beach, I decided to go to its end. The progress was slow, for the jetty was full of crevices and the lack of light made it more difficult. It must have taken me close to an hour to advance the quarter mile that the rock penetrated into the sea. (A black and endless harpoon in the side of an infinite whale.)

Then I thought of everything I had left behind—of her—and in a moment of rebellion I took off my watch and threw it into the ocean as far as I could...

And looking back at that moment I realize that it really was not so different from this one. I am the one who is different, older. And the moment of wild euphoria, of triumph that I felt then has become like the taste of cold ashes in my mouth...

What you saw today was one of the signs of spring. You had run ahead of me, splashing in the surf, running against the wind towards the jetty. Your hair was floating in the soft breeze. But suddenly you stopped; you had seen something that for you carried a special significance.

When I finally reached you, you were kneeling on the sand. Your back was turned to me; you were holding something in your hands. I knew you were crying. I stood there, behind you, without saying anything. I knew you had heard me; I also knew there was nothing I could have said. The sun was sinking in the horizon. You stood up and started to run toward the house, to find refuge in the music, in the smoke. In him.

But I could not bring myself to run after you. It would have been all so useless, so out of place. I knew where you would be; you knew that I would eventually reach you. That is the way it has always been; I know that now.

The sun had almost disappeared in the horizon. Someone had built a fire; the beach was always cool in the spring. As you approached the fire you shadow became larger, bigger than life. You reached the group and passed them without a word. The fire was now behind you, and as you walked away from it your figure became but a glowing point on a dark background, growing smaller until it was swallowed by the night.

I could imagine you going up the stairs, tears still flowing on your cheeks. In the darkness you would hold on to the banister and pause for a moment on the landing, under the Japanese mobile that hangs from the light shield. It is possible that you would turn around, perhaps searching for me, hoping that I would be behind you. But all you would perceive would be—through your tears—a blurry speck of light growing dimmer by the moment. Then you would continue upstairs and find your way in the darkness to the record player: Ravel's Bolero. Once the first soft notes emerged from the machine you would go to him, to the pedestal where he sits impassively, above everything that surrounds him. Then the flicker of the match would illuminate your contorted face for a moment. The joss sticks would glow in the dark; you would smoke until dawn.Perhaps you would even wait for me.

▦   ▦   ▦   ▦   ▦   ▦   ▦

When I woke up in the middle of the night I knew there was something wrong. I had a feeling of oppression on my chest... in the night the only sound was that of the wind, softly playing with the Japanese mobile. The moon was coming in through the window, projecting unreal shadows on the walls, bathing in liquid silver the seated statue. Where were you?

Had you left again, or maybe you had not returned yet?

On a sudden impulse I ran to the window. On the beach, under the silvery light, I could see a black point slowly drifting from the house...

I closed my eyes... yes, I remember now, the touch of your hand in mine, the last wind of the day on your face. The sound of the surf. I looked at you against the dying sun; I wanted to follow, but I was moving in slow motion. In your flight you trampled over a sand castle abandoned by the late-afternoon children. Its tinfoil banner reflected the setting sun as it was washed away by the surf. When you reached the jetty you stopped; your back was still turned to me.

You knelt and reached for something in the rocky crevices.

I do not know how long it took me to reach you, hours, maybe centuries. When I finally did you stood up and turned around with your arms outstretched towards me.

"Look," you said. In your hands, still beating, was a bloody heart. Your face had two parallel red lines coming down from your eyes. You approached the surf and knelt again, deposited the beating heart at the edge of the water as you said a word that blended with the sound of the waves and was carried away by the wind before I could grasp it.

The sun had disappeared behind the line of the horizon. You stood up and without acknowledging my presence started to walk toward the house. In your path someone had built a fire. Your steps became faster, until I was left behind in the shadows and you disappeared in the devouring flames.

I ran, but it was not exactly like running; it felt perhaps as one is pulled by an undercurrent in a seemingly calm river. The fire had become the eye of the vortex; it attracted, sucked in everything within its sphere of influence. Then there was light/darkness/music: I was at the bottom of the stairs. The sound of the snare drums coming from above was almost

112

unbearable. Without looking I knew the door was closed but unlocked; I also knew that I had to go up to you, to meet you in the darkness. I waited; I was not ready yet. The snare drums combined with the breaking of the surf to create an almost intolerable noise.

I continued climbing the stairs. I opened the door. The sound of the music and the thick smoke hit me full force: Ravel's Bolero and mentholated Marlboros. You were nothing but a silhouette surrounded by a faint glow... the joss sticks were burning.

In the darkness I found your trembling hand. You guided me to where the canvas was, by the window. The painting itself seemed to glow, or perhaps it appeared to be surrounded by a cold ring of fire.

You were on the canvas, your bare breasts on the foreground. The red heart commanded my attention. But there was something different, something horrifying. He, too, was on the canvas; his hands had returned and were holding a dagger which slowly pierced the red heart on your left breast.

He was wearing an elaborate costume.

I looked at his face.

For a moment I did not know where I was; my eyes were wide open. I realized that I was sitting up in bed....

It is a misty day; the horizon has disappeared and the beach is empty. I have walked for hours. By the time I return to the house you are gone. I go to the record player and turn on the Bolero; in the kitchen there is some fresh coffee, still warm, so I know that you have not been gone for long. I pour myself a cup and return to the living room. The rhythm of the Bolero is the only sound in the house; I light a cigarette and go to him. It is time for the offering: I take the joss sticks from their box and then approach the receptacle at the base of the statue. But there is something out of the ordinary; there are fresh ashes, not the kind left behind by the joss sticks, but from paper. In a corner, almost out of sight, there is a small piece that has survived the flames. I take it. No, there is no doubt, it is part of the sketch that I had torn from my pad and crumpled in anger. What had been your initial reaction? Have you unraveled the enigma yet? Did the hands tell you anything?

Soon, like the Phoenix bird, those very hands will rise from the ashes to consummate the unspeakable act that has been preordained since the beginning of time. Even if we wanted to we could not change a single movement, a single sigh, a single reflection of that ceremony in which we are to be the main participants...

I have lighted the joss sticks; their glowing tips have become the focal point of the room. I concentrate on them until I manage to exclude everything else around me. I feel detached, as if I were an uninterested spectator of the events that soon will unfold...

Will I manage to keep my composure to the end, to the very moment when I see the hands returning from the ashes and holding the dagger as it slowly pierces the red, throbbing heart? Or perhaps I will be afraid, want to run, but by then it will be too late and the hands will be the only thing that fills my field of vision... even the reflection in the mirror will disappear. In the background—perhaps muffling my scream mixed with the uttering of a name—will be the maddening music of the Bolero.

On the moisture of the window you will trace a sign.

Outside, the Japanese mobile will rattle in the wind.

I can't be sure how I feel about your face; it has become almost an obsession with me. I must master each of its individual features. That is the only way I will ever be able to transpose it onto the canvas. The whole will be greater than the sum of its parts. But if I am to succeed I must try to recreate the main events:

1st: Yes, I realize that our first encounter was not a direct one, but on the cold surface of a mirror above the counter at the grill. Little did I know that day that I would pursue your face—your image—to the point of being bewitched.

Every detail is engraved on my mind: the sun rising after the all-night bus ride; the terminal; the grill; the steaming cup of black coffee. Your eyes.

I don't know whether I realized the full significance of that second. It was the hinge on which the burden of my life shifted.

2nd: I had stepped into the house for the first time—I was cold and wet; water dripped from my hair into the collar of my trench coat. You were there, coming from the kitchen with a cup of espresso. Was it recognition I saw in your face as you handed me the coffee? Had you begun to suspect—even then—the course that events would take? Was your smile perhaps one of complicity, as if we were sharing something mysterious and tragic at the same time?

3rd: I remember noticing your displeasure at the 'No Smoking' sign that was hanging so conspicuously on the back wall. It was the day we found the Japanese mobile. But I had left you to your own devices and went browsing among the shells and monkey heads carved from dry coconuts. Then I saw you again. This time your face was sliced by the polished blade of a samurai sword. I felt electrified. By shifting my position slightly I could see the individual parts of your face reflected on the blade; your eyes and eyebrows were, when isolated from the rest of the face, those of a wild animal that has been momentarily appeased with more than enough to eat, but when hungry again will kill without vacillation. Your nostrils became larger as you took in the smell that contaminated the air in the shop—varnish, lacquer, incense—that the air-conditioning unit was not capable of recirculating completely. Your mouth had a grin (this is not exactly what I mean, but it is the best I can do) perhaps it wasn't but a sign of disgust at something I would never know.

Then I blinked and your face was gone from the shiny blade; in its place I found my own.

4th: It was raining: Indian summer. I was lying on the cushions, listening to Ravel's Bolero and smoking a mentholated Marlboro. I had your clay ashtray on my stomach. It was late afternoon, but we had not bothered to turn the light on. Once in a while the room became illuminated by the lightning outside. You were standing by the window, looking at the rain falling on the ocean. Your back was turned to me. We stayed like that for a long time; it was almost night outside. The record ended and started many times. During the periods of silence we could hear the rain on the window. Then it happened; you raised your finger to a section of the glass that had collected the moisture from your breath and drew a symbol on it. It was then that the lightning came, painting your face a bluish white which I saw reflected on the mirror by the window. Yes, I realize that it lasted only a fraction of a second, but that was more than enough. The moment became congealed, forever frozen in my mind. The event conjured up the image of the white make-up—evil—used by the players of the Kabuki theater. Your face was hard, made of granite. I close my eyes and I still see you in the dark.

5th: How many hours had you spent writing while I painted and listened to the music? It would be impossible to say. But you were there; I was there. And so was he. I had put my brushes aside. I went to the pedestal where he sat, surveying everything with his quartz eyes. From a lacquered box I took the joss sticks. After lighting them in the receptacle by the base of the statue I let out a sigh. The smoke started to drift, upward. The image in front of me was becoming more diffuse; my eyes were almost closed. Through my eyelashes I could see his face. I stayed like that until the joss sticks were consumed. I knew you were still there, behind me, sitting on the cushions with your writing tablet.

I turned around.

And for a moment I didn't know whether you had his face, or he had yours, or they were one and the same. The smoke coming up from your cigarette had created the unusual effect. But as soon as I tried to explain it to myself it was gone. It had not lasted a fraction of a second, but it was long enough to give me a clue whose significance would not go unnoticed.

6th: ...we had taken refuge under the house, where the car was parked. The rain came down in heavy sheets. Occasionally the sounds from above would reach us: a sudden burst of laughter; the piercing sound of a trumpet; a lone voice delivering a forgotten poem. I did not go in the car, but sat on one of the front fenders, smoking and listening to the rain. Words were not necessary; we were beyond them even then. I took another cigarette from the half-empty pack, but after a few moments of searching in my pockets I realized that I had run out of matches. I was not aware that you had been watching. You struck a match and offered me a light. Instinctively I placed my hands around yours, to prevent the fire from going out. It was then that I looked up to your eyes, while our hands were touching and we were sharing the fire. I suppose it was the combination of light and shadow, added to the proximity of your face, what made your features unique, what fixed it in that moment of time for all eternity.

7th: We had been walking on the beach during the late afternoon. The sun was setting, slowly sinking behind the line of the horizon. I ran, facing the last wind of the day and splashing about on the surf. When I arrived at the jetty I stopped. There, in one of the pools created by the tide, was a dying fish. Its body had been mutilated by the rock crabs. I knelt by the pool, not knowing whether to take it out or leave it there to die. By then I knew you were behind me, looking down into the pool. Slowly I put my hands in the shallow water. For an instant my face was reflected on the surface, above the dying fish. Then your face was there, superimposed on mine, on the fish, until they all became one before the reflection was shattered by my hand on the water....

⁂

At last I am free. Through you I have finally realized my failure, the complete futility of my actions. Did I really believe once that I could exorcise the demons with a useless pen and a blank piece of paper? Was I naive enough to think that I would be able to get rid of the memories of myself by simply turning my back on everything and coming here? There is no place to run, just the long silences where one can hide for a while and deceive oneself into believing that everything is all right. But those pauses are much too fragile, like soap bubbles in the wind. Eventually they must burst and the vacuum will be abruptly negated by the onrush of reality. What to do, except open one's eyes and go on?

I now know what is destined for me; I have seen the completed painting and understood its significance: the missing hands, the weapons in the carved-ivory box, your search for a face. My face. Because it is my face that has completed the painting. Without knowing it I have been undergoing a subtle metamorphosis since that first day we met in the mirror above the counter. You had interpreted the signs correctly all along. You knew that eventually I would be ready to consummate what must be. It was I who was proceeding in the dark, stumbling against the omens that I could not even interpret, missing the obvious and thinking that I was putting something special on paper, recording those events which at the time I thought to be important, but that now—as if a blindfold had been removed from my eyes—I realize were the most trivial.

The pen will be exchanged by the dagger; I will wear a silk robe and black slippers with gold threads: I will be he. With trembling hands you will make one final offering to him/me. The hands of the statue will have appeared, holding one of the weapons from the ivory box. We will not speak; words at that moment would be sacrilege. With slow motions you

116

will walk to the record player; your ceremonious hand will guide the arm onto the record. Your bare feet will make no sound on the carpet. Then, as you lie down I will turn on the spot light you used to illuminate your canvasses. The sudden flash will make you blink, close your eyes, blind you momentarily. You will be the only reality in the dark room. The music of the Bolero will grow louder, more instruments will repeat the endless motif. Making an effort you will open your eyes, but you will only see my hands in the circle of light. With a slow, ceremonious motion I will open your scarlet robe; its golden arabesques will suggest ancient secrets. There, under the blinding light the red heart will stand out on the marble whiteness of your flesh. The vision will be ecstatic and terrifying at the same time.

Your breasts will tremble with the rhythmic motion of your respiration. Your lips will open, pronounce a word which could be a name, a ceremonial invocation or a sigh mixed with that fear of the last moment, when the realization that there is no turning back dawns on you. Then you will close your eyes again and try to think of something else, abandoning yourself to the ecstasy of the moment, to the cold caress of the steel on your heart....

All signs point to the end: outside the trees are clothed with their spring garments; they must follow the cycles of the seasons in order to be in harmony with nature. The painting is finished at last; I have been able to transpose the elusive face with all its nuances onto the canvas. There is no reason to delay the inevitable.

I know that there is a moment in everyone's life—usually a moment that comes and goes faster that the flicker of an eyelid—when everything comes into a sharp, absolute perspective. It is not until then that we become aware that we have, until that moment, been perceiving reality out of focus. How blinding, how exquisitely horrendous the moment! It is as if with a screeching sound the great wheels of time were coming to a standstill and then one could get in and out of everything at one's own leisure, incorporate the very essence of experience, transcending even all physical limitations. It is not until now that I am beginning to understand a poem I read in that orphaned book that a nameless someone forgot behind the cushions of the old sofa.

I CAN STOP TIME

I can stop time
scratch the sky
warm myself in the midst of this fire
filter myself through the grains of sand
communicate with the foam and the salt
predict the course of fish

> decipher the croaking of the gulls
> cast this enormous net
> where silvery and longing trembles
> the Question..

..where silvery and longing trembles the Question. It is almost time. Everything will be answered, accounted for. The final outcome will balance everything out.

I have been afraid before, in a moment of weakness during the night. But now all this is past. All that remains is a growing feeling of emptiness, like the receding tide inside of me. Soon we—you, he, I—will converge for that final moment of revelation.

You have seen the completed painting and interpreted it correctly. The final act will free us, give us dimension.

I light a mentholated Marlboro and then turn on the record player: Ravel's Bolero. I look at the sea, at the beach. It is almost time for the last walk....

...but more than anything I want to preserve the memory of this moment when every detail is of the upmost importance. I inhale the fresh ocean breeze, feel the warmth of your hand in mine, look at the sun slowly sinking behind the sharp blade of the horizon. As we walk the footprints are erased by the relentless surf as soon as we make them. Above our heads we can hear the seagulls fleeing from the impending darkness. Except for a few children the beach is almost deserted at this hour. They look at us with passing interest, then shift their attention back to their sand castles.

But your hand, slippery like a fish out of water, suddenly escapes from mine and you run into the wind, splashing in the surf, your long hair floating in the last breeze of the day.

I do not follow you.

I stay behind purposely, watching your hair floating in the wind, your footprints which the surf erases as soon as you make them, the incoming tide. As you approach the jetty that disappears into the ocean, you stop.

I do not hurry.

Somehow I know that you will stay there, looking at whatever has stopped your running on the beach. Probably something most people would not even notice. You have always been that way.

"Look," you say pointing at the pool in the rocks that the high tide is now filling.

I do not. What for? I have seen it all too many times before. You kneel by the pool and for a moment I sense your indecision. But you pick it up—all the while your back is turned to me—and walking to the surf

118

deposit it on the sand. Your motions remind me of an ancient priestess making an offering to a long-forgotten god.

"It's the least I can do," you say still without looking at me. I know that you are crying.

The dark silhouette disappears, washed away by the shroud whiteness of the merciless surf.

Dusk.

Sitting on the sand, with the surf rhythmically caressing your feet, you suddenly seem smaller—with the ocean as a fast-fading background—almost insignificant.

Dark.

Farther down the beach—directly in our path—someone has built a fire. You push your hair back and start to walk. I know that you are going back to the house. To him.

As you approach the fire, your shadow—because that is all you are at this moment—with every passing step becomes larger, more sinister, until it finally engulfs me, erases me from the landscape. By now you have reached the fire. You have become visible, you have become you once again.

I follow you.

I, too, reach the fire. I am not granted more than involuntary glance, the kind one gives people on passing trains; people one will never see again.

You are now a luminous point on a black background, losing intensity as you get farther away from the fire.

I am everything.

And as I follow you, drifting away from the light of the fire, my shadow becomes larger, more sinister, until it finally engulfs you, erases you from the landscape.

...and taking my time I reach the landing of the stairs. From the rusty light shield hangs a Japanese mobile. In the background, relentless, the ever present breaking of the surf.

The tinkling of the mobile underscores everything.

I light up a cigarette and wait for the inevitable.

The fire on the beach has died. The only memory of it is on the tip of my cigarette...

I go up the stairs; I reach the door and enter. Inside everything is dark, still.

It is time.

I reach for the switch of the spot light above the painting and turn it on. He is there, impassive, ready to pierce the heart of the figure reclined beneath him with his sharp dagger. He wears my face. A face seen perhaps through a thin curtain of smoke and crossed by alternating sections of light and darkness. The eyes seem to glow.

By the pedestal of the statue is the carved-ivory box. I open it and quickly take the hands. I insert them in the black holes of the sleeves; they hold a dagger.

The joss sticks are already burning.

The record player is waiting. I turn it on and place the needle on the record: Ravel's Bolero.

On a stand, by the statue, I find the silk robe carefully folded. I open it and put it on. The slippers are there too, their gold threads gleaming under the spot light. On the stand there is also a wooden case. Inside, resting on the black velvet lining, a dagger.

Come, do not be afraid. Put your head down on this cushion while I change the position of the light... yes, I want you to bet that he is the only reality in the room. The light is so bright that I have to close my eyes; you have disappeared in the shadows; I keep my eyes closed. Make an effort to be brave, this is the moment that we have been waiting for, ...I am becoming more apprehensive, although I have the feeling of having been through it all before, I have positioned the cushions in just the right way, and I feel that I am falling in a bottomless pit... so you can see yourself reflected in the mirror, pretend that you are somebody else.... the light is not at the end of the tunnel, but coming from above my head... Open your eyes, slowly, do not rush; we have all the time in the world this night of nights... it is so hard to keep my eyes open with that light directly on them, but I know that I must follow through to the end. Turn your head now, let me guide it. Face the mirror, look at that beautiful body under the spot light. I am suddenly aware of my heavy breathing, of my trembling hands...Why do you shake? No, do not think about it, concentrate on something else, on that reclined figure you have seen so many times before through a curtain of darkness... you are now opening the robe, exposing the red heart on my breast; I feel the soft touch of your hands... How beautiful you are! How red the heart on the whiteness of your flesh, how you tremble under the light! ...yes I see your hands now reflected on the mirror, hovering over the reclined figure... one disappears... The music is approaching the final crescendo; I reach into the velvet-lined case... At last the hands. Yes, the same hands that for so long have pursued me in my darkest nightmares. I hear the music of the Bolero and see an infinite white door... I almost hesitate. The throbbing of the red heart and the maddening notes of the music fill the room... the tinkling of a mobile, steel rods, tattooing needles... as I hold the dagger with both hands and bring it closer... or you with missing hands and your face behind the smoke of an offering... all the way as the final crescendo explodes, muffles a last cry or perhaps a word, a name... silence... the crashing of the surf...

Recuerdos secretos

AHORA

I

...o tal vez tus recuerdos, al igual que estas páginas, lentamente se tornan amarillos, desvaneciéndose con el transcurso del tiempo.

¿Cuánto tiempo hace ya? ¿Es posible — aunque no lo queramos — medir el tiempo sin hacernos creer esa versión de los hechos que encontramos más confortable, más fácil de aceptar?

¿Imaginé acaso el calor de tu mano en la mía mientras caminábamos por la playa, mirando el sol chorreante hundirse en la despiadada línea del horizonte? Tal vez mis recuerdos — como las huellas que dejamos sobre la arena—estén condenados a ser borrados para siempre por la marea del tiempo.

Arriba, aprovechando los últimos rayos del sol, las gaviotas se apresuraban a sus nidos. Los pocos niños que quedaban en la playa a esa hora nos miraron con un interés pasajero. Entonces regresaron al arreglo de sus desmoronados castillos de arena.

Tu mano súbitamente se escapó de la mía, y corriste hacia la última brisa salitrera de la tarde, salpicando a veces, sumergiendo tus pies en la fina espuma.

No te seguí.

Me quedé atrás a propósito, mirando tu pelo flotar en el viento, tus pisadas que las olas borraban de inmediato, la marea que subía. Al llegar al rompeolas que desaparecía en el océano, te detuviste.

No me apresuré.

Sabía que te quedarías allí, mirando lo que hubiese detenido tu carrera por la playa. Posiblemente algo que la mayoría de la gente ni siquiera habría notado. Siempre fuiste así.

Sabía que me oíste llegar, pero no te volviste.

"Mira", dijiste señalando una hendidura entre las rocas que la marea empezaba a llenar.

Era inútil. ¿Para qué? Ya lo había visto demasiadas veces antes, hasta antes de haberte visto a ti.

Te arrodillaste al lado de la poceta, y por un instante sentí tu indecisión. Pero lo recogiste — todo el tiempo de espaldas a mí — y después caminaste hacia la playa y lo depositaste sobre la arena. Tus movimientos me recordaban los de una sacerdotisa antigua al hacer una ofrenda a un dios ya olvidado.

"Es lo menos que puedo hacer", dijiste todavía sin mirarme. Sabía que llorabas.

La oscura silueta desapareció, barrida por la blancura de sudario de la marea implacable.

Atardecer.

Sentada en la arena, con la marea rítmicamente acariciándote los pies y el océano de fondo, súbitamente me pareciste más pequeña, casi insignificante. ¿Moriste tú también esa noche en las olas?

Anochecer.

Más allá en la playa, directamente en nuestro camino, alguien había encendido una hoguera. Te echaste el pelo hacia atrás y empezaste a caminar. Sabía que regresarías a la casa. Esa noche — en la oscuridad y fumando incesantemente — te ahogarías en las cadencias enloquecedoras del Bolero de Ravel.

Te seguí.

Al acercarte a la hoguera, tu sombra — porque eso es todo lo que eras en aquel instante — con cada paso se volvió más larga, más siniestra, hasta que finalmente me tragó, me borró del paisaje.

"Lo interesante es", pensé, "que ella ni siquiera se da cuenta de lo que hace. Pero después de todo", me dije, "¿quién de verdad lo sabe?"

Ya entonces habías llegado al grupo reunido alrededor del fuego. Ya te habías vuelto visible; ya te habías vuelto tú otra vez.

Te seguí.

Yo, también, alcancé el fuego. Los allí reunidos no me dignaron más que una mirada involuntaria, como a las personas en trenes de paso: gente que uno no volverá a ver jamás.

Eras ahora un punto luminoso sobre un fondo negro, perdiendo intensidad al alejarte del fuego.

Yo lo era todo.

Y al seguirte, gradualmente alejándome de la luz de la hoguera, mi sombra se hizo más larga, más siniestra, hasta que finalmente te tragó, te borró del paisaje.

Entonces, sólo por un instante, me pregunté si eras real, o si había imaginado el calor de tu mano, tu pelo flotando en la brisa marina, a ti, tal como una vez imaginé un manuscrito amarillento y una escritura desvaneciente cada día más difícil de leer...

...y lentamente llego al descanso de la escalera. La luz está apagada; siempre ha estado apagada. Ahora solamente está ahí, algo inservible bajo la oxidada pantalla de metal que ya no la protege de los elementos. De la pantalla cuelga un móvil japonés.

Con la brisa nocturna llega el sonido distante de una risa; en la distancia la hoguera se ha convertido en un oasis de luz en la playa desierta. De fondo, implacable, el perenne batir de las olas.

El tintineo del móvil lo subraya todo.

Espero.

Sí, espero porque no estoy listo — ¿lo he estado, alguna vez? — para el encuentro, para lo que tal vez se avecine esta noche. Para lo inevitable.

Los redoblantes se han incorporado a la música — a esa pieza enloquecedora, tan implacable como el batir de las olas — que me recuerda una espiral infinita creada por un demente. Al ritmo de los tambores subo las escaleras. La música es más alta, más hipnotizante. Llego a la puerta. No está cerrada con llave; nunca esta cerrada con llave.

Entro.

Adentro la música está a un nivel casi intolerable. En la oscuridad — porque te encanta la oscuridad — mi única guía es la luciérnaga errante cuyas coordenadas siempre convergen en el mismo punto: tu boca. Allí renueva sus energías — ¿la he imaginado a veces reflejada en tus ojos? — para entonces volver de nuevo a sus errancias alrededor de tu silueta.

La música ha cesado.

Súbitamente el vacío se desploma sobre nosotros, ahogándolo todo en la habitación. A través de la ventana, de nuevo, el sonido de las olas y el tintineo del móvil toman posesión del ámbito. El débil sonido de la aguja en las estrías trata, sin éxito, de ahuyentarlos.

Pero la luciérnaga, de repente puesta de sobreaviso, se aleja aún más, hacia el desvencijado tocadiscos. Las cadencias de la música, muy leves, se vuelven a oír.

En la oscuridad y a tientas llego hasta el sofá, al lado de la ventana abierta. Busco en mi bolsillo la cajetilla abierta y coloco un cigarrillo entre mis labios.

Siempre estoy temeroso de encender la cerilla. O para ser más preciso, de ese momento inevitable de luz cuando por una fracción de segundo serás visible. Muchas veces te he visto mirando por la ventana, tus ojos fijos en la marea. Pero otras — ¿es posible que lo haya imaginado? — te he visto mirándome fijamente, pensando quién sabe qué.

Ya.

Inhalo.

Exhalo.

Escucho.

Siento.

Una y otra vez con la música — sí, la misma pieza enloquecedora — el fuego muere y renace de sí mismo. Finalmente, los dos quedan exhaustos.

"Esta noche no", dices con el tono de voz más natural.

"Pronto, pero esta noche no".

En la oscuridad he encontrado tu mano trémula.

"...porque la realidad de hoy se convertirá en los fantasmas del mañana, fantasmas cuya sustancia dependerá de nuestros recuerdos, de nuestra habilidad de preservarlos. Y a la vez que dejemos de pensar en ellos, ¿qué quedará?"

(¿Imaginé ese momento, esas palabras? ¿Te conviertes tú, también, en otro fantasma a medida que los recuerdos de ese verano se borran de mi mente?)

"Sí, supongo que nunca había pensado en ello de esa manera. Pero te das cuenta, por supuesto, que es imposible preservarlo todo".

(Esta es una respuesta posible, aunque no puedo estar seguro.)

"No todo vale la pena ser preservado. ¿Has tomado eso en cuenta? Catamos, probamos, experimentamos. De esa síntesis elegimos; ésa es la parte más ardua."

(¿Fue ese el día que me hablaste acerca de cierto tipo de pintura japonesa en la cual el artista aplica pinceladas sin interrupción sobre un lienzo de seda? La más mínima vacilación de su parte y toda la obra se echaría a perder. La parte más difícil era decidir lo que excluiría. El aprendizaje llevaba años, en algunos casos una vida entera.)

Mientras hablabas, tus manos se habían estado moviendo sobre el cuaderno de bosquejos, pasando página tras página al completarlos. Ya para ese punto en el verano, con la práctica constante, te habías vuelto muy eficiente.

"Mira", me dijiste con un tono casi sobresaltado, "esos chicos allá, con los caramelos. Eso es precisamente lo que yo quiero preservar".

Los chicos que me habías señalado — tendrían diez u once años — verdaderamente se concentraban en los caramelos, completamente ajenos a la multitud en el muelle.

(Recuerdo estar asombrado al ver cómo las líneas de carboncillo lograban capturar lo efímero del momento. Más tarde, cuando la gente se fuera y llegaran las nevadas, lo trasladarías todo al lienzo; llenarías los detalles ausentes del bosquejo, pero que habías guardado en tu mente.)

"En unas pocas semanas se terminará el verano; la gente desaparecerá. Hasta yo me preguntaré si estuvieron realmente aquí, hoy, como esos chicos con sus caramelos. Esto es todo lo que tengo", dijiste enseñándome el cuaderno, "para probarme a mí misma que existieron verdaderamente".

"¿No puedes pintar sin filosofar?" debo de haber dicho.

"Mucho mejor que sólo filosofar", me contestaste sin quitar los ojos del cuaderno de bosquejos.

(Sabía que te referías a mi escritura — o a la ausencia de mi escritura — cuando hiciste el comentario. ¿Cuánto tiempo hacía ya? ¿Un año? Tal vez más. Había pasado el tiempo hablando del libro, pero siempre logrando encontrar excusas para no escribir. Tú lo sabías y me molestaba. ¿Por qué tuviste que mencionarlo, hacerlo relucir tan solapadamente? Súbitamente ya no quería estar más allí.)

"Vamos a comprar unos caramelos", dije, "ya pronto dejarán de venderlos".

Me levanté y empecé a caminar hacia el kiosco.

No me volví.

Sabía que me seguías.

La figura sentada no se mueve: su largo y blanco cabello cae suavemente hasta confundirse con la barba blanca. Ambos se mezclan con la túnica también blanca. Dentro de los pliegues imaginamos el cuerpo macilento, sin edad. La cabeza está ligeramente inclinada hacia la izquierda, las negras hendiduras de los ojos contrastan enérgicamente con la suave piel. Las zapatillas que calza son negras con hilos de oro.

Pero falta algo, algo que ha pasado desapercibido a nuestro primer vistazo.

En las aperturas de la túnica de seda, donde se esperaría encontrar las manos, las negras cavidades ocultan dos muñones sanguinolentos.

¡Le faltan las manos!

Medita. Tal vez acerca del día cuando las manos le sean devueltas.

En una caja de marfil tallado — la tapa enseña una fila de elefantes cruzando los Pirineos — que descansa cerca de la base de la efigie de la manca deidad, se encuentran las frágiles manos de porcelana. Con ellas una variedad de armas crueles, también esculpidas del mismo bloque de marfil.

En el aire: incienso, Marlboros mentolados, el Bolero de Ravel.

El café ya está listo.

Concentro mi atención en la figurilla de marfil, en ti, y me pregunto cómo adquiriste tal gusto por los objetos orientales que te rodean.Ya no necesitamos palabras; tú y yo sabemos lo restringentes que son. Además, la música justifica nuestro silencio, se convierte en nuestra cómplice. Cuando la música cesa escuchamos el viento — porque el viento siempre está presente — jugar con el móvil japonés que cuelga de la oxidada pantalla de metal sobre el descanso de la escalera.

Lo encontramos accidentalmente, ¿te acuerdas? Fue antes que se fueran las multitudes, antes de que nos dejaran solos con el mar. Y el viento.

Sí, en una pequeña tienda, cercana al muelle. Había alfombrillas de palma, cabezas de monos esculpidas de cocos secos, conchas de mar y joyas elaboradas por los indios americanos. Y, por supuesto, los móviles colgando cerca de la puerta, para que la brisa que provenía del mar los moviera, para que capturaran la atención de los compradores.

Pero tú no vacilaste; escogiste uno hecho de bambú y grandes y redondas conchas de capiz. Al moverse la luz se refractaba en las superficies de madreperla al mismo tiempo que tintineaba. Proveía un fondo de sonido para las suaves y cambiantes formas de color.

La música del Bolero se ha detenido.

Solamente quedan incienso y humo mentolado flotando en el aire. Y el sonido del móvil mientras el viento juega con los reflejos de madreperla. Pero hoy los colores están opacos, fríos.

El cielo gris se convierte en un fondo para tu perfil. La composición está enmarcada por la ventana.

El chino no se ha movido.

Sin necesidad de mirarte, sé que has cerrado los ojos.

...y el agua chocaba, espumaba, contra la dura e irregular superficie del rompeolas. Era una furiosa, ciega entidad que testarudamente trataba una y otra vez de penetrar la indiferente roca.

Por las tardes, se retiraba con la marea baja. Detrás de sí dejaba una variedad de lagunillas irregulares — atrapando todo lo que no escapara a tiempo, antes que el agua se retirara — expuestas al abrasante sol de la tarde.

A medida que se evaporaba el agua lentamente, los peces atrapados dentro salpicaban, hasta que se encontraban inexorablemente buscando el agua silenciosamente en el fondo seco y arenoso de la poceta. A veces les tomaba horas morir; continuaban abriendo las bocas y agallas en el silencio ensordecedor de la tarde.

Pero eso no era lo peor. Los cangrejos, intuyendo el indefenso banquete en la poceta, comenzaban a surgir de las hendeduras lentamente, abriendo y cerrando sus tenazas.

Ya para el atardecer la figura en el fondo arenoso no era visible. Estaba cubierta de una masa amorfa de patas, tenazas y ojos sin párpados que continuamente se erguían en el aire. Algunas veces la cola se estremecía, enseñando una última y débil señal de vida.

Ya yo lo había visto todo demasiadas veces para estar interesado. Nunca te lo había contado porque sabía que llorarías... tal como lloraste una vez (me parece que hace tanto tiempo), de regreso de uno de nuestros paseos por la playa. Corriste hacia la casa para esconderte y ahogar tu angustia en la música enloquecedora del Bolero de Ravel, fumando incesantemente hasta que el amanecer te alcanzara.

¿Qué te podía decir? ¿Qué te podía decir nadie? Así que no te dije nada, sino que te seguí hasta la casa (tal como sabías que yo lo haría), guiado por la música.

130

Cuando llegué al pie de la escalera, el volumen de la música — aunque la puerta estaba cerrada — era casi intolerable. Al llegar al descanso me volví. Encendí un cigarrillo y me concentré en el grupo que había hecho una hoguera en la playa. No sé cuánto tiempo permanecí allí, escuchando la música (y el sonido del móvil entre el final y el comienzo del disco), hasta que me encontré compartiendo la misma oscuridad contigo, guiado solamente por el punto ígneo de tu cigarrillo, por tu perfume, hasta que encontré tu mano trémula...

El tintineo nervioso del móvil se imponía en el aire cargado de la tienda cuando abrí la puerta, poniendo en marcha la delicada alarma de madreperla. Se suponía que fuera de esa forma, para que el propietario, atareado con una invisible tarea en la trastienda, se percatara de los clientes y apareciera como salido de la nada.

Tú me seguiste, penetrando en la burbuja de aire que olía a madera, barniz e incienso. Me di cuenta por el leve, casi imperceptible movimiento de las ventanas de la nariz que el abrupto cambio, (ya que llegábamos del aire fresco del mar), había ofendido tu olfato. También sabía que pronto te acostumbrarías.

Sin decir palabra te dirigiste al fondo del establecimiento, ese oscuro rincón habitado por las cabezas de monos hechas de cocos secos. Te vi manoseándolas, estudiándolas, pero todo el tiempo secretamente vigilándome.

Te di la espalda para mirar una hilera de móviles colgantes. Había de todos tipos: de metal, algunos hechos de plástico o bambú, y otros hechos de conchas. El sonido de éstos no era tan agudo como el proveniente de los metálicos, o tan hueco como el de los de bambú. Era perfecto: opulento, grave, confortador. La luz, al girar el móvil, se refractaba en las superficies de madreperla.

Detrás de los colgantes, siempre cambiantes móviles — quebrada, reflejada en la hoja niquelada de una espada samurai — estaba tu cara. Hago una nota mental de esto; tal vez más tarde pueda lograr hacer un bosquejo. Es el reflejo de tu cara con un cigarrillo en la boca. (Una cara cortada por el frío filo de la hoja.) Pero cuando estás a punto de encenderlo, te das cuenta del chocante letrero colgado a la altura de la vista, completamente visible en la pared: NO FUMAR.

Al volverte tu reflejo desapareció de la severa hoja de la espada samurai. Fue instantáneamente reemplazado por una cabeza de mono.

Cuando al fin te alcancé, después de darle la vuelta a la larga mesa central que dividía la tienda en dos, me di cuenta que todavía tenías el cigarrillo entre los labios.

"Es el sabor del caramelo", dijiste balbuceando las palabras, "necesito algo para quitármelo".

Abriéndome paso entre las antiguallas de la tiendecilla, y con el móvil en la mano, llegué a la caja. Sabía que estabas detrás de mí, sintiéndote más incómodo a cada momento en la atmósfera plomiza del local.

El móvil encima de la puerta sonó.

Entró la brisa del océano.

Salimos.

El Volkswagen se encontraba a media cuadra. Te sentaste al volante — ya para entonces tu cigarrillo estaba a medio consumir — y pusiste en marcha el motor. No habías dicho adónde íbamos, pero no había necesidad de preguntar. Ultimamente todo se había convertido casi en un ritual: el escenario, los movimientos — o falta de ellos — , la música, el incienso. El viento. Todo conspiraba, se transformaba en una pasta espesa que se solidificaba a nuestro alrededor, que lentamente nos asfixiaba...

Abrí la ventanilla para permitir que entrara el aire fresco. Al escapar el humo mentolado del auto, pude oler (tenía los ojos cerrados) la brisa marina.

Ya íbamos como a noventa por esa carretera paralela al océano. Sin necesidad de mirar sabía dónde estábamos, cuál tramo de la carretera teníamos por delante.

¿Cómo podía equivocarme? Había atravesado los mismos diez kilómetros un millón de veces durante los últimos dos meses: a la misma velocidad, en el mismo auto, hasta que tuve la impresión de que tú y la carretera se extenderían hasta el infinito.

Por la forma tan rápida en que cambiaste de velocidad y el subsiguiente empujón lateral, supe que habíamos abandonado la carretera. El auto se sacudía levemente al rodar sobre la polvorosa superficie sin pavimentar. El olor del océano se hizo más fuerte. Esa sección de la playa estaba completamente deshabitada. La casa era la única por muchos kilómetros. A veces caminábamos por horas, con las olas salpicándonos los pies, hasta el anochecer. Durante esas caminatas usualmente nos manteníamos en silencio, como si temiéramos que las palabras disiparan el embrujo efectuado por el viento y el mar.

El motor ha callado. El sonido peculiar del freno de mano anuncia que ya hemos llegado — como siempre ha estado destinado — a la casa. (Se alza, como un huérfano de cara triste, en un tramo de la playa que nadie visita, o ni siquiera reconoce.)

Ya tú has salido del auto y te apresuras a subir la escalera. Al llegar al descanso te detienes y haces una pausa para encender un nuevo cigarrillo. Tal vez me esperas. Miras hacia el mar y exhalas el humo en el viento. Pero no sigues hacia arriba; permaneces en el descanso, fumando, mirando... ¿esperando?

Yo tengo el móvil en la mano; el viento juguetea con él. Cuando llego al descanso — ahora te has vuelto hacia mí — ya has adivinado lo que quiero que hagas. Sin decir nada te entrego el móvil y con un esfuerzo — porque casi no eres lo suficiente alto — lo amarras a la luz ubicada sobre el descanso. La pantalla metálica está oxidada, rajada. En algunos lugares el salitre ha horadado el metal.

Una vez concluida la tarea, subes el restante tramo de la escalera y abres la puerta.

Te sigo.

Cuando llego al umbral ya estás fuera de vista; te oigo en la cocina.

"Es un buen día para café", dices. Voy hasta el tocadiscos y lo enciendo. El disco está ya (todavía) sobre el plato: el Bolero de Ravel.

Las suaves cadencias se mezclan con el sonido del viento. Me reclino en los cojines, entre los objetos orientales evidentes en toda la habitación.

Cierro los ojos.

Afuera, el móvil tintinea incesantemente.

⠿   ⠿   ⠿   ⠿   ⠿   ⠿   ⠿

El verano muere. El exceso de gente y de autos se ha multiplicado: una última convulsión moribunda. Todos saben que la playa pronto se volverá inaccesible hasta el año entrante.

Casi no podemos movernos en el muelle. Durante las últimas semanas, especialmente los fines de semana, tus bosquejos se han vuelto más febriles, como si estuvieras tratando de preservar para siempre el torrente de imágenes que se precipitan sobre nosotros.

Solamente te detienes el tiempo suficiente para comer un pedazo de caramelo y entonces encender un Marlboro mentolado.

De regreso en la casa, frente a la ventana, donde la luz es óptima, te aguarda el caballete. Luz del exterior, música del interior... la misma pieza siempre, sin final, omnipresente.

El Bolero de Ravel.

Y mientras tú pintas yo escribiré y fumaré, reclinado sobre los cojines. No hablaremos; nuestra comunicación es más sutil, completamente sin palabras. Desde el primer día evadimos los desacuerdos que acarrean las palabras. No somos extraños, o ni siquiera amigos. Solamente somos. Eso es tan confortable. Ninguna exigencia, ninguna promesa, ningún desengaño.

Me imagino que no podría ser de ninguna otra manera para nosotros. Siempre estuvo destinado a suceder así, desde el día en que te vi — aunque sólo por un instante — reflejada en un espejo, sosteniendo una taza de café en una mano y el cuaderno de bosquejos en la otra. (Era un buen día para café.)

Nos conocimos en un espejo. Creo que eso es muy significativo. De alguna forma presentí que éste era el punto culminante del verano — el cual ya para entonces era casi aburrido — cuando todo empezaría a entrar en foco, a cristalizarse en esa sustancia tangible que llamamos vivir. Pero yo estaba también reacio a aceptar el signo aquella mañana.

Lo recuerdo. El aire frío de un aire acondicionado de mañana, combinado con la alta humedad ambiental, engendraba la sombra de una jaqueca amenazante. Nada serio, sólo un molesto pulsar que no justificaba dos aspirinas tan temprano de mañana. Era un día cuyas horas solamente se podían atravesar con la ayuda de café negro y humeante.

Café y jazz. Siempre allí, lubricando el fluir del tiempo, suavizando las horas del reloj, impregnando hasta lo más íntimo de la realidad. Pero tú siempre has preferido otra cosa — algo que se está convirtiendo en una obsesión para ti: el Bolero de Ravel. Es el único disco que de verdad quieres oír.

Los otros nos han dejado solos: extraños en la casa de un extraño. La casa de un amigo de un amigo. ¿Pero a quién le importa? Uno a uno, tal como vinieron, se han marchado con las muchedumbres que llegaron con los últimos días del verano.

La casa era distinta entonces: siempre llena de jazz, conversación y humo.

El móvil no estaba allí. Cuando la brisa marina soplaba, no turbaba entonces el silencio de la noche.

¿Son tú y él uno y el mismo? Me lo pregunto. Estamos de vuelta en la playa después de atravesar el tramo de carretera que conduce al pueblo. Siempre conduces tan rápido esos últimos kilómetros. Es como si quisieras borrar el paisaje con la velocidad, transformarlo en un borrón indistinguible. Pero todos los detalles, cada rasgo de esos kilómetros está indeleblemente grabado en mi mente.

(¿Recuerdas la primera vez que estuve en esta carretera? Era una noche oscura, lluviosa; yo trataba de que alguien me recogiera. Por la velocidad del auto al pasar, sabía que no esperabas ver a nadie al borde de la carretera, especialmente a esa hora. Detuviste el auto y mantuviste el pie sobre el freno. El reflejo de las luces rojas se alargaba sobre el pavimento mojado. Corrí hacia el auto. Cuando estaba a punto de alcanzarlo, las luces rojas súbitamente perdieron intensidad y quedé parada en la nube de vapor que había exhalado el motor. Hubo entonces silencio y oscuridad otra vez.)

Los árboles están cambiando; ya algunos han empezado a perder sus hojas. La carretera parece un poco desnuda. Más allá, a la derecha, hay un letrero borroso que anuncia un producto que ya no está a la venta. El despiadado batir del sol ha convertido su multicolor superficie de antaño en un amarillo uniforme y pálido. Cuando pasemos este letrero sé que empezarás a disminuir de velocidad, y que en unos momentos harás un viraje agudo. Me sentiré empujada contra la puerta y entonces estaremos fuera de la carretera y en ese camino sin pavimentar que conduce a la casa, al océano.

Algunas veces caminamos por la playa. Ya para esta época, como las hojas de los árboles, la gente se ha desvanecido. El sol ya no es tan tibio como antes, y el cielo está perdiendo su color azul brillante para ceder a un tono más leve, acercándose al gris.

Con frecuencia llueve por días. La mayoría de la gente conoce los repentinos chubascos que pronto se disipan y abren paso al calor del sol. Pero esto es diferente. ¿Cuántas personas visitan el océano en otoño, cuando la brisa marina es helada y el agua es poco acogedora? La lluvia entonces es tan persistentemente silente, tan tenue y fría. En la distancia el horizonte desaparece, confundiéndose con el mar y el cielo que comparten el mismo color opaco y uniforme.

Miro hacia adelante y te veo, caminando cerca de la marea, fumando un cigarrillo. Comienzo a jugar ese juego que yo inventé: debo colocar mis pies exactamente sobre tus huellas. Debo seguirte pero sin mirarte; ésa es la regla. Parece mucho más fácil de lo que es. Tú mejor que nadie debieras saberlo. Después de todo, tú eres tan impredecible que nunca sé cuándo te detendrás para mirar el mar, para enfrentarte con el viento... es entonces cuando te temo. Podría alcanzarte y súbitamente encontrarme en la arena, mirando tus manos.

Sin excepción me siento aliviada cuando llegamos a la casa. Casi subo corriendo las escaleras, hacia el pedestal donde él se encuentra sentado. Le enciendo la ofrenda a él (a ti). Cuando apago la cerilla, súbitamente me doy cuenta de mis manos trémulas...

...recuerdo. Pero parece que hace tanto tiempo que ya he perdido toda perspectiva del tiempo. Cierro los ojos y casi puedo sentir el calor de tu mano, el sonido incesante de las olas al atardecer. Nuestros pies estaban mojados; el sol estaba a punto de desaparecer, eclipsado por la línea del horizonte.

Corrí.

Corrí hacia el viento, salpicando en la marea. ¿Había niños en la playa ese día? No puedo estar segura. Pero sí estaba segura de que me seguirías, quizá hasta caminando sobre las huellas que yo iba dejando sobre la arena mojada... siempre estabas allí, como la marea, o el viento.

Al llegar al rompeolas sentí un escalofrío. Me detuve; sentí como si todo se estuviera desplazando en cámara lenta.

En la hendidura que la marea llenaba vi el reflejo de mi propia cara. Más allá de la superficie, en el agua poco profunda, una figura oscura: un pez moribundo (la cabeza intacta, excepto por la falta de un ojo), se confundía con el reflejo de mi rostro.

Permanecí inmóvil.

Supe que todo lo que había ocurrido era una fase en una serie de eventos predestinados: el pez, la hendidura, la marea baja, el sol, los cangrejos, la muerte, el anochecer, la marea alta. El reflejo de mi cara.

¿Qué sobrevendría después?

Estaba arrodillada cerca de la hendidura, vacilando. Sin necesidad de mirar sabía que estabas allí, mirándome.

Metí las manos en el agua tibia.

"Mira", dije hablando más conmigo misma que contigo al sacar el pez. Su cola se movía levemente de un lado a otro. Caminé hasta la marea y cuidadosamente lo coloqué sobre la arena mojada.

"Es lo menos que puedo hacer", dije mientras que la oscura figura desaparecía en las olas. Por unos minutos permanecí sentada sobre la arena. Creo que lloraba.

Sin mirarte comencé a caminar.

Un temor irracional me invadía. Pensaba, — ¿porque no es todo una serie de eventos predestinados? — en el macilento, eterno, indiferente chino. Pensaba en los muñones sanguinolentos que un día — ¿pero qué día? — retoñarían sus manos despiadadas, como las de un cirujano aséptico. Sin advertencia, súbitamente presentes, para completar la serie de eventos inexorables... para cerrar el mandala.

Sabía que estabas detrás de mí, siguiéndome.

Más allá alguien había encendido una hoguera. Fijé los ojos en el punto de luz temblante, acelerando mi marcha, jadeando. Más rápido, más cerca, hasta que llegué allí, sintiendo el calor que irradiaba... entonces quedó detrás de mí, ya me sumergía en la fresca oscuridad rumbo a la casa. No tengo que verla para sentir su presencia, el asombroso sentido de estar fuera del tiempo que exuda.

Está en la playa sola, contra el viento y el sol. Pero ahora — hay una súbita apertura en las nubes — bañada tenuemente en los rayos lunares, parece un animal híbrido, extinto, que no se da cuenta que ya su época ha pasado.

Las nubes esconden de nuevo la luna. No importa; puedo oír el sonido del móvil que cuelga de la pantalla metálica sobre el descanso de la escalera. Abajo, casi invisible, la silueta del Volkswagen estacionado debajo de la casa. Subo las escaleras con los ojos cerrados, solamente escuchando el sonido del móvil.

La puerta no tiene llave; nunca tiene llave. Al entrar lo primero que noto es el olor del incienso de la tarde, todavía flotando en el aire. Sin encender la luz llego hasta el tocadiscos — no hay necesidad de buscar un disco, ya está sobre el plato — y lo enciendo. También enciendo un cigarrillo y durante esa fracción de segundo cuando la llama es más brillante miro la estatua de reojo: ¡todavía le faltan las manos!

Exhalo el humo con alivio y me hundo en los cojines del sofá. La música lo domina todo. El crescendo llena la habitación; los ornamentos vibran al compás con los redoblantes.

¿Dónde estás?

El disco ha concluido y comenzado de nuevo. Afuera se oye el sonido del viento y del móvil. Enciendo otro cigarrillo con la colilla desfalleciente.

La puerta se abre y se cierra. Las luces permanecen apagadas. Me llevo el cigarrillo a los labios e inhalo profundamente. Hay un súbito momento de luz y veo tu cara, entonces sólo queda el punto luminoso.

"Esta noche no", digo tratando de que mi voz parezca lo más natural posible.

Tu punto luminoso está junto al mío, en el sofá.

En la oscuridad has encontrado mi mano trémula...

II

EASY LIVING:

Clifford Brown, trompeta; Gigi Gryce, saxofón alto y flauta; Charlie Rouse, saxofón tenor; John Lewis, piano; Percy Heath, contrabajo; Art Blakey, batería.

Grabado el 28 de agosto de 1953.

JAZZ.

Sí, jazz, café y humo. Ésa es la naturaleza de la casa. El tocadiscos siempre está encendido, el café siempre está caliente.

Es verano.

Dejo que la música fluya — cuánto me encanta esa trompeta — mientras me pierdo en las volutas del Marlboro que acabo de encender. Tengo puestos los audífonos. Puedo ver a todo el mundo hablando, moviendo las manos para dar énfasis a una idea, riendo silenciosamente de un chiste que nunca oiré.

Una noche típica.

Todos los bares de la playa están cerrados; ya los asiduos empiezan a carenar. El alba los encontrará aquí.Con ellos está ese latinoamericano de los bongós. A veces, cuando ya la música se ha extinguido, discursa sobre la influencia de la música latinoamericana sobre el jazz americano. A veces pienso que se cree otro Chano Pozo.

Una noche, cuando había tomado demasiado, se le olvidó en qué idioma hablaba y concluyó su charla en español. No creo que nadie pudiera entenderlo, pero en realidad no importaba. De todas formas lo escuchamos, fumamos y tomamos café.

Nos gustaba.

Nos gustaba porque en esta casa, en esta habitación nosotros — yo — habíamos encontrado un sitio donde poder desechar todas las pretensiones, desenmascararnos sin temor a que nadie nos pidiera cuentas.

Me gusta.

A veces, exactamente antes del alba y acompañados de la última taza de café, les hablo a los pocos que quedan sobre el libro que se supone que esté escribiendo. El hecho de que nadie haya visto ni una sola página del manuscrito no es causa de alarma. Todo aquí es muy confortable.

Siempre hay gente entrando y saliendo. Todos protegidos por el escudo del anonimato. Gente buscando a otra gente sin nombre, buscando un poco de jazz y una taza humeante de café.

Ésta es una de esas noches en que no tengo ganas de hablar con nadie. Sólo quiero fumar, tomar café y escuchar el blues. Espero una señal.

"The blues is a woman,
a woman is the blues."

Eso es lo que emana de los audífonos ahora. Me gusta el sonido de la trompeta ahogada, cuyas notas parecen acariciar y mezclarse con cada sílaba... casi lo puedo ver.

Cuando termina la canción, abro los ojos y me quito los audífonos. Me levanto y voy hacia la cocina, para prepararme una taza de espresso. El sonido de la trompeta de Miles Davis me sigue. Le tengo envidia por poder expresar con su música todo lo que yo nunca lograré expresar con palabras. Si sólo yo pudiera escribir como él toca...

"Tempus Fugit, grabado en 1951", me digo sin vacilación. Lo conozco demasiado bien.

Cuando regreso — música, humo, conversación — la puerta se abre. En el umbral, todavía usando la desteñida chaqueta militar y con el cuaderno de bosquejos en la mano, te veo absorbiéndolo todo en la habitación.

Lleva aproximadamente veinte minutos llegar desde el centro del pueblo — donde se encuentran los bares — hasta la casa. La atmósfera en el Bottle and Cork se ha vuelto intolerable: la música estridente, el humo espeso, las voces chillonas de las chicas pintarrajeadas, apenas acabadas de salir de la adolescencia. Todo me oprime el pecho, no me deja respirar.

Es siempre la misma muchedumbre; la muchedumbre que pasa los días durmiendo en la playa y las noches recorriendo los bares en busca de un punto fácil. Atravieso el humo y el ruido y llego a la puerta.

El Volkswagen está estacionado a media cuadra, esperándome. Cuando entro y le doy la vuelta a la llave, no arranca.

"Es la maldita humedad", pienso. Durante los tres últimos días lo ha cubierto todo con su gris opaco, ahogado los sonidos y mojado las tapas de los distribuidores.

La tercera vez, arranca.

Los faros son lanzas sólidas penetrando en la neblina. Con un ruido de velocidades maltratadas, me sumerjo en la noche. Las luces multicolores de los letreros de los bares se distorsionan sobre el pavimento mojado, creando un iridiscente e improbable arco iris de asfalto que suavemente se confunde con la neblina. Me gusta. Al salir del pueblo el arco iris se vuelve más débil, más pálido, hasta que finalmente desaparece en el océano gris de la neblina. El último destello rojo proviene del letrero de un cafetín, frente a la estación de autobuses. Después, sólo los faros taladrando la noche. Cuando llego a ese pedazo recto de carretera que conduce a la casa, enciendo un cigarrillo y trato de sintonizar algo en la radio.

Siempre hay jazz a esta hora. A través de muchas millas me llega un sonido grabado hace muchos años. Esta noche se concentran — según la voz aterciopelada del locutor — en la era del Be-Bop.

Súbitamente Dizzy Gillespie se encuentra en el Volkswagen conmigo, soplando su trompeta torcida. Night in Tunisia, se llama la pieza. Subo el volumen y aprieto el acelerador, sintiendo la euforia producida por la velocidad y la música en ese pedazo desierto de carretera. A medida que la aguja asciende en el reloj marcakilómetros, me siento más eufórico, dueño de la espesa y oscura pasta que es la noche sin estrellas. Me dejo a mí mismo atrás, sobre el pavimento mojado, en la neblina, disuelto en las notas que se escapan en la noche. Soy velocidad y música.

De borrón a forma, de mano a chaqueta, de cara a chica: alguien al borde de la carretera.

Desacelero, cambio a tercera, pongo el pie en el freno. Casi no me muevo. A través del espejo retrovisor, iluminada por las luces rojas — todavía tengo el pie sobre el freno — la veo acercándose, más rápido, más grande.

Ya está más cerca, más roja. Su reflejo casi abarca todo el espejo retrovisor.

La música ha cesado.

Algo en mi interior reconoce la figura (pero no puedo precisarlo), interpreta la señal, y el auto ya está en primera otra vez, alejándose, aumentando de velocidad en el aire nocturno cargado de salitre.

Atrás, la roja figura corre, perdiendo intensidad a medida que las luces traseras se alejan, hasta que desaparece, borrada por la neblina.

Hoy haces un castillo de arena. El sol está alto en el cielo — un cielo sin nubes — y el calor del día es casi contagioso. Un día de verano perfecto; un día inolvidable. Y en medio del día, tú. Tus pantalones de mezclilla enrollados hasta la parte inferior de las rodillas, la desteñida chaqueta militar completamente abierta (todavía me pregunto acerca de la etiqueta con el nombre ausente, donde la tela muestra un rectángulo más oscuro). Tu pelo flota en la brisa matutina.

Casi puedo creer que eres feliz.

Ya has completado el foso alrededor del castillo. El agua de las olas lo llena, haciendo el castillo impenetrable. En la torre más alta un estandarte hecho de papel de aluminio flota suavemente en la brisa.

Cuando estás satisfecha con la solidez de las paredes, te levantas y comienzas a caminar en la marejada. No me miras; no hablas. Sabes que estoy aquí, detrás de ti.

Empiezas a tararear una canción familiar, pero cuyo nombre no puedo precisar. ¿Estás tratando de convencerme o de convencerte a ti misma? ¿Es todo esto una representación para mí? Espero que a estas alturas sepas que no me debes nada, ni siquiera una explicación. Solamente estoy aquí, como siempre, como la brisa y el océano. Pero tú sigues tarareando suavemente esa canción, que se disuelve en la brisa marina.

¿Tienes miedo acaso que si te detienes te preguntaré acerca del secreto — porque era un secreto, ¿verdad? — que en un momento de debilidad me dejaste descubrir anoche?¿Cómo puedo preguntarte sobre lo que no comprendo? Lo que pasó en la casa anoche no importa ahora. Estamos aquí, en el sol y el océano. En cuanto a mí respecta, nunca sucedió. Y en realidad no importa. Un corazón rojo — si es lo que era, no estoy seguro — no puede cambiar nada. Todo era demasiado vago de todas formas: el humo, las enloquecedoras cadencias del Bolero, la madrugada. Tus explicaciones todavía están perdidas en el vacío de esa habitación.

De alguna manera todo me hace recordar esa primera noche en la casa. Llevabas la misma chaqueta militar — aunque entonces estaba empapada — cuando te vi. Yo había sido responsable; los dos lo sabíamos. Pero nada fue mencionado; de una manera muy natural tomaste la taza de café que te ofrecía, tal y como lo haces siempre.

Estamos más allá de las explicaciones.

Te veo caminando, siempre caminando contra el fondo azul.

Al volverme logro ver de reojo el castillo de arena. Las paredes, al desmoronarse, caen en el foso. El oleaje implacable se lleva el estandarte de aluminio.

La llovizna todavía lo humedecía todo, inclusive mis esperanzas para encontrar una habitación. La maleta se había vuelto increíblemente pesada; el cuaderno de bosquejos estaba húmedo bajo mi brazo.

Las luces de los faros seguían aproximándose, iluminándome momentáneamente para entonces tornarse en puntos rojos que a la postre se perdían tragados por la noche... tal vez tendría suerte con el próximo.

El viaje en autobús, el cafetín, la búsqueda de una habitación vacante, la suave y silenciosa lluvia: es verano.

¡No Hay Habitaciones Desocupadas!

¡No Hay Habitaciones Desocupadas!

¡No Hay Habitaciones Desocupadas!

...cuánto tiempo caminé, arrastrando la maleta y el cuaderno de bosquejos? No puedo estar segura ni yo misma, pero fue un largo rato, tal vez una eternidad. No lo sé.

Durante mi caminata — todo era tan irreal — las imágenes cambiaban, se volvían, se precipitaban sobre mis retinas para crear un caleidoscopio enloquecedor: los autos, las luces de neón reflejadas en cada mojada, brillosa superficie, las caras cambiantes, ligeramente borrosas bajo el cielo gris. Pensé en Salvador Dalí y sentí que de alguna forma había ido a dar a su mundo surrealista y sin salida.

Al anochecer ya había completado el círculo: estaba de vuelta en el cafetín.

¿Fue una casualidad que el dueño me recordara? O, como todo lo otro, ¿fue solamente otro eslabón en esa inexorable cadena de hechos inciertos; una cadena cuyo último e implacable eslabón se convirtió en un chino sin manos?

Tal vez él ya lo había visto demasiadas veces antes. Era la primera vez que yo oía mencionar la casa. Así la llamó solamente. Todo lo que pude comprender entonces fue — porque él no tenía mucho tiempo para hablar — que a unas millas de distancia, en un pedazo de playa desierto, había una casa donde cualquiera podía ir. Era la única esperanza que me quedaba.

Las luces de los últimos letreros de neón se derramaron sobre el pavimento. Recuerdo haber tenido frío y mecánicamente haberme subido el cuello de la chaqueta militar. Comencé a caminar en la noche, dejando atrás las luces, los bares, las muchedumbres del sábado por la noche.

Es imposible saber cuánto tiempo caminé a orillas de la carretera, en la oscuridad, con el sonido de mis pasos ahogados por la suave llovizna. Algunos autos pasaron sin detenerse, ni siquiera disminuyeron de velocidad para reconocer mi presencia.

Y entonces, cuanto iba a abandonar toda esperanza, un Volkswagen se detuvo a unos veinte metros delante de mí. Corrí, convirtiendo sus luces traseras en mi meta. En ese momento eran lo más importante del mundo. Pero al acercarme, súbitamente disminuyeron en intensidad, el sonido del motor se hizo más agudo y me encontré una vez más en la oscuridad, con la maleta en la mano y el cuaderno de bosquejos debajo del brazo, caminando silenciosamente bajo la llovizna, preguntándome si llegaría a la casa en la playa, que a cada momento se hacía menos tangible para convertirse en un sueño lejano.

Todo parece tan irreal y distante ahora, bajo el sol, al lado del océano matutino y con la brisa soplando suavemente.

Me detengo y empiezo a cavar en la arena mojada. Tengo ganas de hacer un castillo de arena. La marejada está detrás de mí. Las olas rompen, alcanzan mis pies, mis pantalones de mezclilla enrollados y que ya se han convertido casi en parte de mí.

Al cavar más hondo, el agua de la arena empieza a mojar los bordes de las mangas. La chaqueta militar color verde olivo se torna un poco más oscura. Ya para entonces el foso está terminado; en el centro plano ya se divisa el castillo.

Tarareo una canción que he oído en alguna parte, en alguna ocasión. No puedo recordar cuándo. ¿Trato de engañarme? ¿Soy de verdad feliz esta mañana, o sólo quiero hacérmelo creer?

Sé que estás ahí, (posiblemente mirando hacia el mar), como de costumbre en estos días veraniegos. Ya pienso en ti como parte integral de todo, como el océano, o la brisa, o hasta la casa. Siempre estuvo destinado a ser de esta forma. He tratado — sin éxito — de imaginarlo todo sin ti. Pero no lo logré porque traté de pensar en ti como una entidad separada, aparte de esta realidad; la realidad que siempre hemos estado destinados a compartir. A veces, cuando te miro desde la ventana, sentado en el rompeolas, me abrumas.

¿Quién eres?

¿Puede un nombre — una palabra — describirte, o describir esta playa, o el océano, o la casa?

A veces tengo miedo.

¿Te revelé anoche — tal vez en un ataque de desasosiego — lo que por tanto tiempo he tratado de ocultar?

Sé que era casi la madrugada; la música del Bolero lo invadía todo. ¿Te enseñé el corazón — rojo, latiente — mientras trataba de explicarte entre sollozos lo que significaba?

¿Y tú, en la oscuridad, lograste verlo cuando abrí la chaqueta militar? ¿Oíste mis palabras a pesar de la música del Bolero?

¿Quién sabe? Sé que nunca me lo confesarías.

Sobre la arena he encontrado una envoltura de papel de aluminio. Se convierte en el orgulloso estandarte del castillo. Comienzo a caminar por la playa otra vez. No miro hacia atrás. Si lo hiciera, te vería detrás de mí, caminando sobre mis huellas.

Vería un castillo de arena derrumbándose, lentamente aniquilado por la implacable marejada.

En la vacuidad de la habitación siento tu presencia. Todo el mundo se ha marchado. Estamos solos: huérfanos perdidos en la madrugada, deambulando en el fantasma gris de una casa ubicada en un pedazo de playa olvidado.

A través de nuestra soledad nos hacemos reales. ¿Qué más podemos pedir?

La casa, la oscuridad, el viento, el océano: se han convertido en nuestro denominador común. Nuestro pacto (no logro pensar en otra palabra, aunque me doy cuenta que ésta no es muy precisa), es tácito.

Mis ojos están cerrados; intuyo tu presencia por tu respiración. Se ha tornado más agitada, más irregular, como si estuviera controlada por un metrónomo sincopado.

Esta noche al café le siguió un vino. Vino de California.

Te observé, entrando y saliendo de la cocina concurrida, siempre manteniendo tu copa llena, hasta que el vino se agotó, hasta que todo el mundo se marchó.

¿Qué demonios invisibles tratas de ahuyentar?

Ahora te has desplomado sobre el sofá, todavía con esa chaqueta militar que te queda dos tallas grandes.

Abro los ojos.

La luz de una cerilla cancela momentáneamente la oscuridad. (Sé que tus manos tiemblan.) Entonces, después de unos momentos resbaladizos, sólo queda un punto luminoso, desplazándose a tu alrededor.

Oigo algo que cae al suelo y se rompe inesperadamente. En mi mente veo un cenicero de barro cocido, roto y esparcido por toda la habitación.(Evoca recuerdos de otra habitación, otro cenicero en el antepecho de una ventana, cerca de un búcaro con flores plásticas.)

El "click" del tocadiscos al ponerse en marcha me devuelve a la habitación, a ti, a la oscuridad casi tangible que compartimos.

Las suaves cadencias iniciales del Bolero se mezclan con las sombras. Te oigo, respirando entrecortadamente, como si trataras de mantenerte a flote en la ahogante madrugada.

La lumbre de tu cigarrillo se ha apagado. Tu respiración — demasiado irregular para ser sólo respiración — se vuelve más agitada, progresando con las notas del Bolero.

Sollozas.

Siento tu presencia más cercana; los estremecimientos de tus sollozos son más fuertes. En la oscuridad te oigo. (¿Estás tratando de decirme algo?) El crescendo de la música sólo me permite capturar al vuelo algunas palabras inconexas. "...¿por qué? ...no sabía ...mira" y entonces comienzas a abrir la desteñida chaqueta militar, con el cuidado de alguien que descubre un tesoro antiguo.

Ya para ese entonces la música es intolerable.

He cerrado los ojos.

    ▦   ▦   ▦   ▦   ▦   ▦   ▦

Estoy sola.

Las luces traseras han desaparecido. Sólo queda la llovizna, suavemente penetrándolo todo. Más allá, a mi derecha, oigo el romper de las olas en la playa.

Me detengo y pongo la maleta al borde de la carretera. Me siento sobre ella y saco un cigarrillo. El humo se mezcla con la llovizna, hasta que se disuelve completamente en la noche.

Otro auto se aproxima; la neblina desacelera, esparce las luces de los faros. Muy bien pudieran ser las narices flameantes de un dragón. Decido dejarlo pasar sin tratar de detenerlo.

Cuando llega junto a mi, el conductor me ve. Frena precipitadamente y se detiene unos metros más allá. Las luces blancas de la marcha atrás se encienden. Aparentemente ha decidido recogerme.

Se abre la puerta trasera.

Sin decir ni una palabra, entro con la maleta chorreante y el cuaderno de bosquejos. Una vez más el motor resuella por el esfuerzo y las luces de los faros se mezclan con la llovizna, con la noche misma.

El conductor y su amigo ni siquiera me vuelven a mirar; se comportan como si todo esto fuera algo común, o tal vez un eslabón insondable en una serie de eventos ya ordenados.

Continúan la conversación interrumpida por mi presencia en la carretera. Las palabras — traspasamos la noche a toda velocidad — casi quedan atrás. Parecen lejanas, tienen que esforzarse para salir de una crisálida elaborada de neblina y oscuridad.Uno de ellos tiene un ligero acento. Posiblemente sudamericano, concluyo.

El auto desacelera; abandona la carretera principal. Siento el empujón de la inercia. El camino es un poco irregular. A medida que progresamos, el sonido de las olas se hace más fuerte, más claro, y el olor del océano llena el auto.

Nos detenemos.

Anclada en la neblina, como el inmenso esqueleto de un animal prehistórico, se encuentra la casa. Debajo de ella — porque la casa no descansa sobre la tierra, sino en altas vigas — un Volkswagen.

Aferrándose al exterior de la estructura, y conduciendo a la puerta principal, una escalera de madera. Desde una ventana panorámica en lo alto, emana una luz ahogada. También hay música; la música de una trompeta.

Al subir las escaleras y llegar al descanso, noto una bombilla y una pantalla: la bombilla está fundida, la pantalla oxidada.

La puerta no está completamente cerrada. La empujo con el antebrazo y por un instante me detengo en el umbral.

Entonces te veo venir hacia mí, ofreciéndome una taza de café de la manera más natural, como si me hubieras estado esperando una vida entera.

No hay lugar más solitario que la playa en invierno. La nieve, especialmente al caer, parece más suave, más fría. El viento, también, parece más agudo, menos acogedor. Tal vez tenga algo que ver con la proximidad del mar, con la desolación del paisaje.

Pero de todas formas caminamos.

El océano ha adquirido un nuevo matiz de gris que se conjuga perfectamente con el horizonte. Un gris sedoso, tal vez. Podrían ser espejos gemelos frente a frente, creando un laberinto infinito, invisible.

Somos las únicas dos imágenes atrapadas entre esas dos perfectas e indiferentes planchas. Nos desplazamos entre los fantasmas veraniegos que todavía habitan el muelle: chicas delgadas con bikinis ínfimos; jóvenes bronceados por el sol; los niños con sus sonrisas manchadas del rojo vivo de las manzanas confitadas.

146

Nuestros pasos, al llegar al muelle, suenan huecos, un tanto distantes, como si el sonido tuviera dificultad en alcanzar su meta en la frigidez de la tarde gris.

Las tiendas están ahora desiertas.

El banco donde nos sentamos tan a menudo — hablando, dibujando — está ahora cubierto de una nieve fresca, virgen. Me detengo para encender un Marlboro. Recostada a la baranda de madera miro hacia el mar — porque siempre tengo el mar — y trato de encontrar la línea tenue donde se une con el cielo.

Es imposible.

Fue aquí, pienso, donde te mencioné el tipo de arte japonés que me fascina tanto. El del lienzo de seda, quiero decir. Recuerdo que traté de hacerte ver que lo importante es lo que el artista desea excluir. La responsabilidad de la elección no es nunca fácil.

También recuerdo el día que encontramos el móvil japonés en una quincalla. Fue un día extraño. Primero el olor a barniz, madera e incienso. Entonces el cambio de temperatura — tan inesperado cuando uno llegaba del aire fresco de la playa. La imagen de una cámara de descompresión me viene a la mente.

Las aletas de tu nariz se agitaron, se hicieron un poco más anchos, como haciendo un esfuerzo consciente para acostumbrarse a la atmósfera cargada. Entonces tu fracaso al tratar de encender un cigarrillo (el severo letrero NO FUMAR te detuvo), mientras deambulabas, azorado y con el cigarrillo sin encender todavía en los labios, entre las cabezas de monos esculpidas de cocos secos.

(Recuerdo tu cara, su reflejo súbitamente cortado por una espada samurai.) Pero ya para entonces había decidido cuál móvil quería — las refracciones en las superficies de madreperla me hicieron decidir — y lo llevé a la caja. No tuve que mirar para saber que tú estabas allí, detrás de mí, con el cigarrillo sin encender todavía entre los labios.

Entonces el alucinante viaje en el Volkswagen. Había cerrado los ojos, pero después de un rato el humo de tu cigarrillo me hizo abrir la ventanilla. Me recosté y cerré los ojos de nuevo; olía el aire cargado de salitre... (¿Estaba ya entonces — aunque sin darme cuenta — dando vueltas en ese tiovivo, corriendo en ese pasillo sin salida que culminaría en las manos de un chino?)

...entonces los cambios de velocidades, el camino irregular, el motor apagado. El sonido decapitante del freno de mano.

Estábamos en la casa otra vez.

Cuando me bajé del auto ya tu subías las escaleras. En el descanso te detuviste para encender otro cigarrillo. Todavía no estoy segura si esperabas. Cuando alcancé el descanso, sin palabra alguna, te entregué el móvil. Lo ataste a la pantalla metálica. Entonces, de una manera muy natural, subiste el resto de la escalera y desapareciste por la puerta abierta.

"Es un buen día para café", te oí comentar desde la cocina. Pero no fui a buscarte; encendí el tocadiscos y me recliné en los cojines.

Confundiéndose con las primeras notas del Bolero de Ravel, se percibía el incesante tintineo del móvil...

Te miro como en un sueño.

Eres el punto focal de la habitación, como el centro hueco de una rueda donde cada rayo debe converger. Me maravillo ante la solidez de tu vacuidad: ausente y al mismo tiempo presente en todo.

En la atmósfera: el Bolero de Ravel; el humo de los Marlboros mentolados; la tenue fragancia de tu perfume mezclada con el incienso de anoche. Las paredes están cubiertas con reproducciones de arte oriental. Sobre su pedestal, todavía impasible, vigilándolo todo, el chino sin manos.

Tú, también, llevas una túnica oriental. Seda negra con arabescos dorados. Aunque es invierno, estás descalza. La cintilla de terciopelo negro que ciñe tu cuello está rematada por un delicado camafeo.

¿Quién eres?

Desde mi posición prona en los cojines veo tus pies descalzos que surgen por detrás del lienzo. Llevas días trabajando en él, sin descansar, sin dormir, solamente deteniéndote el tiempo suficiente para tomar café negro y encender un Marlboro.

¿Qué estás tratando de lograr?

A veces retrocedes unos pasos, haces una pausa, como tratando de decidir dónde colocar la próxima pincelada. El pelo te cae sobre los hombros — ¿una casualidad, que es como el de él? — y tu túnica está ligeramente abierta. Tu tez clara contrasta agudamente con la seda negra; cuando te mueves la luz acuchillea erráticamente la negrura de la tela. Son como relámpagos, pero en una escala menor.

Floreciendo sobre tu piel, un corazón rojo latiendo rítmicamente.

Ya no me lo ocultas. Hemos aceptado tácitamente que nos conocemos, que lo que hacemos o decimos — ahora que hemos desechado todas las apariencias — no tiene importancia alguna, efecto alguno sobre esta realidad que compartimos, solos en esta casa de verano en medio del invierno.

Al fin estoy empezando a aceptar mi fracaso. Te debo tanto.

El volumen del Bolero se hace más alto; los redoblantes martillean el tema infinito una y otra vez dentro de mi cráneo... finalmente el último crescendo. Silencio. Otra taza de café. Otro cigarrillo.

El Bolero de Ravel.

Pero esta vez abandono mi cuaderno — no he logrado ir más allá de la primera oración, de todas formas — y me levanto de los cojines.

Ni siquiera me miras.

Abro la puerta y bajo las escaleras. Lo primero que noto es el frío silencio, el tono gris que lo domina todo. El paisaje está lloviznado por el tintineo del móvil japonés que cuelga de la pantalla metálica.

¿Sabes — o te importa — que me haya marchado?

En la distancia se precisa la silueta oscura del rompeolas, ahora parcialmente cubierto de nieve. Detrás de mí, a medida que me abro paso en la desierta y congelada playa, el sonido del móvil y las cadencias de la música se hacen más leves.

Camino sobre el rompeolas lo más lejos posible, adentrándome en el océano gris claro que desaparece en el horizonte.

Todo está quieto, congelado.

Y allí, mientras pienso y recuerdo rodeado del invierno en la playa desierta, me pregunto si me miras desde la ventana...

Desde la cocina, con una humeante taza de café en la mano, has llegado a la puerta. Te sigo y me maravillo ante tu habilidad de esquivar manos que gesticulan, codos de aquellos que tratan de enfatizar su punto de vista, o a los que simplemente quieren abrirse paso. Y para qué hablar de los cuerpos que se balancean de los que tratan de bailar en la sala más que concurrida.

Mientras te sigo me doy cuenta — tal vez por primera vez — de cuánto se ha desteñido tu chaqueta militar, especialmente en los hombros, donde el sol cae sobre la tela perpendicularmente durante tus caminatas sin fin por la playa. Pareces estar completamente en tu ambiente.

¿Cuánto tiempo hace que estás aquí? Sé que no hace mucho, pero de alguna manera parece que siempre todo ha sido así, que hemos estado bajando durante una eternidad las escaleras en el exterior de la casa.

Hemos llegado al descanso.

Arriba se encuentra una bombilla con una oxidada pantalla metálica: un hongo híbrido nacido de la sal y el metal. Nunca ha funcionado. Solamente emana oscuridad y más oscuridad en invisibles olas sucesivas que nos cubren con una suave frialdad...

La única luz que llega ahora a nosotros, sentados en este sitio olvidado, proviene del rectángulo de vidrio que da al mar: el ojo de un cíclope tratando de descifrar el enigma de esa silente inmensidad.

Tú sujetas tu taza con ambas manos, lentamente sorbiendo el café. Se oye el viento salitrero que llega del océano, guiando las olas hacia la arena de la playa.

De arriba nos llega el sonido de una guitarra: Charlie Christian, 1944. Lo coloqué sobre los discos que se van a tocar esta noche. No logro reconocer la canción, pero reconocería esa guitarra donde quiera.

¿Te gusta el jazz? Me pregunto. (Sentado aquí contigo, en este descanso oscuro, me doy cuenta súbitamente que posiblemente nunca lo sabré, como nunca llegaré a saber tu nombre.)

Desde donde me encuentro sentado solamente parte de tu cara es visible. El resto es sólo oscuridad, parte de la noche.

La puerta se abre pero nadie sale. La música de la guitarra se hace más alta. Cuando termina la canción un poema rueda suavemente por las escaleras, hasta que nos alcanza en el descanso. Viene envuelto en una voz con un ligero acento.

> TIEMPO. MAR.
> Tiempo. Mar.
> La agonía de parques
> u objetos que te buscan
> en tu creciente hibernación
> todo aquello que anuncia tu regreso
> sin saber lo que vio la oscuridad
> y se consumó en sus cámaras secretas
> no es el intangible dolor que te aniquila
> sino las gotas de arena
> que horadan el camino
> que falsifican la razón del retroceso
> claveteando el ataúd de las memorias.
> Te adhieres a los caracoles
> de aquel mar sumergido
> y son sólo bofetadas los sargazos;
> la inminente conmoción de las mareas:
> cataclismos de espanto sobre el lecho.
> La llave del cajón
> que la cuidada vigilia de los otros
> de los tuyos.
> Las reconvenciones del piano
> más la puerta estudiada con tus manos
> y todo eso que tu costado deshizo
> anula la ruptura
> impone el desagravio
> te hace desandar la costra
> de tus trajinados horizontes
> y una vez allí
> el mar desposeído
> cierra su puerta para siempre
> y escuchas
> el llanto lento de tu madre.

Las últimas palabras todavía flotan en el aire. No te has movido. Por un largo tiempo tú — nosotros — nos quedamos allí, todavía asiéndonos a las ya frías tazas de café con ambas manos. Tu cara parece como esculpida del bloque de oscuridad que reina sobre el descanso.

¿Qué *recuerdos secretos* ha despertado súbitamente ese poema? ¿Qué caverna sumergida en tu pasado exploras ahora? ¿Dónde estás, que te siento tan fuera de mi alcance?

Las modulaciones pertenecientes a la misma voz nos llegan desde arriba. El tocadiscos ya funciona de nuevo.

El saxofón de Jerry Mulligan lo invade todo, rajando con sus notas altas el bloque de oscuridad que imperaba sobre el descanso.

Ya estás de vuelta.

Colocas la taza media vacía sobre uno de los escalones y te pones de pie. Bajas el resto de las escaleras, en dirección a la playa iluminada por la luna.

¿Cuánto tiempo caminarás esta noche?

Al llegar a la marejada, te detienes, tal vez esperando.

Yo te sigo.

En el silencio de la playa desierta, tomo tu mano extendida.

El blues del lunes.

Si no hay una canción que se llame así, debiera haberla. En la boca siento el recuerdo de los cigarrillos del domingo por la noche, mezclado con el del vino barato de California.

El tiempo está de acuerdo. El sol no ha salido esta mañana. Una suave, fría llovizna lo cubre todo con su delicado, perverso gris.

En la esquina, ahora apenas visible en la neblina mañanera, el letrero de neón rojo del cafetín. Interpreto la señal y detengo el Volkswagen.

Cuando entro, me doy cuenta que, aunque hace frío afuera, el aire acondicionado se encuentra al máximo.

Frío y húmedo.

Este es el tipo de día cuando un dolor de cabeza se nos cuela, convirtiendo así sus horas en un desagradable viaje.

Hoy es un día de café. En uno de los cubículos traseros, protegida del ventilador del aire acondicionado, veo una cara familiar. Él viene a la casa casi todas las noches, toca los bongós y lee poemas. Habla inglés con un ligero acento.

Él, también, me ve entrar y me hace una señal con la mano para que me siente a su mesa. Al pasar junto al mostrador ordeno que nos traigan una cafetera entera. Este tipo de día lo exige. Si no, ¿cómo podríamos sobrevivir?

Cuando llego al cubículo me doy cuenta que, a pesar de las muchas horas que hemos pasado juntos en la casa, no sé su nombre.

En realidad no importa.

Mientras esperamos el café, él saca un libro del bolsillo y me lo ofrece: Tirando al Blanco. Al hojearlo me doy cuenta de que está impreso en dos idiomas.

Ya llega el café. Me alegro. Tan temprano por la mañana no tengo ganas de leer poesía. El regresa el libro a su bolsillo y me dice que esta noche leerá en la casa.

Me echo hacia atrás, con la humeante taza de café en la mano. Desde ese ángulo puedo ver el largo espejo que se extiende a lo largo del mostrador, por encima de los anaqueles. Se refleja en él primero una mano, con un cuaderno de bosquejos junto a ella, sobre el mostrador de formica. Entonces una cara — una cara cansada — y desde atrás de la plancha de madera que nos protege del ventilador, la voz que pide café negro.

La mano sobre el mostrador lánguidamente sostiene un cigarrillo.

Cuando llega el café, y sólo por un instante, la cara mira hacia el espejo, a mis ojos que se reflejan sobre el mostrador. Entonces baja la vista hacia la humeante taza de café.

Me echo hacia delante y trato de explicarle a mi compañero anónimo por qué hoy es un día de café. Cuando termino, ya el espejo sobre el mostrador está vacío.

El reflejo se ha desvanecido.

Esta mañana saliste de la casa antes del alba, antes de que pudiera capturar una última y fugaz imagen de ti atravesando el umbral, escaleras abajo y rumbo a la playa gélida.

Has dejado atrás una figura sentada, su largo y blanco pelo cayéndole sobre los hombros de la túnica: una deidad sin manos rodeada de las ahora desfallecientes varillas joss. Ofrendas secretas a un dios secreto. No logro pasar de su — tu — expresión inescrutable. Hoy me siento excluido de este triángulo improbable, tal vez cegado por el humo de las varillas joss que oscurece el enigma.

A veces te quedas sentada por horas — tus pies debajo de los muslos — mirándolo fijamente, inmóvil, en una silente comunión que yo ni siquiera puedo empezar a comprender. Tu pelo, también, te cae sobre los hombros, sobre la túnica de seda. Te has convertido en una experta del wu-wei — el hacer del no hacer.

Pero tu hora (según tú misma), no ha llegado todavía. Así que caminas por la playa incansablemente, envuelta en la desteñida chaqueta militar que se ha convertido en una segunda piel, una piel que — cuando llegue la hora — desecharás.

El tocadiscos está callado (sobre el plato, por supuesto, el Bolero de Ravel), y el único sonido que se oye a esta temprana hora de la mañana congelada proviene del móvil japonés que cuelga afuera.

Todo habla de ti, llenando el vacío de tu ausencia con tu presencia: el caballete; el cenicero lleno de Marlboros a medio consumir; la fragancia en el aire; la taza vacía de café instantáneo.

Sobre uno de los cojines, descansando portada arriba, un libro de poemas abierto. No puedo recordar jamás haberte visto leyéndolo. Nunca lo has mencionado, pero sé que he visto el libro anteriormente. Sin perder la página, lo hojeo: impreso en dos idiomas. La escena en el cafetín este verano pasado abruptamente me vuelve a la mente: el café temprano, la conversación banal. Y entonces, por supuesto, las lecturas en la casa, entre el café y el jazz: verano.

¿Qué te ha llamado la atención en este volumen? ¿Qué recuerdos, me pregunto, han sido resucitados por la página impresa?

ESPACIO
Nunca conté por metros la distancia
hasta que tú llegaste y conmoviste
el universo aquel que se ofrecía.
Distancia era otra cosa para mí:
caras al aire, estrellas giratorias,
rayos violentos siempre acometidos,
espesuras quizá donde mi mano
penetraba imponente y sometía.
Pero hoy, como ves, todo ha cambiado;
no puedo compartir la soledad:
nos separa el comienzo de un camino
que atraviesa praderas de impensado
verdor en el espacio negro y ancho:
estás inaccesible más allá
de los vientos, al mar que nos atrae.
Y la distancia es pues la cosa amarga
que reduce tu cuerpo a la planura del
retrato plasmado en un domingo
y tu voz tan cambiante, empaquetada,
a la cinta que anima el magnetófono.
Solo nos une en el vasto silencio:
ojos cansados de largas vigilias
sueños confiados al aire extranjero
y sobre todo aquello que nos llama
golpeando nuestras almas en secreto.

Algunas de los versos, me doy cuenta, han sido levemente subrayados con lápiz.

> Estás inaccesible más allá
> de los vientos, al mar que nos atrae.
> Solo nos une en el vasto silencio:
> ojos cansados de largas vigilias
> sueños confiados al aire extranjero
> y sobre todo aquello que nos llama
> golpeando nuestras almas en secreto.

Al margen, junto a los últimos versos, la palabra "nosotros", seguida de un signo de interrogación.

Me doy cuenta que con el pasar del tiempo nos conocemos menos. Y lo raro es que no queremos saber más de lo que ya sabemos (que no es casi nada). Estamos satisfechos con las cosas como son en esta casa antigua, junto al océano, navegando los días de invierno con la ayuda del café, los cigarrillos y la música.

A veces pintas por las tardes, mientras yo me siento en los cojines con mi cuaderno de composiciones y un nuevo cigarrillo. El tocadiscos siempre está encendido entonces. La misma composición una y otra vez: el Bolero de Ravel.

Pero la mayoría del tiempo caminamos, infatigablemente, interminablemente, explorando cada rincón de la playa desierta y congelada. Algunas veces hasta llegamos al muelle y nos sentamos en el mismo banco que usáramos tanto este verano pasado, antes de que las muchedumbres desaparecieran, como una lenta marea en retirada. Estamos solos, como el pez eternamente atrapado en las lagunillas desvanecientes del rompeolas. Tú, también, pudieras haberte marchado. Por razones que desconozco, has optado por quedarte.

La playa y el mar se unen. Abajo vemos la arena congelada; los botes de basura, ahora vacíos. Escuchamos el viento. Meditamos...

La brisa gélida juguetea con el móvil una vez más, tal vez augurando tu regreso.

En el silencio de la casa, el chino sentado pacientemente aguarda tu retorno.

⸙ ⸙ ⸙ ⸙ ⸙ ⸙ ⸙

Supongo que lo que me atrae — me fascina — es esta infinita blancura, tan inmaculada, tan virgen en su pureza absoluta. Pudiera caminar infinitamente, sin dejar huellas. Todo queda como siempre. Ni siquiera he estado aquí.

Me recuerda la blancura de su pelo, la frialdad de su mirada.

Y la puerta.

Sí, la puerta, tan blanca, tan aséptica que casi parecía irreal, como salida de un sueño. Hasta su bronce estaba acabado de bruñir. Sobre ella una placa con la palabra "PRIVADO" en letras negras. (Pienso en sus ojos, en sus zapatillas.)

No podía quitar la vista del rectángulo que contenía la respuesta, lo desconocido. Recuerdo que trataba de pestañear, de llenarme con la blancura, hasta que la puerta misma desapareció y sólo quedó un vacío donde flotaba a la deriva, hacia el hueco blanco delante de mí, más y más cerca hasta que lo único que importaba era la blancura − absoluta − delante de mí, haciendo que todo se volviera insignificante en comparación.

¿Puedes tú siquiera comenzar a comprender todo esto? ¿La fascinación que siempre he tenido por la nieve, la playa, la marea? Pero, sé que todo es una ilusión, algo falso que desaparecerá con los tibios rayos del sol primaveral. No importa, yo − como tú − debo vivir este momento, este pesado presente del que nunca podemos desprendernos, no importa cuánto tratemos. Todo lo que podemos esperar es mantenerlo a raya, dominarlo un tanto antes de que la ilusión termine, antes que se derrita la nieve y el presente se convierta en futuro...Acabo de hacerle una ofrenda. Siempre está allí, mirando, esperando. No podía dormir, seguía viendo manos, las manos, volviéndose más grandes, más amenazantes, hasta que tuve que salir.

Tú dormías cuando entré en la sala. A la luz de una cerilla encontré los audífonos; fumé y escuché el Bolero de Ravel.

Tenía que hacerlo.

Desde donde me encontraba sentada podía ver la luna reflejada en el inmenso espejo. Entonces me pregunté si todo esto era real. Sólo había una manera de comprobarlo. Frente a frente al espejo − la luz de la luna entraba a mi izquierda − lentamente bajé la cremallera de la chaqueta militar. Al mismo tiempo cerré los ojos. En mi interior tenía la esperanza de no ver nada fuera de lo ordinario, una pista de un sueño infinito. Pero no. Cuando abrí los ojos, bajo la pálida luz de la luna se distinguía el corazón rojo vivo. Subí la cremallera. No quería ver más.

Fue entonces que salí a la fría madrugada.

III

Plumas, vuelos, alas gigantes de mariposas: ondulan, se vuelven, flotan en el aire tibio creando una masa mareante, cambiante, que se metamorfosea constantemente, a cada segundo, con el movimiento de las piernas.

¿Ha logrado capturar — congelar — la anónima cámara sólo un par de piernas en diferentes posiciones, o son tres pares? No lo sé. Es un hermoso, algo borroso chiaroscuro. La composición está iluminada por un suave reflector.

El fondo del rectángulo es de un rojo vivo. El título está en mayúsculas amarillas: RAVEL BOLERO. En el ángulo superior de la derecha, debajo del perrito eternamente sentado y mirando la bocina, RCA Victor Red Seal (LM-2664). Pero el disco no ha regresado a su cubierta desde que llegaste; siempre está sobre el plato, listo para ser escuchado una vez más.

Me he dado cuenta que tú siempre dejas — a propósito me imagino — el brazo de control levantado, para que el disco toque ininterrumpidamente, sólo con unos segundos de pausa, el tiempo que le lleva a la aguja regresar y comenzar de nuevo en las primeras estrías. El tintineo del móvil japonés llena esos segundos.

Pintas. Desde donde me encuentro, sobre los cojines, puedo ver el reverso del caballete, tus piernas y tus pies descalzos (como los de la cubierta del disco que tengo en la mano), subconscientemente siguiendo cada pincelada, a veces retrocediendo unos pasos y haciendo una pausa para adquirir una mejor perspectiva o encender otro Marlboro mentolado.

El volumen de la música, siempre ascendiente, anula cualquier posibilidad de conversación. Además, no creo que tendríamos mucho que decirnos de todas formas. Caminamos, escuchamos la música y tomamos café; navegamos en las noches de esta casa antigua, junto al océano.

(Solo nos une en el vasto silencio:
ojos cansados de largas vigilias
sueños confiados al aire extranjero
y sobre todo aquello que nos llama
golpeando nuestras almas en secreto.)
Silencio.
El tintineo del móvil.
Las primeras cadencias del Bolero de Ravel.
Y tú todavía pintas, ajena a mi presencia, derramándote sobre el lienzo — el único mundo real para ti — y en la música.
Medito.
Mi cuaderno de composiciones está vacío (o casi vacío, lo poco que he logrado está tachado) pero ya no me molesta tanto como antes, cuando empezamos a caminar este verano. Entonces pensaba que tenía que demos-

trarte algo, que mis palabras — no como mis días — no estaban vacías, que yo le podía dar sustancia a los hijos de mi imaginación.

Cómo han cambiado las cosas, ¿no crees?

¿Te preguntas por qué me siento aquí, con las piernas bajo los muslos, fumando y mirándolo fijamente? ¿Has notado alguna vez que no me atrevo a moverme hasta que las varillas joss se hayan consumido completamente?

Le temo.

¿Lo has mirado alguna vez? Quiero decir, mirarlo de verdad. Qué indiferente, pero presente en todo al mismo tiempo, qué amenazador. ¿Has notado su pelo blanco, suavemente cayéndole sobre la túnica de seda, sus ojos con la dureza del cuarzo, el largo y fino bigote que acentúa la línea cruel de sus labios? ¿Sus zapatillas negras bordadas con hilos de oro?

Y a pesar de todo, no soy capaz de romper el hechizo (no sé si es ésta la palabra adecuada). Sería como caminar sobre el agua. Sé que él es el punto donde convergeremos, consumaremos lo que has sido destinado desde el principio.

Él lo sabe también.

Pero no es su cara (aunque es ahí donde comienzo casi siempre) lo que me imanta. Las aperturas de las mangas de la túnica están vacías, parcialmente cubriendo los muñones sanguinolentos. Cuando la hora (lo inevitable) llegue, sus manos reaparecerán, saldrán de la caja de marfil tallado que las guarda, blandiendo una de la crueles armas que las acompañan en la oscuridad.

Arriba, los elefantes siguen cruzando los Pirineos.

Él medita. Tal vez acerca del día en que sus manos retoñen.

(¿Cómo puedo evitar pensar en esas largas, macilentas manos que me recuerdan tanto a las manos, las que llenaban lentamente el día gris plomizo, suave pero firmemente empuñando los instrumentos inexorables que más tarde fueron desechados sobre una bandeja, produciendo un sonido metálico que se confundió eternamente en mis recuerdos con los de la música escondida?)

Así que me siento aquí, mirándolo fijamente, hipnotizada por su mirada igual que el primer día que nuestros ojos se encontraron — intercambio instantáneo — en la quincalla donde casi siempre iba a dar después de caminar sin rumbo por la playa. Intuí que había encontrado una clave a un enigma, un enigma que tendría que seguir — porque, como sabes, siempre fue destinado a ser así — hasta el final. Hasta sus manos.

Pero tú pareces ajeno, distante, con tu cuaderno de composiciones (el mismo que tenías este verano pasado), en la mano. Tal vez todo es como estaba — está — destinado a ser. Lo único que nos une es este silencio, tenuemente sobreimpuesto sobre el océano — el fondo perenne — y levemente realzado por el tintineo del móvil japonés en el viento.

158

Pero no hay nada más allá de tu región.

¿Cómo, me pregunto, he venido a dar a esta abandonada casa veraniega en medio del invierno, contigo y un cuaderno de composiciones vacío? Porque tú siempre estás presente — aunque no estés aquí — lentamente borrando todos los vestigios de todo lo demás, abrumando todo lo demás con tu presencia. Y yo estoy atrapado en medio de todo. Tal vez tú estás tan indefensa como yo: un eslabón en una cadena que siempre ha sido, siempre condenada a ser así y no de otra forma.

No lo sé.... Desde el primer día que nos conocimos, aquí mismo en esta casa — entonces estaba llena de música, gente, y hasta risas a veces — te consideré como una última esperanza, un catalizador que de alguna manera unificaría lo que yo no había logrado atrapar en el cuaderno de composiciones. Pero a medida que la gente se fue — el tiempo lentamente se tornaba más frío — pasábamos más tiempo juntos, pero nos distanciábamos, hasta alcanzar este silencio absoluto. Ése es el presente. Lo único que hacemos es caminar por la playa. A veces tú pintas; fumas incesantemente. Siempre escuchas el Bolero de Ravel.

Te observo, con el cuaderno de composiciones en mi mano y reclinado sobre los cojines. Mientras miro tus pies detrás del caballete, trato de pensar cómo sería capturarte en estas páginas, tal como tú transfieres al lienzo todas esas imágenes que cruzan tu camino, o a veces tu imaginación. Sí, me encantaría contarle a alguien — alguien que ni siquiera conozco, una persona sin nombre al otro lado de la página — lo que es estar aquí contigo, en esta casa abandonada, en una playa completamente desierta. Pero no logro (¿es acaso posible?) pasar de las primeras líneas, y hasta ésas continuamente las tacho. ¿Por dónde empezar? Ni siquiera sé tu nombre. Estás tan distante que ya he empezado a aceptar mi fracaso, el hecho innegable de que estoy solo. Capturar el viento sería una tarea menos ardua.

> (Pero hoy, como ves, todo ha cambiado;
> no puedo compartir la soledad:
> nos separa el comienzo de un camino
> que atraviesa praderas de impensado
> verdor en el espacio negro y ancho:
> estás inaccesible más allá
> de los vientos, al mar que nos atrae.)

La ironía de todo es que yo sé exactamente el instante cuando fui desplazado. Fue su llegada lo que marcó el punto culminante. Lo sentí de inmediato, en cuanto le quitaste las manos y encendiste las primeras varillas joss: una barrera invisible se levantó entre nosotros. Lo mirabas con fijeza a través del humo pálido: tus labios se movían. Era como si yo súbitamente ni siquiera estuviera en la habitación.

Anoche fue peor que nunca. Te vi. O mejor, vi tu reflejo en el espejo. Era tarde, pero tus demonios — lo sé — nunca duermen; siempre están acechándote. Oí el frote de las sábanas cuando las echaste a un lado, el crujir de los resortes en la cama cuando cambiaste de posición para levantarte. Silencio: te vestías.

A través de la puerta abierta podía ver parte de la habitación contigua: una pared, el espejo lateral. Un sonido de pies sobre la alfombra, el súbito resplandor de una cerilla, un punto flamígero perforando la oscuridad — porque tú eres parte de la oscuridad. Tanteabas, buscando los audífonos, el enchufe, el botón que pondría en marcha el tocadiscos: el Bolero de Ravel.

Oí el ligero raspar de la aguja al hacer contacto con el disco, entonces la música distante, apenas abriéndose paso en la oscuridad. No me moví; sabía que pensabas que yo dormía. Al inhalar el humo vi el resplandor del cigarrillo suavemente bañando tu cara (tus facciones aparecían y desaparecían en la penumbra). Del fuego casi extinto pusiste en marcha otro Marlboro mentolado; fumarías incesantemente hasta el amanecer.

Cuando el disco terminó, en vez de dejarlo tocar otra vez, infinitamente, como acostumbras, apagaste el tocadiscos. Reflejada en el espejo vi tu silueta, lenta, ceremoniosamente acercándose al pedestal donde él se encuentra. De alguna forma, en la silenciosa oscuridad, comprendí que él te había estado aguardando toda una vida, tal vez aun más.

Un resplandor anaranjado, el olor, dos puntas flamígeras: varillas joss. Tus labios se movían, pero no emitían sonido alguno — o, por lo menos, yo no podía oírlo.

Durante un largo intervalo quedaste inmóvil — tu reflejo convertido en otro objeto paralizado — sentada sobre el piso frente a él.

(Imaginé tus manos sujetando los tobillos, mientras las varillas joss — ¿una ofrenda privada, una plegaria silenciosa? — quemaban sus inexorables rayas amarillas sobre el engrudo de la noche.)

Te pusiste de pie.

En el espejo, al lado de la ventana y dando al mar, surgió tu reflejo. La luz de la luna atravesaba el cristal; entraste en ella y súbitamente tu silueta se convirtió en una efigie plateada. Tu mano izquierda (en realidad tu derecha, ya que contemplaba tu reflejo), subió por la chaqueta militar hasta alcanzar la agarradera metálica de la cremallera. Bajó entonces, abriendo la chaqueta en dos.

Bajo la luna, claramente visible sobre tu seno derecho (en realidad el izquierdo, ya que contemplaba tu reflejo), se precisaba un rojo y latiente corazón. Tu mano se elevó hacia la enorme ventana — ¿oí un suspiro ahogado? — y trazó una palabra, o tal vez un símbolo, sobre el vapor que se había acumulado sobre el cristal. Entonces descendió, buscando el cierre de la cremallera. El corazón desapareció.

Un rozar de pies sobre la alfombra.

Un espejo vacío.

Las varillas joss se han consumido.

    ▨   ▨   ▨   ▨   ▨   ▨   ▨

Estás en la casa, todavía dormido. Él te contempla, impávido, en su conocimiento de que su hora llegará. ¿Tendrás miedo? ¿Te sorprenderás, tal vez?

El viento aúlla al pasar por las esquinas de la casa y quedar atrapado en los peldaños de la escalera de madera. Me detengo en el descanso y enciendo un nuevo Marlboro. (Lo logro solamente después de la tercera vez.) Arriba, tintineando incesantemente, el móvil japonés. El océano a esta hora es un gris suave, como una inmensa manta o un lago infinito de cera derretida.

La playa está desierta.

El rompeolas está parcialmente cubierto de nieve. No importa, de todas formas camino — debo caminar — hasta que no pueda ir más lejos, hasta que su rostro se disuelva en el océano. Las lagunillas en las rocas están ahora congeladas; los animales han desaparecido.

(Sentada ahora aquí, al borde del agua, tal parece que sólo hace un pestañear que corrí hacia la casa después de haber encontrado un pez moribundo en una de las hendeduras. Lo recuerdo tan bien: el leve estremecimiento de la cola cuando lo llevé a la marejada, el agua fresca del anochecer cubriendo su cuerpo quemado. Vi tanto durante ese instante, el último eslabón de la inexorable cadena que yo — nosotros — soy incapaz de romper, un eslabón que terminará en sus manos)

El sol sale por detrás de la casa. Una tenue columna de humo se escapa de la chimenea, suavemente disolviéndose en el frío aire matutino. Ya debes de haberte levantado, estarás haciendo café en la cocina, abriendo los ojos a los libros que siempre pareces tener contigo. Libros y un cuaderno de composiciones. ¿Tienes ya la clave de esta realidad que estamos destinados a compartir? ¿Has desentrañado ya — previsto — el fin del camino, el último e implacable eslabón? A veces te temo también; temo que estés documentándolo todo en tu cuaderno. Sería tan inútil. Solamente la tarea de elegir lo que escribirías sería imposible. ¿Podrías estar seguro que la faceta que crees ver, la versión que crees verdadera, es correcta? Lo más que podrías esperar sería una serie de páginas inconexas, aparentemente sin relación: un espejo roto cuyos fragmentos esparcidos al azar reflejen la misma habitación, pero desde una perspectiva diferente. ¿Cuál creer? Las incoherencias de un loco serían igual de válidas.

Mientras tanto, yo pinto (¿piensas todavía que los lienzos no tienen relación?); pinto; escucho la música. No hay más nada que hacer por ahora.

En la primavera el último lienzo estará terminado; el mandala se cerrará. Desempeñaremos nuestros papeles inevitables hasta el fin.

⊞   ⊞   ⊞   ⊞   ⊞   ⊞   ⊞

Me siento amenazada.... no por ti, o nada o nadie en particular. Sólo me siento insegura, intranquila. La otra noche, en mi opinión, creo que dejé escapar un secreto que debió haber permanecido conmigo. Por lo menos por el momento, hasta que tú estés listo. Pero todo conspiraba en contra mía: la oscuridad, el silencio, la hora avanzada. Él.

¿Viste en realidad algo? Estaban tus ojos cerrados, como lo están con frecuencia, cuando escuchas la música? Y si me viste, ¿comprendiste el significado de lo que mirabas, imaginaste siquiera lo doloroso que es todo?

No lo sé.

Nunca mencionaste nada. La mañana siguiente fue como de costumbre. Caminé por la playa (contigo detrás de mí, lo sé) y traté de pretender que nada había sucedido. Tal vez tarareaba una canción cuyo nombre no recuerdo de momento. Recuerdo esa mañana, cuánto brillaba el sol, el azul del cielo. Me detuve delante de la marejada y comencé a construir un castillo de arena. Era casi feliz.

Pero hoy todo el mundo se ha refugiado en sus cabañas, en las tiendas, en los bares. Camino por la misma playa, construyo el mismo castillo en mi mente. La tarde está gris, fría, augurando la llegada inminente de la primera escarcha del otoño. La arena se siente empapada, pegajosa bajo mis pies.... una suave llovizna entra del mar. Pero, sigo caminando por la playa desierta, tratando de dejar atrás esta sensación inexplicable, esa voz en el fondo de mi mente que dice que estoy al borde de algo pavoroso, algo que en este momento no puedo ni siquiera empezar a comprender. (Me pregunto si tú, donde quiera que estés, me sigues con tus pensamientos, en este instante, a medida que mis pies dejan sus húmedas huellas sobre la arena.)

A veces, cuando me engaño diciéndome que estoy comenzando a comprenderte, tú dices o haces algo que me hace darme cuenta cuán fútil lo es todo. Es tan difícil de precisar — ¿trato en realidad, o es éste otro engaño propio? — , tal vez es la forma en que me miras a veces, cuando piensas que no te veo, o la manera en que viras la cabeza para darle la cara al sol mañanero que entra por la ventana. Intuyo cierta errancia, como si tu centro hubiera sido dispersado y ya no supieras a dónde ir.

La llovizna del océano se convierte en lluvia. Subo la cremallera de la chaqueta militar. En la distancia veo la escalera de madera que une el muelle con la playa. (Tan vacía, tan libre de las incesantes pisadas veraniegas.)

Cuando llego a la escalera ya siento la lluvia corriéndome por el cuello y el pelo adhiriéndoseme a la cara. Pero no me doy prisa.

En el muelle me detengo para mirar el océano — el horizonte se confunde con el cielo gris — y el oleaje. Pienso en ti. Sí, pienso en ti porque de cierto modo siento que me sigues con tus pensamientos a esta playa donde me senté tantas veces este verano pasado, bosquejando todo lo que veía. Siempre estabas allí, sentado a mi lado (pero nunca mirándome), con un cuaderno de composiciones en la mano.

Por un instante me siento como si estuvieras aquí, tratando de encontrar a la muchedumbre anónima que se ha ido para siempre. A veces me pregunto quién eres.

Pero el muelle está desierto esta tarde. Se extiende en ambas direcciones; desaparece en la lluvia que arrecia por momentos. Ya mi pelo está empapado; siento las gotas caer rítmicamente sobre la chaqueta militar. (Sí, la misma chaqueta desteñida que he usado estos últimos meses.)

Camino.

En esta época del año las tiendas casi siempre están cerradas. Los turistas — y el dinero — se han marchado hasta el próximo año. Mientras camino en la lluvia, la puerta abierta me llama la atención.

Entro.

Ésta es la misma tienda donde hace meses encontré el móvil japonés de conchas de capiz. Durante un instante cierro los ojos e inhalo el aroma del barniz y la madera. Súbitamente me doy cuenta que las ínfimas campanillas de bronce que colgaban del interior de la puerta han desaparecido. Fue como si mi llegada no debiera ser anunciada, como si ya me aguardaran.

El provecto dependiente está sentado en la parte trasera de la tienda, leyendo el periódico y tomando café. No me presta la más mínima atención.

Me desplazo entre las mesas y estantes que tan bien conozco; las conchas de mar; los pañuelos pintados; los collares de caracoles; las cabezas de monos esculpidas de cocos secos. De las paredes cuelgan las espadas de costumbre, pieles de animales, afiches anunciando cualquier cosa. Y, por supuesto, colgando del techo, al lado de la puerta, los móviles.

Me siento flotar en la atmósfera cargada; debo hacer un esfuerzo consciente para mantener los ojos abiertos. ¿Se habría convertido el aire — pensé — en un denso y repugnante sirope?

He cerrado los ojos; inhalo y pienso en el aire fresco del exterior. Me siento un tanto mareada. Abro los ojos. Siento una súbita descarga, una energía hasta ahora desconocida para mí. No logro liberarme de su influjo.

Sentado sobre un pedestal de pórfido, impávido, distante, hasta un tanto arrogante, una larga figura con una túnica de seda. Su blanco y largo pelo cae sobre la túnica. Las negras ranuras de los ojos resaltan sobre el fondo amarillo de la piel.

Lo estudio con más detenimiento; me siento más mareada, casi desfalleciente.

¡Le faltan las manos!

Ya para ese entonces el dependiente (¿habrá notado algo raro?) está a mi lado, llegando a mi rescate, disolviendo el conjuro con su información sobre la estatua.

Las manos, dice, se encuentran en una caja de tapa labrada (elefantes que cruzan los Pirineos). Y con las manos, una colección de armas crueles.

En este punto ya no lo oigo, sus palabras mueren, se desploman en el aire antes de llegar a mí. Sé que he encontrado la clave.

No hay discusión sobre el precio; no hay preguntas sobre su historia.

Camino sobre la arena mojada, con el bulto en mis brazos, dejando huellas en la playa desierta, chorreando agua de mi chaqueta militar.

Ya no pienso en ti.

No me di cuenta cuando te fuiste. Como de costumbre, habíamos caminado sin rumbo por la playa desierta. Finalmente, habíamos llegado a la negra masa rocosa del rompeolas. Recorrimos toda su extensión, adentrándonos en el océano.

Me senté en las piedras, mirando al mar. Observé el horizonte, las gaviotas, el borde del agua. En la mano todavía tenía el cuaderno de composiciones.

Aunque todavía no hacía mucho frío, te había visto temblar involuntariamente, como si una súbita e inesperada bocanada gélida te hubiera envuelto de momento. Subiste la cremallera de la chaqueta militar. (Todavía me pregunto de quién sería el nombre en la etiqueta blanca que ahora le falta.) El oscuro rectángulo sobre la tela era una invitación a las conjeturas. Tal vez estás tratando de ocultarme lo que piensas que revelaste la otra noche. Yo mismo ni siquiera estoy seguro de lo que vi, o de lo que te oí susurrar.

Y en realidad no importa. Ya cuando me pongo de pie y me viro, tú no estás allí. El sol ha sido eclipsado momentáneamente por unas nubes de la tarde; una brisa fresca sopla del mar. Pronto comenzará a llover. Eso es tan cierto como el hecho de que tú volverás. (Después de todo, ¿tienes otro lugar a dónde ir?)

Hacia el horizonte, la lluvia se puede ver como una cortina sólida que se acerca rápidamente. Comienzo mi camino de regreso. En la distancia veo la casa. Siento la humedad del cuaderno de composiciones en mi mano y el viento a mis espaldas, empujándome levemente hacia la costa. Las primeras gotas de lluvia son como agujas — agujas congeladas — sobre la nuca. No me apresuro.

Desde donde me encuentro, el móvil japonés se ve claramente, colgando de la pantalla oxidada sobre el descanso de la escalera. Se mueve erráticamente, pero no oigo su tintineo; el viento lo barre en dirección opuesta. Tal vez a donde te encuentras.

Al subir los peldaños, la lluvia finalmente llega de lleno. ¿Dónde estás? ¿Te ha sorprendido la fría, súbita lluvia, o has encontrado resguardo, un sitio donde refugiarte con tus recuerdos, con tus demonios secretos?

164

Estoy aquí; sé que regresarás. No importa a qué distancia, cuánto tiempo te ausentes, siempre retornarás a esta casa, a los lienzos, al Bolero de Ravel, a los largos, ininterrumpidos silencios solamente realzados por el tintineo del móvil japonés. A mí.

Es un hecho que ya he aceptado, como he aceptado también otras cosas, porque tú y yo estamos aquí, solos en esta casa veraniega.

Así que no me preocupo. Entro en la cocina y preparo un café. Ojeo uno de tus dibujos (niños en el muelle), y entonces regreso a la sala. Quito el Bolero de Ravel del plato y lo sustituyo con Booker's Blues, de That's It, de Booker Irvin. (Originalmente grabado en la marca Candid, ahora ha sido reeditado por Barnaby. Z 30560, para ser exacto.)

El sonido del contrabajo inicial llena la habitación, entonces el saxofón de Booker comienza a tejer la melodía. Afuera la lluvia suavemente tamborilea sobre los cristales, creando riachuelos que tarde o temprano llegan a la base de la ventana. Las imágenes — la marea, el rompeolas, el gris uniforme del cielo — se distorsionan al ser percibidos a través del cristal. Adentro: el blues.

Coloco la taza vacía sobre la mesa y busco un Marlboro en mi bolsillo. Dejo que el humo salga suavemente por las aletas de mi nariz y se mezcle con la música.

La lluvia, la música, fumar al lado de la ventana. Todo me parece tan familiar, como si todo hubiera sucedido antes. Pero no quiero reconocer que espero. Hacerlo anularía todo lo que he estado tratando de lograr, resucitaría a todos esos fantasmas de los que huyo, todo lo que quisiera olvidar. Trato de pensar en otra cosa, en cualquier cosa.

Me concentro en la música mientras miro mi cuaderno vacío. Con cada día que pasa lo que me propuse lograr se torna más difícil. Y tu presencia no me ayuda; sólo me hace admitir más todavía lo inútil que es tratar de escribirlo todo, cuán insuperable es la tarea.

A veces, cuando te miro, me engaño diciéndome que podría comenzar con la primera noche, aquí en esta misma habitación. Sí, cuando llegaste de la noche lluviosa y te ofrecí una taza de humeante café negro. Pero, ¿fue éste el principio? O tal vez debiera empezar con el cafetín esa mañana, cuando nos encontramos — aunque sólo fue un instante — en el espejo sobre el mostrador. Y aun si pudiera encontrar un lugar donde empezar, ¿qué podría decir sobre ti? ¿Cómo podría estar seguro que lo que escribiera fuera fidedigno, una representación verdadera de nuestra realidad? A estas alturas no estoy ni siquiera seguro de esta habitación, de la música, de la lluvia. Todo podría ser mi propia invención.

En la ventana panorámica ha aparecido un punto creciente. Me concentro en él a través del humo y la lluvia. Ya casi llega a la casa; ahora logro distinguir una chaqueta militar y unos pantalones de mezclilla. Mientras subes las escaleras, me doy cuenta que traes un bulto en los brazos.

Cuando me acerqué a la ventana, lo más lejano de mi mente era esa noche, hace meses, cuando saliste de la casa antes del alba, después de mirarte — bañada en la luz lunar — en el espejo. Recuerdo la expresión de horror en tu cara después de ver el reflejo de lo que tu chaqueta oculta. Te detuviste ante la ventana para trazar algo en la humedad del cristal.

Pero mis ojos estaban llenos de ti — pintando, como de costumbre — y de los lienzos que se advierten por toda la habitación.

Desde su pedestal, inescrutable, él aguarda. En el tocadiscos, por supuesto, el Bolero de Ravel. No es hasta ahora, después de tanto tiempo, que al fin me doy cuenta que el símbolo que trazaste esa noche sobre el cristal era un círculo (un mandala, estoy seguro que dirías).

Ahora intuyo un vago método: tus paseos por la playa sin rumbo fijo, excepto al punto de partida, una y otra vez, incansablemente. Debí haberlo intuido desde el principio, haberlo deducido por la manera en que reaccionabas ante la gente y los poemas. Ante el océano y la casa. Había en ti una secreta inquietud que siempre emergía, sin importar cuánto trataras de ocultarla. Y, por supuesto, tu música. Sí, esa pieza circular, que repite el refrán infinitamente, casi hasta la locura, que martillea el interior de mi cerebro hasta el crescendo final, cuando siento que todo estalla.

Cuando la música se detiene viene el silencio y el sonido del móvil japonés, llenando el vacío con el leve sonido de sus conchas de madreperla. ¿Lo elegiste por su forma, porque te ofrecía una catarata sin fin de círculos eternamente multiplicándose en el viento, en tu mente?Pero soy yo y no tú quien está frente a la ventana, lentamente levantando el índice al vidrio levemente nublado. Con determinación trazo un círculo. Siento que este acto acarrea un significado oculto, como si al llevarlo a cabo estuviera tal vez reconociendo mi complicidad en una indecible pero inexorable cadena de eventos — ¿el destino? — que tú y yo estamos condenados a compartir en este silencio. ¿Ha alguien más — idea abominable — , invisible pero siempre presente, guiado mi mano? ¿No soy nada más que un personaje insignificante en una obra absurda, un personaje que, a pesar de sus preferencias personales, debe actuar según el papel que se le ha asignado?

Y tú — quienquiera que seas — ¿eres tú también otro personaje vacío, salido de un libro y que debe obedecer los mandatos ajenos sin protesta?

¿Podemos desenredar este nudo gordiano, o nos llevará a otro laberinto, aun más perverso y complicado?

El mandala en la ventana se ha convertido en un símbolo: una serpiente mordiéndose su propia cola.

Supongo que fueron las manos lo que me llevaron a él. Sí, no hay duda de ello, ése fue el factor decisivo. No podía dejar de maravillarme ante su belleza, ante su oculta potencialidad para una infinita y refinada crueldad. Estaba hipnotizada, mi voluntad evaporada como el agua de mar bajo el sol del mediodía. Fue como si recordara algo olvidado por largo tiempo, algo que había permanecido dormido en el fondo de mi mente, hasta que fue despertado por la más insignificante imagen. Mi corazón latió con más prisa, sentí el torrente de mi sangre por todo el cuerpo. ¿Había encontrado el completamiento de la tríada, el tercer lado del triángulo, el tres que hace uno?

En ese momento estaba ajena al dependiente, a la lluvia que había empapado mi chaqueta militar y mi pelo (que ahora se adhería a mi cuerpo, chorreando lentamente sobre el piso, donde creaba charquillos que se filtraban por las hendiduras entre las tablas del piso.)

(Me encontraba una vez más en la sala de espera, mirando con fijeza la revista de modas que no lograba leer, esperando que se abriera la puerta blanca. La blancura finalmente me envolvió, me llevó a la habitación contigua — más blanca que el blanco — donde la única realidad era el olor de los antisépticos y el sonido de la música que emanaba de las bocinas ocultas. La misma incansable, circular música creando una interminable espiral con la explosión en el vórtice. Y, por supuesto, bañadas en las luces cegadoras, las manos. Recuerdo los dedos largos y macilentos. Se desplazaban con seguridad, lentamente al principio y entonces un poco más rápido, sosteniendo las varas, los instrumentos metálicos que uno por uno fueron desechados — después de haber servido su propósito — sobre una bandeja de metal. Las manos lo eran todo, borrando el resto de la habitación con sus movimientos embrujadores, siempre dentro del impenetrable círculo de luz, hasta que desaparecieron en el pozo negro de la anestesia: un sueño, un recuerdo que se niega a morir....)

¿Había entrado en el laberinto de luz y sonido donde — no es hasta ahora que me doy cuenta — yo sería mi propio Minotauro? ¿Puedes comprender esto? ¿Concibes todavía todos estos hechos como fragmentos inconexos de una realidad incierta? Aunque quisiera, no tendría palabras para contarte del dolor, de las agujas tan ceremoniosamente — tan indiferentemente — abriendo mi carne mientras yacía en la oscuridad con los ojos llenos de lágrimas. No, nunca pudiste interpretar los símbolos a lo largo del camino, los símbolos que se han convertido ahora en parte de mí porque los he sentido en mi propia carne.

Y las manos. Ellas, también, se habían convertido en lo único presente, llenado mi consciencia hasta desbordarla, hasta que perdí la noción del tiempo y del espacio, hasta que todo era las manos y el suave tintineo de un móvil en la oscuridad.

Pero ya ves, tres, y no dos, es el número mágico que cierra el triángulo, que completa el mandala. Súbitamente todo se ha cristalizado frente a mí, como si un gesto imperceptible de un mago me hubiera quitado una venda, una venda que ya estaba tan acostumbrada a llevar que ni siquiera me daba cuenta que existía.

El triángulo está completo. Él es el tercer lado, el elemento indispensable. Antes de su llegada tú y yo no teníamos un nexo. Pero ahora — no lo sabes todavía, estoy segura — todo ha comenzado. Poco a poco, lentamente, alcanzaremos el final. Ya he comenzado a trabajar en los lienzos finales. Cuando el último esté terminado — ahora lo sé — la hora habrá llegado. Tus manos resurgirán de nuevo por tercera y última vez para cerrar el mandala. A veces tengo miedo. Trato de no pensar en lo venidero, sólo vivir este momento, este ahora que estará con nosotros para siempre. Cuando me canse de caminar por la playa, correré de regreso a la casa y escucharé la música en la oscuridad mientras observo los puntos flamígeros de las varillas joss consumirse, hasta desaparecer.

Hago estas ofrendas y espero. Mientras tanto, pinto y fumo.

Tú entras y sales, siempre llevando el cuaderno de composiciones, siempre con la expresión seria, tal vez un tanto triste. Espero que no creas que te voy a tener lástima. Tú y yo hemos rebasado esa etapa. ¿Cómo reaccionarías si te contara sobre el parque que vive eternamente en mis recuerdos, con su sombría glorieta, el estanque vacío, la suave nieve cayendo silenciosamente en medio de la tarde gris? ¿Tengo palabras para decirte — para decirle a nadie — cómo se siente ser desechada como un objeto inservible?

¿Lograrías comprenderlo? No, seriamente lo dudo. Y aun si hicieras un esfuerzo para penetrar, para entender lo que nunca asimilarás, probablemente sería solamente para escribir sobre ello, tal y como quieres hacerlo con todo. ¿Te darás cuenta algún día de lo vano que es? No existen las palabras para describir todo esto. ¿Te has hecho creer que le puedes contar a alguien — alguien que ni siquiera ha caminado por esta playa en medio del invierno — acerca de la casa, de la música, de todo lo demás que compone esta implacable realidad?

Sé que seguirás buscando la clave del enigma. Te veo a veces, observándome mientras pinto, o cuando camino por la playa. Y aún más importante, cuando enciendo las varillas y lo miro fijamente. Las palabras no significan nada (tú, mejor que nadie, debieras saberlo a estas alturas), pero persistes en documentarlo todo de una forma irreconciliable con todo lo que tú y yo compartimos. Pero tú aprenderás, pronto, cuando llegue lo inevitable. Te darás cuenta cuán débil es tu fortaleza de palabras.

Cierro los ojos y pienso en la eterna arena deslizándose entre sus dedos....

Tal parece que yo siempre he estado sentado aquí, al lado de la ventana, fumando y mirando la nieve afuera. Tú te encuentras deambulando en el laberinto de blancura, trazando círculos concéntricos con tus pisadas. Yo estoy en el centro; siempre regresas. Todo parece tan familiar: la nieve, la ventana — el cenicero sobre el marco — , la espera.

Todo es ya tan obvio que hemos aprendido a aceptarlo sin preguntas. Pero todavía no estoy seguro. ¿Quién está en el centro del vórtice? ¿A quién regresas después de tus infinitas caminatas por la playa? ¿Cómo encajo yo en tus planes? ¿Es posible que yo no sea más que un eslabón, el modo de llegar a él, al centro del centro?

Sé que él aguarda. ¿A ti? No lo sé; nunca lo he sabido con certeza. Aun desde el primer día, hace tanto tiempo, no pude estar seguro. La lluvia sobre el cristal distorsionaba el mundo exterior. Yo estaba aquí — como siempre — fumando y mirando el mar. El suave tintineo del móvil japonés me llegaba lejano. Era un día sombrío, el tipo de día en que uno no quiere decir o hacer nada, sólo fumar y escuchar el jazz y la lluvia. O recordar el pasado, si no es demasiado doloroso.

Entonces lentamente te materializaste de un punto en la distancia. Te observé, un punto oscuro sobre la blancura de la arena, progresivamente creciendo, hasta que logré distinguir tus facciones a través de la lluvia. No caminabas más aprisa que de costumbre. Al acercarte a la casa me di cuenta que llevabas un bulto en los brazos; algo envuelto en lo que parecía ser una manta para protegerlo de los elementos.

(...recuerdo haberme acercado a la ventana — mi aliento empañaba el cristal — mirándote subir las escaleras, hacer una pausa en el descanso y entonces subir los últimos peldaños antes de llegar a la puerta....)

Cuando entraste no me volví, sino que seguí de frente al cristal empañado. Creo que tarareabas una canción; no estoy seguro. Seguí de frente a la ventana, mirando tu reflejo en el cristal.

(Cuando te ibas lejos de la luz de la lámpara desaparecías, pero al cabo te sentaste en el piso, bajo la luz.)

No te quitaste la chaqueta militar. Lentamente, con infinito cuidado, comenzaste a desenvolver el bulto que habías traído contigo.

Me volví, me senté sobre los cojines y encendí un Marlboro mentolado. Me habías dado la espalda; lo mirabas a él.

(...lo has dejado de mirar desde ese día? Me lo pregunto al escribir estas cuartillas. Fue el punto decisivo en esta absurda relación. Nada jamás podría ser igual....)

Se encontraba sentado, impávido, sobre su pedestal. A sus pies, una caja con una tapa de marfil labrado. Le faltaban las manos. Con movimientos ceremoniosos encendiste la cerilla y pusiste en marcha las primeras varillas joss. ¿Fue este acto un compromiso de tu parte? ¿Un tipo de pacto cuya finalidad ni siquiera podía empezar a adivinar? Todavía no lo sé.

Aun ahora, meses después, mientras las varillas joss se consumen, tú susurras suavemente, de espaldas a mí. Las palabras se pierden en los tenues laberintos sonoros del móvil japonés.

Me siento tan vacío hoy, como si hubiera estado ausente por un largo tiempo y todo hubiera cambiado al regresar. Tal vez yo soy el que es diferente, incapaz de mirarlo todo como antes. Nada, nadie, parece importante. Excepto tú. O tu recuerdo. A veces dudo de tu existencia; busco pistas pero todo lo que queda es un manojo de páginas amarillentas abandonadas por tu mano. (O tal vez siempre fue mi mano, usurpando tu lugar.) Pero esto es un punto insignificante. Lo importante es que las páginas existen; ellas a su vez me dan realidad, sustancia.

Las toco y un mundo entero se abre ante mí al leerlas. Las caminatas por la playa, siempre mirándonos de reojo, pero sin admitirlo. Siempre fingiendo una indiferencia que de verdad no existía, adentrándonos en ese juego hasta que su propósito fue olvidado y se convirtió en un fin.

Todavía recuerdo las sesiones de pintura, los paseos en el Volkswagen, las noches sin fin fumando, tomando café y escuchando el Bolero de Ravel. ¿Es posible que haya imaginado todo esto? ¿Sería capaz de haberte imaginado? ¿Y a él? La evidencia está aquí: estas páginas, las pinturas, el disco casi gastado del Bolero, el móvil japonés. Pero, ¿cómo poder estar seguro? Aun cuando nos sentamos en la misma habitación, caminamos lado a lado por la playa mezclando nuestras huellas sobre la arena, nunca estabas a mi alcance. Lejana, es la palabra más adecuada que puedo usar para describirte. Era como si nada importara ya. Lo habías visto todo y nada podía capturar tu interés. Fue así desde el principio, la noche que nos conocimos en la casa. Había mucha gente esa noche; todo el mundo escuchaba el jazz y bebía vino. Pero, desde esa primera taza de café que compartimos entonces, sabía que habías recorrido un largo y arduo camino. No había necesidad de palabras. En la oscuridad del descanso, mientras escuchábamos los poemas que nos llegaban desde arriba, vi en tu cara que estabas más allá de las palabras, más allá de cualquier explicación. Hasta más allá de mí.

¿Te dabas cuenta del sonido de las olas? Cuando pienso en ello me doy cuenta de que había tantos detalles que parecían insignificantes entonces: las palabras recitadas, el olor del café, la bruma que llegaba del océano. Lo único que puedo decir es que esos detalles le daban relieve al momento. A medida que lentamente se borran de mi mente, trato desesperadamente de anotarlos, rechazando este hoy. Insisto en invocarte, en tratar de reunir todos los detalles.

170

Y entonces, por un instante, al cerrar los ojos e inhalar el humo mentolado, casi puedo sentir tu voz en el viento, mezclada con el batir de las olas y el tintineo del móvil...

ENTONCES

IV

...definitivamente un día de café.

Lo inesperado de la declaración, combinado con la adustez de las más que brillantes luces de neón — especialmente después de un viaje en autobús que había durado toda la noche — la sorprendió momentáneamente.

La anónima voz había surgido de un cubículo, cerca del mostrador. Las modulaciones sugerían una seguridad subyacente, un control de la situación.

Para entonces ya ella estaba sentada al mostrador. Colocando la maleta al lado de la banqueta y el cuaderno de bosquejos sobre la formica verde, encendió el primer cigarrillo mentolado del día.

El hombre detrás del mostrador le preguntó lo que quería ordenar. El tono de su voz delataba el hecho de que no estaba completamente despierto todavía.

"Café. Negro, por favor", se oyó decir. Sin saber cómo había cambiado de opinión desde el momento que en que se había bajado del autobús. Había pensado desayunar huevos y tocino.

"¡Exactamente!" le llegó la voz desde atrás. "Café, y mientras más fuerte, mejor. Hoy es un día de café".

Sobre los estantes, al otro lado del mostrador y a lo largo de la pared, había un espejo inclinado hacia abajo.

Ella miró hacia arriba.

Reflejada en el espejo, mirándola, se encontraba la cara del hombre en el cubículo. Por un momento sostuvo la vista, pero entonces la bajó hacia la taza humeante de café.

Todo conspiraba para darle la razón: la inminente humedad matutina del lunes imperceptiblemente se había transformado en una llovizna subrayada por la súbita disminución de temperatura. Sí, era el tipo de día en que uno dice, "Si sólo pudiera volver a la cama".

(Ese día había sido como éste. La llovizna, los escalofríos mañaneros, el suave frote de las batas asépticas, las luces cegantes, el sonido metálico de los instrumentos sobre la bandeja quirúrgica. Entonces el café. Mucho café y sonrisas comprensivas.)

Dentro del cafetín los ventiladores eléctricos lo empeoraban todo: forzaban la húmeda atmósfera acondicionada a circular. Encontraban a los parroquianos con la guardia baja.

En el fondo de su cráneo sentía el embrión de un dolor de cabeza venidero. Días como éste siempre la hacían sentir así. Lo suficiente mal para echar a perder su día, pero nunca alcanzando la severidad necesaria para justificarse a sí misma la ingestión de unas aspirinas. Era definitivamente un día de café. Y mientras más fuerte, mejor.

"Pero lo que me gustaría ver...

Después de sorber un poco de café sintió que las olas de dolor se retiraban, encogiéndose, casi — pero no completamente — desapareciendo. El remolino creado por los ventiladores también había perdido algo de su severidad.

...es a todo el mundo tomando..

De una pitillera de plata martillada sacó el segundo Marlboro del día. El primer intento de encenderlo fue un fracaso: la ráfaga del ventilador coincidía con la endeble llama, extinguiéndola en cuanto surgía. La segunda vez tuvo éxito; inhaló hondamente. Otra taza de café le comunicó la energía, las ganas que la primera no había podido. Se levantó. Después de pagar por el café, recogió la maleta y el cuaderno de bosquejos. Abriéndose paso en el remolino, salió a la calle.

...café".

Cuando abrió los ojos vio desde el autobús en marcha las primeras señales de vida en el pueblo que despertaba: el camión del lechero, haciendo sus entregas; los basureros, gesticulando desaforadamente — no estaban completamente despiertos todavía — y un estudiante de bachillerato llevando periódicos de casa en casa.

La suave llovizna que empañaba la mañana no le había impedido al conductor mantener el aire acondicionado al máximo toda la noche. Era el medio del verano. Dentro del autobús la atmósfera era fría y pegajosa, y ella no tenía un suéter.

Decidió abrir el cuaderno de bosquejos y pasar el resto del tiempo tratando de capturar algunas de las escenas tan efímeras. Más adelante las podría transferir al lienzo.

La ruta de entregas del chico de los periódicos y la del autobús parecían coincidir. Así que tuvo la oportunidad repetidamente de observar lo grácilmente que lanzaba los periódicos desde la bicicleta en marcha. Era siempre el mismo movimiento fluido — nunca interrumpido, nunca indeciso — de alcanzar hacia atrás con la mano derecha y meterla en la bolsa que llevaba atada al guardabarros trasero. Con un rápido movimiento, como si trazara un arco invisible en la llovizna, el periódico surgía súbitamente de su mano, completando la parábola en el portal de la casa a la que estuviese destinado.

Ya lograba dibujarlo: la bicicleta, el torso y, claro, el brazo que lanzaba los periódicos. "Me recuerda al clásico lanzador de disco", pensó, recordando las horas que había pasado con los libros de arte, en los museos y, por supuesto, en la clase de dibujo.

Súbitamente se dio cuenta de que no había comido nada desde la noche antes. Y sólo un emparedado de jamón y queso. En ese momento quería huevos y tocino más que nada en el mundo. El chico de los periódicos había desaparecido de su campo de visión; fue sustituido por una anciana que barría su portal.

Entonces los basureros otra vez — todavía gesticulando desaforadamente — y el camión del lechero. Un coche patrullero. Un autobús.

Habían llegado a la estación.

"Aquí estamos", dijo el conductor mientras se estiraba después del viaje que había durado toda la noche, y desapareció en el edificio.

Frente a la estación de autobuses el letrero de neón de un cafetín, todavía encendido, parecía invitarla a entrar. Cuando cruzó la calle — con la maleta en una mano, el cuaderno de bosquejos todavía en la otra — se dio cuenta por primera vez del calor y la humedad. Pero no le importaba.

Colocando el cuaderno bajo el brazo izquierdo, para liberar la mano derecha, abrió la puerta.

Hello, operator,
get me Dr. Jazz...
Oh, yeah, operator
'cause he's got,
what I want.

La primera vez que él oyó esa canción, ya su autor — el inmortal Jelly Roll Morton — hacía décadas que había muerto. Pero en realidad no importaba; él nunca había oído nombrar a Jelly Roll de todas formas. Es más, era la primera vez que escuchaba el jazz. Ella había dejado el disco sobre el plato y él había encendido el tocadiscos de casualidad.

Le gustó.

Parecía encajar en la habitación: libros, discos, ceniceros que debieran haber sido vaciados una semana antes. También encajaba con la uniforme monotonía de la tarde gris.

El blues.

Hello, operator...

Afuera empezaba a nevar. Se levantó para aumentar el volumen. La voz y el piano llenaron el recinto. Sosteniendo un cenicero de barro cocido en la mano, se asomó a la ventana. Lo colocó donde siempre, sobre el marco, al lado del búcaro de flores plásticas.

...get me Dr. Jazz...

Se preguntó quién tenía lo que él quería (lo que fuera), tal y como decía la canción. Afuera un grupo de niños ya habían sacado sus trineos y marchaban cuesta arriba.

...oh, yeah, operator...

No tenía sentido, pensó, subir la colina arrastrando los trineos, para bajar de nuevo: para arriba, para abajo, para arriba, para abajo... indefinidamente, hasta que cayeran exhaustos o sus madres, súbitamente alarmadas, los llamasen desde adentro (aprovechando el anuncio durante su novela favorita). Y la joven voz, todavía resollando, pidiendo quedarse afuera un rato más. Pero la pregunta quedaría perdida, ahogada por la súbita nevada. El anuncio habría concluido.

...'cause he's got...

Pero tal vez no era tan sin sentido, después de todo. El tiempo, el esfuerzo requerido para lograr unos momentos de velocidad alocada, cuando todo se convertiría en un borrón y todos los sentidos se concentrarían en ese instante. ¿No era ése el fin? El trabajo, el esfuerzo, los perennes desencantos por — si se tenía suerte — unos momentos de falsa euforia. A veces pensaba que no tenía sentido, que era una tarea indigna de ser llevada a cabo.

...what I want...

Exhaló y miró por la ventana otra vez. A través del humo del cigarrillo la vio; venía con unos paquetes en los brazos, abriéndose paso en la nieve reciente de la tarde.

⁘　⁘　⁘　⁘　⁘　⁘　⁘

El inmenso tragaluz cubría tres cuartos del techo del estudio. Directamente debajo de él, sobre una pequeña plataforma, una modelo desnuda sentada sobre una banqueta sostenía una flor roja sobre el pecho. Una de sus piernas estaba cruzada, y la mano libre descansaba sobre un tobillo.

En la habitación los estudiantes rápidamente trazaban las últimas líneas de carbón sobre los lienzos, mientras que el instructor caminaba a su alrededor — con los brazos detrás de la espalda — dejando escapar enigmáticas interjecciones.

Cuando por fin llegó a su lienzo, sin embargo, ya había agotado su intraducible repertorio. Sólo se paró detrás de ella, observando silenciosamente su progreso. Siempre la ponía nerviosa, aunque sabía que no podía hacer nada. No que ella pintara peor que los otros estudiantes, pero en su mente siempre trataba de adivinar lo que el instructor estaba pensando: "Sí, así... no, la línea debe ser más amplia, más llena, para redondear el hombro..."

Simplemente la ponía nerviosa.

Cuando completó el torso, oyó el "bien" que provenía de atrás, al mismo tiempo que el instructor se alejaba. Era en realidad raro que él elogiara el trabajo de los estudiantes. Es más, uno se podía considerar alabado si no recibía ninguna crítica de su parte.

Lo que el instructor desconocía era que ella tenía un maestro mucho más diestro en casa: Leonardo da Vinci. Durante meses había estudiado, copiado, aprendiendo de memoria sus tratados de anatomía hasta creer que finalmente empezaba a dominar el cuerpo humano. Su apartamento estaba lleno de cientos de dibujos de brazos, piernas, manos, pies y hasta orejas. Ella había estudiado cada músculo, en tensión y relajado; de forma dinámica y en reposo.

Y empezaba a dar resultados. "Hay tantos estudiantes hoy día que ignoran a los maestros", pensó mientras aplicaba las últimas pinceladas al lienzo, "que en realidad se hacen un daño irreparable al tomar la vía más fácil".

"Hora de terminar", se oyó la voz del instructor desde el otro extremo del estudio. La modelo se levantó de la banqueta y se estiró, antes de adentrarse en una túnica de estampados florales. Sobre la banqueta dejó la flor, para la próxima sesión. Estaba hecha de alambre y de terciopelo rojo y verde.

Después de guardar los carboncillos, cubrió el lienzo. Con un montón de libros en los brazos — había pasado por la biblioteca antes de venir a clase — salió del estudio.

Afuera comenzaba a nevar.

Paul Desmond, Norman Bates, Joe Morello, Dave Brubeck: The Dave Brubeck Quartet.

Jazz Goes to Junior College.

Grabado en Long Beach, California.

Es uno de sus discos favoritos; ella lo toca todos los días, en su apartamento.

Cuando entra, ella va directamente al tocadiscos y lo enciende. Y hoy no es un día diferente. Después de colocar el montón de paquetes sobre la mesa de la cocina, pone el disco.

Él la miró sacar el disco de su sobre protector. Cuando estaba a punto de colocarlo sobre el plato, vio el otro disco. Lo sacó y le sonrió, con aprobación.

"Veo que has estado escuchando a Jelly Roll. ¡Muy bien!" dijo mientras colocaba el disco del cuarteto sobre el plato.

El aplauso grabado se oyó. Ella ajustó el volumen y entonces se quitó el abrigo. Los copos de nieve ya se estaban derritiendo, dejando unas marcas sobre la tela. Después de colocarlo sobre el respaldar de una silla, se quitó los zapatos.

Él la miró estirarse sobre una butaca, y después buscar los cigarrillos en el bolso. Más tarde ella se levantaría para virar el disco y preparar café.

Él se sentaba al lado de la ventana durante horas, mirándola, escuchando la música. Le gustaba oírla hablar sobre el jazz; ella podía contar algo sobre cada grabación, acerca de cada músico.

Así que la oyó hablar del cuarteto de Dave Brubeck, cómo ellos habían hecho más que ningún otro grupo para propagar el jazz durante los años cincuenta, llevándolo a las universidades.

A veces sólo hacían el amor.

Se sentía bien con ella. De alguna forma, pensó, ella le había otorgado una nueva dimensión a su vida, a su apartamento. Ella era igual que su música: abstracta, intangible, pero omnipresente.

Encendió otro cigarrillo y miró por la ventana.

Los niños con sus trineos habían desaparecido.

Al acercarse a la estación de trenes, ella se dio cuenta de que estaba un poco aprensiva. Habían sido, después de todo, dos meses. La gente a veces cambiaba, especialmente cuando interrumpían sus vidas para hacer algo distinto tan abruptamente. El hecho de que no hubiera sido su decisión en realidad no importaba.

Todavía recordaba el día — había sido al principio del invierno — cuando se habían encontrado en un restaurante italiano para almorzar. Había ido directamente desde el estudio, todavía con el cuaderno de bosquejos y los libros de arte en la mano. Era la primera nevada de la temporada.

Durante el almuerzo él había estado taciturno, hasta algo distante. Pero ella no lo presionó. Sabía que tarde o temprano — cuando él estuviera listo — le comunicaría lo que le preocupaba.

Pero eso había sido a principios del invierno, el día de la primera nevada. Ahora ella se preguntaba cómo esos meses lejos de ella, de todo lo que le era familiar, lo habían afectado. Por supuesto, se habían carteado y llamado por teléfono.

Pero ella no había malgastado el tiempo. Había pasado los meses de espera estudiando los dibujos anatómicos de da Vinci. Estudiando y anotándolo todo. Cada extremidad, cada músculo en tensión y en reposo. Le había ayudado a pasar el tiempo. Y, por supuesto, le había mejorado su técnica enormemente.

El viejo edificio de ladrillos de la estación se hizo visible después de doblar la esquina. Le recordaba un hormiguero anticuado, con toda la gente constantemente entrando y saliendo.

Comprobó la hora.

Con pasos cada vez más rápidos atravesó el lote de estacionamiento; entonces subió las escaleras en el frente del edificio. Se había convertido ahora en una de las hormigas, con su propia meta, a veces moviéndose en la misma dirección que las otras, a veces en dirección contraria.

Entró en la estación. Aunque había bancos de madera disponibles, se encontraba demasiado nerviosa para sentarse. Al fin optó por mirar los trenes que ya habían llegado.

Comprobó la hora otra vez.

Cuando los primeros copos empezaban a caer, el tren llegó a la estación. No había tenido que esperar en la atestada y calurosa sala de espera, con su desagradable olor a los abrigos de la temporada anterior todavía flotando en la atmósfera.

A través de la ventana vio el primer grupo de pasajeros bajando del tren, instintivamente subiéndose el cuello del abrigo para protegerse de las súbitas ráfagas de viento frío.

Él fue el último en salir. Mientras caminaba hacia la terminal, se cerró el botón superior de la chaqueta militar cuya etiqueta blanca ostentaba su nombre.

Ella no esperó a que llegara al edificio, sino que salió al aire frío para encontrarlo.

Se abrazaron.

Entraron a la terminal y después salieron al lote de estacionamiento, al otro extremo.

Sobre la nieve recién caída, los autos dejaban tras de sí sus firmas entrelazadas.

Estaba sentado, inmóvil, sobre la silla de lona roja, abstraídamente contemplando la columna de humo que lentamente se elevaba de la punta del cigarrillo. La música del Cuarteto de Dave Brubeck emanaba del tocadiscos. Colocó su cuaderno de composiciones sobre una mesilla central y se levantó para mirar por la ventana. La calle abajo estaba desierta a esta hora de la noche; las luces de las casas colindantes estaban apagadas. Todos dormían; él la esperaba, fumando y tomando café, tal vez tratando de escribir un poco.

Cuando se disponía a ir a la cocina, para preparar una nueva cafetera, sonó el teléfono. Vaciló momentáneamente, antes de descolgar el auricular, tal vez anticipando malas noticias. Pero se lo llevó al oído de todas formas. Entonces hubo lo que pareció ser un silencio interminable. La expresión de su cara no delató lo que pasaba al otro extremo del tendido telefónico. Se oyó un 'click', seguido del monótono sonido de una línea abierta. Se quedó allí, de pie, todavía con el auricular en la mano, como esperando que la voz en el otro extremo regresara y le dijera que todo había sido una broma de mal gusto.

Miró por la ventana otra vez.

Los árboles que flanqueaban la calle ahora vacía ya tenían las primeras hojas de la primavera: un nuevo ciclo, una nueva esperanza. Pero, para él — aunque lo admitiera o no — una fase de su vida concluía. No existen garantías en una relación: cuánto tiempo durará; quién la terminará; quién hará un último y desesperado esfuerzo para salvarla.

El Cuarteto tocaba ahora Those Foolish Things Remind Me of You. Sí, pensó, ella se encontraba por todos los rincones de la habitación: su retrato sobre la cómoda, en la música, los muebles y las cortinas que ella

181

había escogido para él. Hasta los libros sobre el marco de la ventana. Ella estaba allí, dondequiera que mirara.

¿Qué podía hacer ahora? Su primera reacción, después de rebasar la sacudida inicial, fue buscar la botella de Seagram's 7 que mantenía con sus libros. Lo mezcló mitad y mitad con ginger ale y trató de empinárselo, pero no lo logró. Le quemaba demasiado la garganta. Cerró los ojos y trató de nuevo, esta vez aguantando la respiración, para que el sabor no fuera tan obvio. Volvió a llenar el vaso y esta vez diezmarlo no fue tan difícil como la primera. El tocadiscos seguía tocando la misma canción, una y otra vez, pero a él no le importaba. En ese momento lo único importante era borrar el dolor de su mente, olvidar, aunque sólo fuera temporalmente.

De un tirón agotó la copa. Lenta, cuidadosamente, se dirigió a la puerta. Las escaleras estaban oscuras, pero bajó a tientas, asiéndose del pasamano.

Arriba el tocadiscos continuaba tocando la misma canción incansablemente.

***

Todo hablaba de su ausencia: los árboles desnudos, el viento helado, el estanque vacío en el centro del parque.

Pero permaneció allí, inmóvil en la glorieta desierta, solamente mirando las hojas muertas que se llevaban los remolinos de viento.

(La agonía de parques
u objetos que te buscan
en tu creciente hibernación
todo aquello que anuncia tu regreso...)

La incertidumbre de su regreso... ¿sospecha él acaso lo que ya ella sabe, lo que ya ella siente? ¡Cómo cambian las cosas sin que uno se dé cuenta! ¿Es demasiado tarde?

Con un movimiento mecánico se subió el cuello del abrigo. En el bolsillo derecho encontró un pedazo de carboncillo. Comenzó a bosquejar los árboles desnudos, el estanque vacío, las hojas secas sobre la tierra, todo lo que era parte de la tarde sombría.

No hacía mucho había dibujado las mismas cosas, pero entonces tenían una vitalidad, una vida propia que ahora les faltaba. O tal vez — pensó — que era ella la que súbitamente había cambiado, que lo veía todo — hasta las cosas más insignificantes — a través de un cristal distinto.

El gris plomizo de la tarde se oscurecía, tornándose en una manta de acero. Cerrando el cuaderno de bosquejos, se puso de pie y comenzó a caminar hacia las luces multicolores de neón cuyo reflejo se veía en las nubes bajas.

Al llegar al centro de la ciudad las caras se volvieron más frecuentes, más rápidas, hasta que todo se convirtió en un borrón caleidoscópico coloreado por los diseños cambiantes de las luces artificiales...

Sin detenerse atravesó el laberinto de luz, donde las caras habían perdido todo significado, se habían convertido en meros reflejos de las luces de neón o a veces de las que se encontraban en las vitrinas de las tiendas.

Al entrar en la oscuridad todo se hizo más lento, entró en perspectiva una vez más. Cuando llegó a su apartamento ya la noche había caído, impartiéndole un hondo silencio a todo lo que la rodeaba.

Después de colocar su cuaderno de bosquejos sobre una mesa, se dejó caer en una butaca.

Con un suspiro de alivio, encendió un Marlboro mentolado.

Las dos figuras se desplazaban lentamente bajo el sol poniente del verano. Abandonaron la carretera, cruzaron un campo muy verde y finalmente se adentraron en un grupo de árboles que crecían más cercanos al río. En la mano ella llevaba una inmensa toalla de playa con un signo de dólar impreso; él llevaba una pequeña nevera de plástico rojo. A medida que se adentraron más en el bosque tuvieron que cruzar las líneas del ferrocarril. Nunca habían visto pasar un tren. Los rieles estaban oxidados; los polines se deshacían por su antigüedad.

Caminaron sin prisa a lo largo del sendero que conducía al río. Al lado del agua había un peñasco. De una de las ramas arriba colgaba una soga. La gente se mecía colgada de ella, para entonces caer en medio del río.

El sol se escondía detrás de los árboles; el único sonido era el de los insectos veraniegos. No se detuvieron al lado del peñasco, sino que prosiguieron su marcha a lo largo de la ribera, hasta que encontraron el lugar que deseaban. Con un movimiento fluido ella abrió la toalla y dejó que descendiera suavemente sobre la hierba. Él, mientras tanto, había sacado una radio de bolsillo y afanosamente buscaba la estación local de jazz. Entonces el sonido de una marimba llenó la atmósfera: Fontessa, del Modern Jazz Quartet. Él se acercó y se sentó a su lado, sobre la toalla, después de colocar la radio sobre la superficie plana de una piedra cercana. Le tomó la mano. Después de unos minutos de silencio se recostó y se estiró sobre la toalla. Cerró los ojos y se concentró en la música. A través de la toalla sentía el vapor de la tierra en su espalda; el calor que la tierra había absorbido durante el día ahora se disipaba. Se sentía bien. En ese instante sentía una completa armonía interior. La mano de ella salió de la suya, pero no abrió los ojos o trató de retenerla. Unos momentos después oyó el chapoteo de su cuerpo al hacer contacto con el agua. Aunque ella no lo llamó, él sabía que ella lo esperaba. No se movió, fingiendo estar dormido. Ella vendría a buscarlo. Se oyó el chapoteo de sus piernas al salir del agua, los pasos sobre la hierba, la cautelosa rociadura del agua sobre su cara.

Ella corrió y saltó de nuevo en el agua; él se puso de pie y corrió tras ella. En el agua se abrazaron por un momento que pareció una eternidad, entonces se separaron y sus trajes de baño flotaron a la superficie al mismo tiempo, como si tuvieran un previo acuerdo.

Nadaron hacia el centro del río y se detuvieron para alcanzar la respiración. Se abrazaron otra vez y desaparecieron debajo de la superficie, entrelazados el uno con el otro. Cuando salieron, ya se habían separado y empezaron a nadar hacia la piedra donde él había colocado la radio portátil. Una vez allí, envueltos en una enorme toalla, caminaron la corta distancia que los separaba de la toalla sobre la hierba. Lentamente se hundieron en la suavidad de la tela, del otro.

El sol ya casi no se veía sobre la copa de los árboles.

Aun antes de entrar en el restaurante, el aroma de la cocina le llegó, estimulando su sentido del olfato a pesar del aire frío. Le extendía una invitación sin palabras a que se refugiara del tiempo y disfrutara de una buena comida.

Entró.

Ya en el interior, se quitó el abrigo y lo dejó colgado, cerca de la puerta. Los copos de nieve se tornaron en ínfimas gotas de agua; bajo las fuertes luces relucían con la insistencia de brillantes esparcidos al azar.

Se dirigió a una mesa vacía, cerca de la ventana, y puso sus libros de arte sobre el rojo y blanco mantel cuadriculado. Por la ventana observó la primera nevada de la temporada, lentamente cubriendo las calles y aceras.

Los autos, lentamente, dejaban sus perezosas huellas sobre el blanco asfalto. Se sentía bien; su obra de arte progresaba y eso era suficiente para ella. Abrió uno de los libros que acababa de poner sobre la mesa y comenzó a mirar las reproducciones mientras esperaba que él llegara. Un camarero pasó por su mesa. Cediendo a un impulso inesperado, ordenó una botella de chianti.

Estaba allí sentada, satisfecha, mirando las reproducciones en color de los maestros, bebiendo el vino robusto y de vez en cuando notando cómo se amontonaba la nieve. Cuando por fin él llegó, ya había visto la mitad de los libros y había bebido dos tercios de la botella de vino. Tenía hambre y estaba ligeramente borracha.

Él entró lentamente y se sentó frente a ella, sin quitarse el abrigo. Las manos de ella atravesaron el mar de cuadros rojos y blancos para posarse sobre las de él: estaban frías.

"¿Tienes hambre?" ella le preguntó.

Él se limitó a mover la cabeza de un lado a otro, sin decir nada. Ella estaba demasiado eufórica para darse cuenta de su aire de tristeza.

Ordenaron.

Durante la comida ella habló incesantemente, más que nada sobre el arte, y bebió el resto de la botella de vino. Él permaneció silencioso, distante, sin saber cómo darle la noticia.

Terminó por no decirle nada. Al final de la comida, cuando ella dejó de hablar y sacó un Marlboro mentolado, él supo que era hora. Mientras ella encendía el cigarrillo, él metió la mano en el bolsillo del abrigo y le puso el sobre delante.

El cuño oficial impreso sobre él le hizo recobrar la sobriedad. Colocó el Marlboro sobre el cenicero y sacó la carta del sobre. Adentro el sello oficial se repetía, (esta vez arriba y en el centro de la hoja) y las palabras: "Saludos, del Presidente de los Estados Unidos".

No había necesidad de leer más. Había sido reclutado. Ahora ella sentía una ligera punzada de culpabilidad a razón de no haber notado su depresión mucho antes. Aparentemente él había estado caminando, tratando de encontrarle sentido a todo, decidiendo cómo decírselo.

"¿Cuánto tiempo?" ella dijo con una voz que era casi un suspiro.

"Diez días", él le contestó sin mirarla y guardando la carta en el bolsillo.

Él se puso de pie y se dirigió a la caja. Ella se puso el abrigo y lo siguió. Afuera ya era casi de noche y la nevada no daba señales de amainar. Pero muy poco importaba todo eso hoy, como no importaba en qué dirección caminaran, o por cuánto tiempo.

Fueron a dar al parque que habían visitado tantas veces antes. Los peces en el estanque central — gracias a los trabajadores — ya no estaban allí. Habían sido reemplazados por las últimas hojas en caer de los árboles: vegetales cadáveres flotantes. Al cubrirlas la nieve, el estanque parecía manchado de blanco, como si alguien al azar hubiera lanzado pintura sobre un inmenso lienzo negro. Blanco Sobre Negro, pensó ella que sería un buen nombre.

Al borde del estanque se detuvieron y pusieron las manos sobre la verja metálica que lo rodeaba. No dijeron nada. Solamente miraron la nieve caer sobre las hojas flotantes, ahora empezando a darse cuenta del verdadero impacto de lo que les había ocurrido. Sus planes — sus vidas, en suma — habían sido abruptamente alterados.

Las paredes del apartamento estaban completamente cubiertas con las reproducciones de arte, desde los más antiguos maestros hasta las obras más modernas. La sala estaba amueblada en un estilo escandinavo — los muebles hechos de madera y cáñamo — y el sofá estaba tapizado con madras indio. En el centro de la habitación había una alfombra de piel de llama. Era una habitación confortable.

Pero esta noche todos esos detalles pasan desapercibidos. Se aferran el uno al otro, buscando un intangible calor interior en vez de uno físico. Sus abrigos cuelgan en un rincón (sombras pesadas, pieles artificiales recién desechadas). La nieve se derrite lentamente, formando ínfimas corrientes que bajan por las mangas hasta llegar al piso, donde se convierten en diminutos lagos.

Afuera ya no nieva. A través de las anchas ventanas se ven los copos que el viento levanta, a veces formando remolinos al llegar a las esquinas de los edificios.

Ella se alegra de estar adentro, en el calor de su casa. Le aprieta la mano; todavía se siente un tanto culpable de no haber notado su depresión en el restaurante.

Tantas cosas le pasan por la mente. Sus planes, la carta, los días. Diez días. Él parece completamente insensible; no ha dicho nada desde que llegaron. ¿Qué piensa?

Ella se dirige al tocadiscos. De un anaquel elige un disco: Temas de Grandes Películas. Después que el disco cae sobre el plato y ella ha ajustado el volumen, desaparece en la cocina. Él queda solo con el tema de Los Paraguas de Cherburg.

Ella regresa después de unos minutos, con una bandeja de madera oscura e incrustaciones de madreperla, que contiene dos vasos altos: ámbar en las rocas. Le entrega uno. Una vez más se sienta a su lado, sobre el sofá de madras indio.

No hablan, sino que silenciosamente saborean su trago y escuchan la música. El ritmo de su respiración delata los efectos del alcohol.

Cuando el disco llega a la última canción — el tema de South Pacific — ella estira el brazo y apaga la lámpara al lado del sofá. Ahora sólo hay oscuridad, la música y el sonido del viento.

Envueltos en el crescendo de la música, descienden lenta, casi dolorosamente, sobre la invitante suavidad de la alfombra de piel de llama en el centro de la habitación...

Se reclinó en una butaca con un suspiro y pensó cómo una breve llamada telefónica había desbaratado sus planes. Tal vez él había presupuesto demasiado, pensado que todo continuaría como siempre, como el año anterior: los conciertos de jazz, los picnics veraniegos en el parque, las excursiones al río. Y los fines de semana en su apartamento, haciéndose el amor y escuchando música.

Se dirigió al tocadiscos y colocó Miles Davis at Carnegie Hall sobre el plato.

Jazz: una de las pocas cosas que todavía le quedaban... jazz y un manojo de agridulces recuerdos. Y cada uno de ellos, como los meandros de un río, regresaba al punto de partida: ella.

Cerró los ojos y pensó en aquella tarde lluviosa en el apartamento de ella: el papel rosado con los delicados arabescos, las cortinas rojo vivo de yute, la mesa de trabajo hecha de una puerta vieja. (Estaba atestada de papeles, una máquina de escribir y un sonriente duende de goma, al lado del recipiente de los lápices.) De la pared colgaba un sombrero típico mexicano. En el tocadiscos, Take Five, de Dave Brubeck.

Cada detalle estaba grabado en su mente. Bebieron té mientras escuchaban la música. Entonces hablaron hasta que se les agotaron las palabras, hasta que las palabras ya no eran necesarias, sino un lastre innecesario que querían desechar lo antes posible, para dar rienda suelta al torrente de emociones que ya no podían contener. El disco se repitió muchas veces, pero ellos no lo oyeron. Afuera comenzaba a llover.

Él abrió los ojos. El apartamento estaba vacío. Sobre el marco de la ventana estaba el duende de goma, con su sonrisa de sorna y su pelo anaranjado. Ella lo había dejado allí después de una de sus más acaloradas peleas. Había dicho que siempre sería su embajador de buena voluntad. Pero ahora parecía mofarse de él, con su estúpida sonrisa.

Sobre una mesilla, al lado del tocadiscos, se encontraba la grabadora portátil que ella le había regalado por su cumpleaños. Estiró la mano y la puso en marcha. Después de unos segundos de estática la voz de ella, recitando uno de sus poemas, se oyó:

> ...cuando la última flor de primavera
> se haya marchitado,
> cuando la última gota de lluvia
> haya caído,
> cuando la última palabra
> haya sido dicha,
> todavía te espero
> a ti...

Apagó la grabadora y encendió un cigarrillo. El humo se desplazó lentamente hacia el techo. Estaba tratando de ser fuerte — no podía hacer más nada — pero sabía que todo lo que sentía por ella estaba intacto. También sabía que si ella hubiera entrado en ese momento, no hubiera podido contenerse, hubiera olvidado las noches en vela, los días llenos de desesperación, su angustia de amor...

Era como un hombre sobre una cuerda floja. Sólo una de sus miradas era suficiente para que perdiera el equilibrio y cayera al vacío. Pero, paradójicamente, esto era precisamente lo que él añoraba.

Seguía buscándola en cada muchedumbre, al doblar de cada esquina, cada vez que el teléfono sonaba. Castígame, pero no me ignores... Un buen título para un blues. Pero esto no era un blues, sino la vida real con personas reales y dolores reales. Y el dolor, él lo sabía, no desaparecería solo.

Él tenía que hacer algo, darse tiempo para reponerse, adquirir una perspectiva adecuada de la situación. Mientras tanto, él sabía que había algo que él podía hacer, algo que le daría una oportunidad de llegar a ella, probarle que se equivocaba acerca de él.

Esta vez llevó a cabo lo que había hecho tantas veces antes mentalmente. Se puso de pie y sacó un cuaderno de composiciones de la gaveta superior de su escritorio. También sabía cuál sería su oración inicial; la había leído en esa antología de pesadumbre, de Schopenhauer. Con un movimiento firme, escribió: "A veces pienso que el mundo es mi invención."

A las cinco y media de la mañana no había nada abierto, así que tuvieron que abandonar toda esperanza de un chocolate o un café. Estaban parados, muy cerca, tratando de esquivar el viento helado que corría frente a los edificios, aullando con diferentes grados de intensidad.

Pero no estaban solos; ni siquiera habían sido los primeros en llegar. Cuando los hombres se bajaban de los autos o de los taxis, instintivamente se acercaban al creciente grupo de extraños. Los unía un destino común.

Hablaban, escupían sus nombres en el viento, intercambiaban cigarrillos y anécdotas nerviosamente. Todo estaba destinado a aliviar la tensión de la espera.

Aquéllos cuyos parientes o amigos habían venido con ellos, formaban grupos aparte, más pequeños. Cuchicheaban, daban consejos e instrucciones de última hora.

Ella sintió, envuelta en el viento del amanecer, que las palabras en ese instante no significaban nada. Distorsionarían, acaso, la situación, mancharían este momento. Él debiera saber a estas alturas lo que sentía, lo que siempre sentiría. Los últimos diez días habían sido prueba de ello.

Estuvieron muy cerca hasta que llegó el autobús. Un hombre uniformado se bajó y, sin siquiera dar los buenos días, comenzó a llamar los nombres por orden alfabético.

Cuando llamaba los nombres de aquéllos que tenían a sus familias con ellos, se despedían con besos y abrazos. Las últimas palabras de adiós quedaban ahogadas por el aullar del viento.

Cuando llamaron su nombre, se separó de ella y caminó lentamente hacia el autobús. Ella no se marchó, sino que esperó hasta que el último nombre de la lista hubiera sido lanzado al viento.

La puerta finalmente se cerró y con el sonido agudo de un motor forzado, el autobús desapareció. Comenzó a caminar hacia el centro de la ciudad. Los restaurantes ya se abrían; el sol salía.

Entró en una cafetería y pidió un café. El calor dentro del edificio le hizo darse cuenta de cuánto frío tenía. Su cara y dedos empezaron a latir, a medida que aumentaba la respiración.

Pero en ese momento, en aquella fría mañana, la realidad para ella era una taza humeante de café y un manojo de recuerdos.

A medida que pasaban las semanas, esperaba sentirse mejor, menos deprimido. Pero, ¿cómo poder olvidarla? Su mente le dictaba un camino, pero sus sentimientos le hacían seguir otro: pasaba horas escuchando el jazz, leyendo sus cartas, visitando los lugares que antes frecuentaran, con la esperanza de encontrarla. De noche esperaba al lado del teléfono.

Pero a pesar de todo esto, quería olvidarla. Pero más que nada quería probarle cuánto se había equivocado en cuanto a él se refería; quería que se arrepintiera de sus palabras.

Pero primero tenía que olvidar. Fue entonces que leyó acerca del "gran sueño", y su inventor, Jack Burden. Pensó que había encontrado la respuesta, que si lograba enterrar las horas en el oscuro pozo del sueño, todo se resolvería.

Así que cuando llegaba de su trabajo, comía algo y se acostaba inmediatamente, a veces durmiendo catorce horas al día. Trató de hacer esto el mayor tiempo que pudo — había, por supuesto, cierto alivio en el sueño, cuando no soñaba con ella — pero después de dos semanas su cuerpo se encontraba tan saturado que se despertaba a medianoche, sin poder volver a conciliar el sueño. El "gran sueño" no funcionaba para él. Después de todo, Jack Burden no era más que un personaje en una novela, mientras que él tenía que sufrir todas las realidades de la vida.

Entonces, sucedió. Exactamente lo que había esperado y al mismo tiempo quería alejar de su mente: ella lo llamó. Mentalmente había repasado el curso de la conversación un millón de veces; había aprendido cada palabra, cada inflexión de su voz. Quería ser frío sin ser mal educado. Quería, más que nada, demostrarle que ya no la necesitaba.

Pero en la vida real, las situaciones pocas veces son como uno las imagina. Cuando levantó el auricular y oyó su voz, todas esas palabras que tan laboriosamente había aprendido, se convirtieron en un nudo seco, un nudo que no lograba desatar. Súbitamente se dio cuenta del latido de su propio corazón, de sus manos trémulas.

La escuchó; escuchó las palabras que le llegaban por el hilo y entraban en su mente. Dijo que sí y asintió. Entonces se oyó el 'click' y la conversación terminó. Pero tal y como la primera vez, no devolvió el auricular al teléfono, sino que lo mantuvo a la altura de su cara por unos segundos, tal vez esperando oír algo más.

Ella quería verlo, para devolverle algunas de sus cosas que todavía conservaba.

Encendió un cigarrillo y tomó su retrato de la mesa. Ella le sonrió desde el cartón.

Sabía que tenía que tomar una decisión.

V

Trató de llenar el vacío de su ausencia con el arte (arte oriental). Encontró las obras de Waka Murasaki, la artista japonesa del siglo doce. Era una edición escasa — una traducción al inglés de los Relatos de Genji, la hermosa combinación de pintura, literatura y caligrafía japonesa. Por supuesto, ella sólo poseía reproducciones de los diez y nueve rollos de seda que contienen la novela y las ilustraciones de Lady Murasaki.

Al principio, a sus ojos occidentales sin entrenamiento, les costaba trabajo encontrar la relación entre las pinturas y el texto. Las notas al pie la ayudaron mucho.

Abandonó los lienzos a favor de dibujos con tinta. Pero no era todo esto lo suficiente para llenar sus horas, los días que quedaban de espera.

(La llave del cajón
que la cuidada vigilia de los otros
de los tuyos.)

Hacía caminatas interminables, caminatas que invariablemente la llevaban al parque. Allí se sentaba a bosquejar por horas: la glorieta con su techo cónico de tejas verdes; el estanque en forma de riñón que ahora carecía de peces; los árboles desnudos con las ramas que buscaban el cielo, casi en forma de plegaria. A veces llevaba un cartucho de migajas para darles de comer a los pájaros.

Ya para entonces había empezado a sospechar lo que había ocurrido, aunque esperaba equivocarse. Se dio otra semana, y cuando nada sucedió, extendió la fecha — sabía que se mentía — tratando de creer que a veces esas demoras eran normales. Después de varias semanas quiso estar segura, así que hizo una cita para los análisis.

Esperó los resultados tratando de leer una revista de modas.

Cuando la puerta blanca se abrió, dejando pasar a una enfermera de uniforme tan blanco como ella, estuvo segura.

"Felicidades", fue todo lo que logró oír al salir rápidamente por la puerta principal, hacia el aire frío del día soleado.

Caminó, y una vez más llegó al parque.

Pronto él estaría de vuelta.

Se había acostado horas antes, pero a sabiendas que no podría dormir, había colocado un montón de discos en el tocadiscos. En la oscuridad, cayeron uno a uno. Afuera el viento helado aullaba entre los árboles y las líneas del tendido eléctrico. Y ella todavía no había llegado. Esperando verla venir, o tal vez saliendo de un taxi, se había levantado tantas veces para mirar por la ventana que había perdido la cuenta.

De nuevo regresó a la cama; se acostó sobre un costado y escuchó el tic-tac del reloj de pulsera que ella le hubiera regalado...

Trató de pensar en tiempos más felices, en los picnics donde habían compartido una hogaza de pan, un queso y una botella de vino. Trató de pensar en las tardes que nadaban en el río, en los besos y en la forma en que se hacían el amor.

El sonido de la llave en la cerradura lo devolvió al presente. These Foolish Things Remind Me of You, del cuarteto de Dave Brubeck, se oía en el tocadiscos. Sabía que todo había cambiado, empeorando progresivamente. Ella se había vuelto fría. Primero habían sido sus excusas, cada vez más frecuentes, para no verlo. Y cuando lo hacía, parecía distante, tal vez como si pensara en otro...)

(Otro... otro... Ese pensamiento le quemaba el cerebro, le anublaba la razón hasta el punto de querer hacerle daño, hacer añicos todo lo que estuviese a su alrededor, hasta que el río de lava candente que fluía de él se extinguiera. Entonces quedaría vacío, frío e insensible como la piedra volcánica.)

La oyó entrar. Unos segundos después el sonido hueco de sus zapatos al caer sobre el piso de madera llegó a sus oídos. Como de costumbre, sin importar lo tarde que fuese, ella siempre tomaba un vaso de leche antes de acostarse.

Entró en la habitación, fue hacia el tocadiscos y lo apagó. Desde la cama él distinguía su silueta contra la suave luz callejera que entraba por la ventana.

Ella comenzó a desvestirse, colocando su ropa sobre una silla cercana. Pero esa noche — él pronto se dio cuenta — ella no lo acompañaría en la cama, sino que dormiría en el sofá. Encendió un cigarrillo e inhaló profundamente. Él la observó fumar incesantemente, hasta que perdió cuenta de los cigarrillos y súbitamente ya era de día.

Al lado del sofá, el único vestigio era un cenicero lleno.

Fue entonces que él se dio cuenta verdaderamente que todo había terminado entre ellos...

Al fin él había regresado, aunque sólo por unos días. Habían caminado lentamente desde la estación de trenes hasta su apartamento, a pesar de que nevaba. Caminaron calmadamente, sin saber realmente qué decirse.

Ella se sentía un poco extraña.

Cuando llegaron, ella fue directamente a la cocina para hacer café. Él se quitó su recién adquirida chaqueta militar y la colgó sobre el respaldar de una silla.

Ella regresó a la sala con dos tazas de café sobre una pequeña bandeja. Él tomó la taza más cercana y sopló levemente sobre la superficie humeante.

Ella se sentó en una silla, frente a él, sin saber cómo decírselo, aunque no tenía idea de cómo reaccionaría.

"Fui a ver a un médico..." dijo, dejando la oración por la mitad y colocando su taza sobre la mesa.

Él la miró fijamente, como esperando oír el resto, tal vez intuyendo lo que se avecinaba.

Ella encendió un Marlboro mentolado. Con una orla de humo, comenzó a contarle los pormenores de la visita: la espera en el salón; la enfermera sonriente con los resultados del análisis. Se detuvo al darse cuenta de que estaba sentada al borde de la silla, tal vez tratando de acercarse, hacerlo comprender — sentir — la crisis que ella estaba pasando.

Guardó silencio; se recostó. Las cenizas de su cigarrillo cayeron sobre la alfombra. Subconscientemente recordó todas las fases de su relación con él. Habían llegado a una encrucijada.

(...sin saber lo que vio la oscuridad
y se consumó en sus cámaras secretas
no es el intangible dolor que te aniquila
sino las gotas de arena
que horadan el camino
que falsifican la razón del retroceso
claveteando el ataúd de las memorias.)

Después de colocar su taza vacía sobre la bandeja, él se levantó lentamente.

"Sólo tienes que esperar aquí", dijo.

No fue hasta mucho más tarde que ella se dio cuenta de que su chaqueta militar colgaba todavía sobre el respaldar de la silla.

Durante los últimos dos meses él había desesperado. Esperaba que sonara el teléfono. Le molestaba salir, pues temía que la llamada viniera cuando él estuviese ausente. Pero la llamada no se materializó. De vez en cuando él oía noticias vagas acerca de ella, de boca de conocidos mutuos. Entonces trataba de parecer casi indiferente, pero por dentro quería preguntar, averiguar, poseer hasta lo más mínimo que tuviera que ver con ella.

En más de una ocasión sus sentidos lo engañaron. Creía que ella caminaba delante de él por la calle, o que estaba sentada a una mesa en la biblioteca pública. Pero cuando se apuraba para ver la cara, o cuando se sentaba frente a la chica que leía silenciosamente, la única cara que veía era la del desengaño. Entonces regresaba a su apartamento, más deprimido que antes, para mirar las fotos de antaño en un álbum con portada de imitación de piel y letras en repujado dorado.

Con frecuencia soñaba con ella. El sueño, sin embargo, sin importar su forma, siempre terminaba de la misma manera: el estridente sonido del teléfono, trizándolo todo. Se sentaba en la cama, sin poder volver a conciliar el sueño el resto de la noche. Oía su voz al otro extremo del hilo, diciéndole que estaba harta de hacer decisiones por él, que él nunca llegaría a nada, sobre todo como escritor...

Pero el día llegó en que se sentía tan mal, que su condición sólo podía mejorar. A la vez que se dio cuenta de esto, agregando el hecho de que el teléfono nunca sonó, no tuvo más alternativa que hacer algo. Lo más fácil era darle la espalda a todo.

Se deshizo de todo lo que no le era absolutamente esencial. Lo vendió todo, hasta que sólo le quedó la llave del apartamento vacío. Era hora de marcharse. Su mano descansaba sobre el pómulo de la puerta, pero súbitamente cambió de opinión y se volvió, tal vez para asegurarse de que no dejaba nada.

Sobre el marco de la ventana, todavía sonriéndole, se encontraba la foto de ella. No lograba decidir si llevársela con él o abandonarla, con el resto de sus recuerdos.

La levantó y la miró por unos minutos, entonces la sacó del marco. De su bolsillo extrajo un pequeño cortaplumas, lo abrió y lentamente, con infinita premeditación, apuñaleó a la figura en el cartón. Finalmente, pasó la afilada hoja a lo largo de la fotografía.

Después de echar los pedazos a la basura, cerró la puerta tras de sí.

Ella esperó, aunque no sabía lo que esperaba. La respuesta llegó unos días más tarde en el correo. En un sobre blanco había tres billetes de a cien dólares, una dirección y una fecha. Al pie — ella reconoció la letra — la frase: "Todo está arreglado". No había firma. Se puso el abrigo mecánicamente — era casi un reflejo — y salió al aire frío. Tenía que pensar. Solamente faltaban dos días para la fecha indicada en la carta, y tenía que tomar una decisión. Una cosa era cierta: estaba sola. Él ya había, en su opinión, hecho todo lo que se podía esperar de él.

Era inevitable que después de caminar sin rumbo, fuera a dar al parque. Un principio y un fin, pensó, ya que había sido allí donde se habían conocido. El completamiento de un círculo; una cortina que cae al final de una obra mal interpretada.

Se recostó a la verja de hierro que rodeaba el estanque. Se encontraba allí para evitar que los chicos patinaran sobre el hielo. A través de ella se distinguían oscuras siluetas a diferentes profundidades: hojas secas y basura atrapadas hasta la primavera. Entonces el hielo se derretiría y los trabajadores vaciarían y limpiarían el estanque antes de traer los peces.

Se sentía tan atrapada en su situación como las hojas en el hielo. Una súbita ráfaga de viento la hizo virar la cara y meter las manos en los bolsillos. Los ásperos bordes y ángulos del papel le arañaron la mano.

Había una alternativa.

Hasta ese momento, ni siquiera la había considerado seriamente; todo era algo remoto, algo que sólo le sucedía a otra persona. Pero, aunque no quisiera admitirlo, ¿no era ya ella otra persona?

Por primera vez después de haber recibido la carta trató de imaginarse todo el proceso, de principio a fin. Un hombre siniestro en un cuartucho gris. Sábanas sucias, una enfermera obesa con el cutis malo y churre bajo las uñas. No, este cuadro era demasiado melodramático; en realidad ella no podía saber cómo sería todo.

Apretó el papel en su mano — como tratando de extraerle un secreto — hasta que se convirtió en una bolita en las profundidades de su bolsillo. Faltaban dos días. Sin mirar hacia atrás, abandonó el parque por última vez.

Faltaba tanto para la primavera.

Cuando llegó al nivel de la calle, donde el auto estaba estacionado, ya el sol se había puesto. Encendió el motor y puso el Volkswagen en primera. Aunque tenía un mapa a su lado, sobre el asiento vacío, no lo necesitaría. Él había estado en la playa muchas veces anteriormente; a la vez que llegara al pueblo, solamente tendría que encontrar la casa en la playa. Sabían que él venía.

El tránsito del fin de semana era menos denso que de costumbre a la salida de la ciudad; entonces se encontró en ese pedazo de carretera en las afueras, iluminado por las multicolores luces de neón de los moteles y restaurantes que flanqueaban la carretera.

El auto aumentó de velocidad a medida que el tránsito se desvanecía, hasta que se convirtió en el único en la carretera. Todo quedaba atrás. En ese instante, corriendo por la carretera, ése era el único pensamiento en su mente. Encendió un cigarrillo y sintonizó en la radio una estación que tocaba jazz la noche entera. El auto se inundó con los suaves sonidos del Modern Jazz Quartet: Fontessa. Después, hubo demasiadas composiciones y grupos para poder recordarlos...

Cuando llegó al pueblo costero, todo estaba cerrado, excepto un cafetín frente a la estación de autobuses. Detuvo el coche y se bajó. Se encontraba tenso después de haber conducido por tantas horas. La sección del cafetín donde se encontraban los cubículos estaba oscura; detrás del mostrador había un hombre leyendo el periódico.

"Café", dijo mientras se sentaba sobre una de las banquetas. El hombre ni siquiera lo miró, sino que con el periódico todavía en la mano se dirigió hacia la cafetera y llenó una taza blanca con cenefa verde. Sobre el espejo que colgaba sobre el mostrador vio su propia mano, sosteniendo la taza, y una cara que se parecía a la suya, lentamente tomando el café.

Miró el reloj: las cuatro y cuarto. Terminó de beber la taza de café y pidió otra. El hombre detrás del mostrador repitió la misma operación. Estaba demasiado inmerso en las páginas deportivas para importarle nada más.

Después de pagar, salió y se sentó en el automóvil. Del portaguantes sacó un pequeño mapa que le indicaba cómo llegar a la casa. Estaba, según el mapa, a unos ocho kilómetros del pueblo. Puso el auto en marcha una vez más y dejó el cafetín atrás. La oscuridad y la música lo rodearon de nuevo. Encendió un cigarrillo y dejó que el humo escapara por la ventanilla abierta. A cambio recibió el olor del océano.

Los faros iluminaron un desteñido letrero al borde de la carretera. Supo que era hora de disminuir de velocidad, así que cambió a tercera y quitó el pie del acelerador. Si el mapa que llevaba no se lo hubiera advertido, el camino de tierra al borde de la carretera hubiera pasado desapercibido.

El olor del océano se hacía más fuerte. A medio kilómetro de la carretera divisó la casa. Era una estructura alta, para protegerla del océano. Pensó que parecía una casa normal, pero en zancos. En el frente, hacia el mar, había una escalera que llevaba a la puerta principal. En su centro, un descanso, desde donde uno podría detenerse para mirar la playa. Directamente sobre el descanso, una ventana panorámica: ahora se encontraba a oscuras.

Estacionó el Volkswagen debajo de la casa y apagó el motor. No le llegaba ningún sonido desde arriba; se bajó del auto y comenzó a caminar hacia la playa, inhalando el humo mentolado de su cigarrillo mezclado con la fresca brisa del océano.

En la distancia se distinguía la silueta de una extensión rocosa que se perdía en el mar. Cuando la alcanzó, no siguió caminando por la playa, sino que comenzó a caminar sobre las rocas, penetrando en el océano que embestía los costados del rompeolas. Hacia el horizonte, por el este, surgía la luz; lo bañaba todo en un resplandor blanco lechoso. El agua rompía a sus pies, recordándole que no podía caminar más lejos. El reloj le dijo que eran las cinco y cuarto; ya todo había quedado atrás.

Con un movimiento algo cansado, se quitó el reloj y lo lanzó lo más lejos que pudo en el océano matutino...

☷ ☷ ☷ ☷ ☷ ☷ ☷

¿Había sabido siempre que cuando la hora llegara acudiría a la cita? Quería creer lo contrario. Por supuesto, a final de cuentas no había diferencia. Aunque lo hubiera sabido desde el principio, o lo hubiera decidido esa mañana, era un hecho que ella se encontraba allí, en la sala de espera, rodeada de suaves luces y gruesas paredes que ahogaban completamente los ruidos del mundo externo.

Estaba sola.

Desde un lugar invisible en el techo, la música grabada salía ininterrumpidamente, llenando la habitación. Trató de leer una revista, pero pronto se encontró mirando la misma página. Era inútil. Sintió las uñas clavándosele en las palmas de las manos. Hizo un esfuerzo para relajarse. Sí, relajarse y no pensar, sólo concentrarse en las olas de música que salían de las invisibles bocinas en el techo. Era un tema suave, iniciado por la flauta a la que se unían después los otros instrumentos de la orquesta. No sabía el nombre de la composición, pero se concentró en la música de todas formas, tratando de perderse en las notas en forma de espiral mientras fijaba la vista en la blancura de la puerta. En ese momento sólo quería que el remolino de la música se la llevara, ahogarse en la blancura de la puerta. Se acercaba, llenando su campo de visión, hasta que la blancura lo borró todo.

"Ya es hora", le dijo la enfermera frente a ella, poniéndole una mano sobre el hombro.

La enfermera sonreía. (¿Cuántas veces por semana decía las mismas palabras, sonreía de la misma manera a las otras chicas sentadas en la misma silla, pensando los mismos pensamientos?) Era sólo un reflejo, algo que hacía sin darse cuenta.

Siguió a la blancura a través de la puerta. La habitación contigua era también blanca. Gabinetes con puertas de cristal se extendían por las paredes y, en el techo, directamente sobre la mesa central, brillaba un inmenso panel de luces. Un olor leve — no lograba precisar exactamente lo que era — le impartía al recinto una sensación de asepsia. Se sintió como si se encontrara en una burbuja flotante de la cual no había escape.

La enfermera le entregó una bata — tan blanca como su propio uniforme — y le dijo que se la pusiera. Ella obedeció. Entonces le dijo que se acostara sobre la mesa de operaciones, bajo las luces.

"Todo está bien", dijo la enfermera mientras ordenaba los instrumentos quirúrgicos sobre una bandeja de metal. La miró y trató de sonreír, pero no lo logró al ver la variedad de varillas de acero de creciente tamaño, los tenáculos dentados y el curete de acero.

Miró hacia las luces cegantes y trató de vaciarse la mente. Se dio cuenta entonces que la música de la sala de espera también se oía en ésta. Caía sobre ella, enterrándola en las olas sucesivas de las notas en espiral. Era la misma composición.

Ahora la enfermera estaba ocupada frotando una pequeña sección de la base de la columna vertebral con un algodoncillo enchumbado en alcohol. Entonces el pinchazo y el gradual adormecimiento del abdomen y las piernas.

Cuando el hombre entró en la habitación, ya se había puesto la máscara y los guantes de látex. Trató de mirarle la cara, pero se encontraba más allá de las luces; lo único que lograba distinguir era un vacío negro. Las manos, sin embargo, estaban completamente iluminadas, como si atrajeran la luz de la lámpara que colgaba del techo. Los guantes de látex les impartían un aspecto ceráceo. Los dedos eran huesudos, casi delicados, pero sostuvieron la primera varilla expertamente.

El dolor que había esperado nunca llegó; sintió solamente una honda pulsación (parecía mantener tiempo con la música). De vez en cuando los sonidos metálicos de los instrumentos al ser desechados sobre la bandeja de acero inoxidable llegaban a sus oídos.

Las manos en frente de las luces eran inexorables en su trabajo. Entonces se oyó el sonido, suave y ahogado, de la pequeña bomba de vacío.

Todo había terminado.

La condujeron del salón quirúrgico, por un corredor estrecho, a un cuarto de colores vivos y con una cama central. Sobre la mesita de noche, al lado de la cama, había un jarrón con flores plásticas que repetían los colores de la habitación. La cama era firme, pero cómoda. La enfermera — todavía ostentando la misma sonrisa — le entregó un vasito de cartón, con dos píldoras rojas, y un vaso de agua. Ella vaciló.

"Sólo un ligero calmante", explicó, "para que descanses".

La oferta era demasiado tentadora. Asintió con la cabeza y se lo tomó todo. Entonces se concentró en los brillantes colores de las flores plásticas. Después de un tiempo empezaron a desvanecerse, hasta que finalmente se hundió en el pozo negro y sin fondo del sueño.

Cuando abrió los ojos los vivos colores de las flores plásticas inundaron su campo de visión. Al principio no sabía dónde se encontraba, pero a medida que deshizo las últimas telarañas del sueño producido por el calmante, toda su realidad regresó poco a poco, dolorosamente.

La puerta se abrió y la misma enfermera, con una bandeja en la mano, entró en la habitación. En la bandeja había una escudilla de sopa y un vaso de leche. Sonreía.

Ella se sentó en la cama y empezó a tomar la sopa, lentamente, disfrutando el primer sabor de la vida consciente después de despertar.

"¿Cuánto tiempo?" dijo finalmente.

"Desde ayer", le contestó la enfermera mientras retiraba la bandeja. "Hoy puedes volver a casa".

Todo había sido muy fácil. Lo único que quedaba era el recuerdo de unas iluminadas, anónimas manos y una inexorable, repetitiva pieza musical.

Después esa tarde la condujeron a la puerta de la calle. Antes de salir, ella se volvió y le preguntó a la enfermera el nombre de la composición musical.

Era imposible saber si le habían hecho la misma pregunta anteriormente. Su respuesta fue tan artificial como su sonrisa.

"El Bolero de Ravel", dijo. "Buena suerte".Comenzó a caminar, sin dirección fija. Necesitaba pensar. El pestañeo de las luces de neón le dijo que la tarde se volvía noche. Pero todavía caminaba, hasta que las luces se volvieron un borrón multicolor a través de las lágrimas que no lograba contener...

(...mas la puerta estudiada con tus manos
y todo eso que tu costado deshizo
anula la ruptura
impone el desagravio
te hace desandar la costra
de tus trajinados horizontes
y una vez allí
el mar desposeído
cierra tu puerta para siempre
y escuchas
el llanto lento de tu madre.)

...el autobús atravesaba la noche. Ella trataba de dormir, trataba de no pensar en nada sino en el viaje, en las nuevas pinturas que lograría en ese nuevo ambiente. En la gente que conocería...

(Durante las últimas dos semanas se había obsesionado con caminar, con perderse en multitudes y la luz falsa de los letreros de neón. Cualquier cosa era preferible a la soledad de su apartamento.)

Su trabajo no la había ayudado. Había tratado de pintar, pero a la postre permanecía frente al lienzo en blanco, sin saber dónde aplicar la primera pincelada, con sus pensamientos a mucha distancia de allí.

Durante una de sus caminatas un pequeño establecimiento, con sus dibujos de colores y espejos astutamente colocados en la vitrina, le llamó la atención de inmediato. Se detuvo, tratando de asimilar cada imagen, cada reflejo.

Una voz la invitó a entrar.

Obedeció.

La voz le pertenecía a un chino de mediana edad y de largo bigote. La voz era sosegada, pero firme al mismo tiempo. Le habló con muchos detalles acerca de los dibujos, acerca del antiguo arte de decorar el cuerpo humano. Un arte noble que, desgraciadamente, estaba perdiendo popularidad.

No tuvo que pensarlo mucho.

Las luces arriba eran brillantes; la cara de la figura postrada sobre ella permanecía en las sombras. Pero la manos — sí, las manos — quedaban completamente iluminadas, vivas, moviéndose con su propia autonomía, como si no estuviesen conectadas a un cuerpo.

Sintió el dolor y cerró los ojos, intuyendo las manos macilentas usando los instrumentos expertamente, con una precisión adquirida durante una vida entera. Con cada nuevo instrumento que colocaba sobre la bandeja, un 'click'

metálico llenaba el recinto. Entonces la sensación diferente en su propia carne. Sus ojos permanecían cerrados...)

...con el movimiento del autobús, finalmente se durmió, todavía con el
cuaderno de bosquejos en la mano.

MANDALA

VI

¿Dejaré algún día de ver esas manos cuando cierro los ojos? Están guardadas en una caja esculpida, ya lo sé, pero eso no me alivia. Van más allá de la substancia, me atraen con una fuerza aterradora.

En el silencio, en la oscuridad, siento tu respiración en la habitación contigua. Duermes. Un sueño sin sueños, probablemente. Debo ir a él, pero no me atrevo a encender las luces. En la oscuridad, a tientas, busco la ropa, entonces voy a la sala. Todo lo que tengo que hacer ahora es apretar el botón y ajustar el volumen de los audífonos. El disco ya está sobre el plato. La música siempre me ayuda a aceptar lo inevitable, lo que debe suceder. En el bolsillo del abrigo encuentro un Marlboro mentolado. Lo enciendo rápidamente y entonces inhalo el humo mientras escucho las primeras notas del Bolero de Ravel. Desde donde me encuentro sentada veo el súbito resplandor reflejado en la ventana que da al mar.

Hay algo acerca de los espejos, algo que siempre me ha eludido. Pero sé que juegan un papel — un papel importantísimo — en mi vida. A veces, cuando sucede, pasa desapercibido. Pero después, a medida que la urdimbre se desenreda, el significado de un evento aparentemente insignificante se manifiesta.

¿Crees por un instante que yo he olvidado el torrente de imágenes sobre la superficie, abarcando toda la vitrina? Yo sabía que era un truco con los espejos para hacerla parecer más grande. Pero funcionó; tú sabes que funcionó. Debo de haber permanecido frente a la vitrina, perdida en el remolino de color e imágenes, por un largo tiempo. Hasta que oí la voz que venía de adentro y vi las manos largas y macilentas invitándome a entrar. Ya para entonces sabía que había perdido todo control; creo que cerré los ojos y entré. No recuerdo haber visto nada; tal vez sólo estaba muy oscuro adentro. Es imposible saberlo. El olor a incienso era fuerte; en el fondo se escuchaba el suave tintineo de un móvil. Nunca llegué a verlo, pero estaba allí de todas formas. Parecía proceder de todas partes, como la voz en las penumbras. Entonces las luces y los espejos circundantes. En el centro: las manos que surgían de la túnica de seda. Entonces, después de un intervalo, el dolor.

Pero tú nunca sabrás nada de esto.

Una vez más me encuentro delante del espejo, el espejo al lado de la ventana que da al mar. Veo la habitación reflejada en él; entro en la luz. El reflejo de las olas parece llegar en cámara lenta, como si esperara eternamente que ocurriera algo asombroso. Pero tú no estás listo todavía; falta tanto por hacer. Las preparaciones de una vida entera para la consumación de un solo momento cuando tú y yo y él seremos completamente afines. Nos convertiremos en la música, en las imágenes flotando en el viento, en el dolor...

Pero estamos aquí y ahora, a la luz de la luna al lado del océano. Es la realidad. El resto... tal vez lo estoy imaginando todo, tal vez no sucederá.

Mi mano busca la cremallera de la chaqueta militar. La abre lentamente; oigo el sonido. Mis ojos están cerrados; no me muevo. La respuesta está en el espejo. Abro los ojos; las piernas casi no me sostienen. Reflejado sobre la indiferente superficie hay un corazón rojo, latiente. Cierro la cremallera al mismo tiempo que retrocedo hacia la penumbra.

Él está aquí, mirando, aguardando, tal vez sonriendo interiormente después de presenciar mi momento de debilidad. En la oscuridad encuentro las varillas joss. Una cerilla... una luz... una ofrenda...

Casi puedo sentir sus ojos sobre mí. Permanezco inmóvil, esperando que las varillas y la música se extingan. No sé cuánto tiempo he permanecido aquí. Ya llega el amanecer.

El Bolero ha concluido.

Surgiendo de las cenizas, me adentro en la mañana.

...habíamos caminado silenciosamente por la playa. El único sonido era el de la marejada rompiendo sobre la arena. La casa se había convertido en una mera silueta distante en la noche brumosa; la música se había apagado.

Cuando llegamos al rompeolas te volviste para mirarme. Por un instante creí que estabas a punto de decir algo: tus labios se movieron, pero las palabras no llegaron a la superficie. Tal vez — ¿cómo estar seguro? — estabas llorando, o tal vez sólo era la lluvia sobre tu cara súbitamente reflejando los relámpagos distantes, hacia el horizonte. Pero todo sobre ti confirmaba lo que había sentido desde el primer momento en que te vi entrar, enchumbada y usando esa vieja chaqueta militar. Tu presencia, como salida de la nada, fue el punto culminante del verano. Fue como si mi errancia hubiera súbitamente encontrado un punto de enfoque, como si se hubiera concentrado. No sabía nada acerca de ti.

Sin decir nada comenzaste tu marcha de regreso, hacia la casa. En la distancia podíamos ver de vez en cuando los destellos de los relámpagos y oíamos el sordo retumbar de los truenos. La tormenta se aproximaba rápidamente.

Cuando llegamos a la casa, las primeras gotas gruesas, tibias, comenzaron a caer. Sentí tu mano sobre mi brazo. Me volví, pero ya para entonces tu mano había desaparecido y tú te guarecías debajo de la casa, entre los pilares donde el desteñido Volkswagen estaba estacionado.

Te seguí.

Te encontrabas sentada sobre el parachoques delantero, con un cigarrillo sin encender entre los labios y tu mano buceando en el bolsillo de la chaqueta, en busca de una cerilla. De mi propio bolsillo saqué la caja y con un rápido movimiento encendí una para ti. Instintivamente, para resguardar la llama, pusiste tus manos sobre las mías. Estaban trémulas. Tu cara entró en el círculo de luz. ¿Llorabas aún, o eran las primeras gotas de la tormenta todavía sobre tu cara? En un abrir y cerrar de ojos la luz desapareció y todo lo que quedó fue el punto flamígero de tu cigarrillo, aumentando de intensidad cuando inhalabas. Te apoyabas ahora en el guardabarros delantero, fumando silenciosamente debajo de la casa.

Supongo que hubiera podido hacerte hablar, pero no lo hice. Solamente permanecimos allí, mirando la lluvia caer en densas ráfagas, y escuchando los sonidos que nos llegaban desde la casa arriba. A veces toda la playa se iluminaba súbitamente con la luz de los relámpagos, congelándolo todo por una fracción de segundo. Entonces nos alcanzaba el retumbar de los truenos.

Encendías un cigarrillo mentolado con la colilla del anterior, hasta que se te acabaron y estrujaste el paquete verde y blanco en tu mano.

La lluvia había cesado. Alguien bajaba las escaleras; nos pasaron por el lado, pero no nos vieron, envueltos en la penumbra. Sus palabras se tornaron más difusas a medida que se alejaron. Entonces el sonido de una puerta de auto que se cierra y un motor en marcha. Los faros enfocaban la marejada, y el auto ejecutó un medio círculo sobre la arena, para regresar al camino. La luz nos hirió por un instante. Te vi pestañear, tratando de protegerte de la claridad. Entonces silencio y oscuridad.

Seguí con la vista las luces traseras, hasta que se desaparecieron al seguir una curva. Te ofrecí un cigarrillo. Lo aceptaste mecánicamente, sin decir nada. Encendí la cerilla y por un momento compartimos el mismo fuego, la misma luz. Nunca olvidaré la expresión de tu rostro, es algo que hasta hoy conservo en mi memoria. Recuerdo el haberme preguntado quién eras, cuántas cosas esos eternos — ésta es la única palabra que me viene a la mente — ojos habían visto, qué eventos te habían traído a esta playa, a esta vieja casa veraniega. A mí.

No recuerdo de quién fue la idea de entrar en el auto, pero de alguna forma me encontré al volante del viejo Volkswagen y tú estabas sentada junto a mí. No tenía la menor idea adónde ir, o si íbamos a algún sitio en particular.

Encendí el motor mecánicamente y entré en primera con un ruido de velocidades forzadas. Mantuve los faros apagados a propósito al salir de la casa, y atravesando el camino secundario que conducía a la carretera principal. Hice un viraje de noventa grados y cambié a segunda. Te vi moverte involuntariamente contra la puerta, empujada por el súbito cambio de dirección.

Al llegar a la carretera principal ya íbamos a sesenta. Encendí los faros y apreté el acelerador hasta llegar a noventa. A esa hora la carretera estaba completamente desierta. Después de la lluvia, parecía una recta cinta de seda desenrollada por una mano misteriosa.

El viento creado por la velocidad entraba por las ventanillas y hacía que tu cabello se alzara, se retorciera y cayera de una forma impredecible. No sabía adónde iba; la única realidad para mí en ese momento era la carretera, la velocidad. Pero faltaba algo. Encendí la radio y el auto instantáneamente se llenó con el sonido de un saxofón. La canción era Here Is That Rainy Day, interpretada por Stan Getz. El agridulce sonido parecía fluir de la bocina, envolviéndolo todo, aferrándose a nosotros. Entonces el saxofón se desvaneció hacia el fondo y hubo un solo de marimba por Gary Burton. Entonces el saxofón otra vez.

Cuando el número terminó, nos llegó la voz del locutor. Esa noche hacían un homenaje a Stan Getz. Nos alejábamos y escuchábamos el jazz. Tú habías encontrado un paquete de cigarrillos en el portaguantes y de nuevo fumabas incesantemente, flotando en el humo y en la música con los ojos cerrados, confiando en mí para que te llevara a alguna parte, a cualquier parte, pero especialmente lejos de donde estuviéramos en ese momento.

Una vez más me pregunté quién eras, qué hacías en esta playa. Pero todo era en vano. Todos teníamos nuestras razones para venir a la casa, razones que en la mayoría de los casos queríamos olvidar.

Las últimas notas quedaron flotando en el aire. En el silencio subsiguiente el único sonido era el del viento al entrar por las ventanillas abiertas. Entonces la música otra vez, sin anuncios: Summertime. La línea inicial del contrabajo y la marimba inundaron el auto. Siempre había sido una de mis canciones favoritas, así que desaceleré y salí de la carretera, sobre la arena y en dirección al océano. Detuve el auto y apagué el motor. Otra vez un solo de Gary Burton, el aplauso, y el contrabajo repitiendo el tema...

Abrí el portaguantes, buscando un cigarrillo, pero entonces recordé que los habías guardado en el bolsillo de la chaqueta.

Te habías bajado del auto y caminabas por la marejada, con los pantalones de mezclilla enrollados. La luna brillaba detrás de ti; tu sombra alargada, batida por las olas, desaparecía en el agua. Subí el volumen de la radio y me bajé también. Debiste de haberme oído venir, pero no te volviste. Me detuve a tu lado, sin decir nada. No quería interrumpir tus recuerdos, tu infinita soledad.

Al fin me miraste. Permanecimos allí, en la marejada que rompía y armaba el reflejo de la luna con un incesante movimiento. Fumamos y escuchamos la música. Tus pies no eran sino siluetas debajo de la arena mojada que el agua llevaba adentro y afuera, con un ritmo eterno. Entonces comenzamos a alejarnos del auto, todavía caminando al borde del agua. Sentía que los zapatos se me llenaban de agua y arena, se volvían más pesados a cada paso. Pero no importaba; caminamos hasta que la música de la radio se convirtió en un susurro que traía el viento. En la distancia había una formación rocosa que desaparecía en el mar. Nos impediría caminar más lejos sin adentrarnos en el agua.

Te detuviste y te sentaste sobre una roca. Me senté a tu lado, tal vez — en realidad no lo sé — esperando que hicieras o dijeras algo que me diera una pista sobre tu identidad. Después de un rato, todavía mirando hacia adelante, pusiste tu mano sobre la mía. Lo que pasó después no está muy claro en mis recuerdos. Sí, sé que dijiste algo muy bajo, algo que me ha eludido hasta este día. ¿Te oí decir "Tú, ¿aquí?" Tal vez lo que te oí decir fue "Es el fin". No lo sé. No puedo estar seguro. Todo sucedió tan rápidamente que antes de que pudiera darme cuenta ya tú habías retirado la mano y caminabas de vuelta al auto.

Te seguí.

A medida que nos acercábamos la música se tornó audible otra vez. Todavía tocaba Stan Getz. En la distancia oí las últimas notas de Zigener Song.

Lo único que recuerdo sobre el viaje de regreso es lo incómodo que me sentía con los zapatos mojados al apretar los pedales. Más allá de la curva familiar, la casa parecía estar desierta; todas las luces estaban apagadas. Cambié a segunda y conduje lentamente, hasta llegar debajo de la casa. Apagué el motor. Silencio.

El sonido de las olas chocando contra el rompeolas nos llegaba en el viento. Nos bajamos del auto y empezamos a subir la escalera. Sobre el descanso había una bombilla con una pantalla oxidada. Nos detuvimos un instante para contemplar el mar a la luz de la luna. La luz titilante de un barco navegaba el horizonte.

La puerta, como de costumbre, no estaba cerrada con llave. Entramos. Una pequeña lámpara, cerca del tocadiscos, permanecía encendida, pero no había nadie. Entré en la cocina para hacer café, pero cuando regresé a la sala ya te habías quedado dormida sobre el sofá, completamente vestida.

Me senté sobre el piso con la taza humeante entre las manos, sorbiendo lentamente y mirando los rasgos de tu cara que ahora estaban en el círculo de luz que la lámpara proyectaba.

¿Qué camino te había conducido aquí? ¿Qué secretos ocultaba tu mente, tu sueño? ¿Lograría algún día descifrar tus acciones, el significado secreto que cada uno de tus actos parecía contener?

Tus párpados vibraron ligeramente, como si tus ojos siguieran algo — o a alguien — en tus sueños. La barrera que nos separaba era fina e impenetrable. Tus labios se movieron — ¿hablabas con alguien al otro lado? — pero no se oyó nada.

Por sobre tu cara — por un instante la sombra de mi mano oscureció tu rostro — alcancé la lámpara y la apagué. A través de la ventana entraba la suave luz de la luna. Pasaban las nubes. No tenía sueño, así que tomé un paquete de cigarrillos y regresé al auto, a la música, a la noche. Tenía un paquete lleno y un par de horas antes que el alba me alcanzara.

Uno a uno todo el mundo se ha marchado. Ni siquiera un adiós. Solamente se han desplazado a un mundo de sueños, un mundo del olvido, sólo dejando por detrás un manojo de recuerdos de buenos/malos momentos, pero sobre todo de momentos cuando todos estábamos demasiado ocupados con nuestra propia realidad, con nuestra propia música.

Todo lo que queda del verano eres tú y el sonido del móvil japonés. Sobre la mesa: un montón de bosquejos y un cenicero medio lleno. Sé que debiera estar pintando, pero hoy no tengo ganas. Tú estás afuera, en algún sitio...

Ya la temperatura está cambiando, tornándose más fría con cada día que pasa. Voy a la cocina y vuelvo a llenar mi taza de café, entonces me siento en el sofá y coloco la taza sobre uno de los brazos. Veo una mancha sobre la tela; parece un murciélago con las alas abiertas. Nunca la había notado anteriormente, pero siempre ha estado ahí, estoy segura. ¿Cuántas otras cosas han pasado desapercibidas porque son tan obvias, siempre presentes? ¿Tú?

Me recuesto en el sofá y estiro el brazo hasta que encuentro el botón. Lo oprimo. Unos momentos después oigo la flauta detrás de mí, suavemente comenzando el tema. Cierro los ojos...

Pero siento algo duro, saliendo por detrás de uno de los cojines. Busco hasta que lo encuentro con la mano. Un libro. Sobre la cubierta hay un dibujo de un blanco (rojo y blanco), rodeado de estrellas blancas. Tirando al Blanco, un libro de poemas. Al pasar las páginas rápidamente me doy cuenta de que el libro está escrito en dos idiomas. Me detengo. Varias líneas me han llamado la atención:

...el universo aquel que te ofrecía...

...no puedo compartir la soledad...

...en el espacio negro y ancho:

estás inaccesible más allá de

los vientos, al mar que nos atrae.

...Sólo nos une el vasto silencio...

¿Había oído todo esto anteriormente? No podía estar segura, pero me resultaba muy familiar.

¿Estaba este poema escrito para nosotros? ¿Cómo podía una persona, que ni siquiera sabía de nuestra existencia, ser tan exacta al describir una realidad que él nunca conocerá, que nunca compartirá? ¿Tiene él tal vez una dote especial que lo hace diferente al resto de las personas? No lo sé. Pero estas líneas — eso sí lo sé — fueron escritas para nosotros, para este momento en el tiempo que compartimos aquí, al lado del océano.

Pero — otra pregunta en un mar de preguntas — , ¿quién ha abandonado este libro? ¿Es sólo una casualidad o es un eslabón más, otro gesto en el patrón? (Un gesto como la imagen en un espejo, que debemos obedecer hasta el más mínimo detalle.)

Quiero saber más del oráculo desconocido.

...ojos cansados de largas vigilias

sueños confiados al aire extranjero

y sobre todo aquello que nos llama

golpeando nuestras almas en secreto.

¿Dejé escapar una exclamación de asombro cuando leí esas líneas finales? Si lo hice, el crescendo del disco la ahogó. Afuera el tintineo del móvil japonés parece reírse de mí, del nerviosismo acarreado por mi descubrimiento. Pero sé que este libro contiene la clave a la paradoja. Yo tengo que encontrarla. Y tú. ¿Sabes de la existencia de estas páginas impresas? ¿Pretendes no saberlo, para ver cómo reacciono?

Estás inaccesible más allá de los vientos, al mar que nos atrae. Sólo nos une el vasto silencio.

...y qué es lo especial de esta casa, de todas formas? La gente entra y sale, a todas horas y sin pausa. El tocadiscos siempre está encendido; la gente no cesa sus conversaciones sin fin acerca de cualquier cosa, de todo.

Pero yo estoy aquí; permanezco. Tal vez porque no tengo adónde ir. ¿Y qué me dices de ti? De alguna forma, desde aquella primera noche aquí en la casa, sucedió algo. Tal vez un silencioso intercambio que trasciende las palabras, un indecible secreto que compartimos.

Desde la cocina veo las caras lanzando las palabras, a la vez que las manos las ayudan a llegar a sus metas sobre la música del tocadiscos. Mientras espero que el café cuele, me doy cuenta que este instante — o uno exactamente igual — nunca sucederá otra vez por el resto de mi vida: la cocina en penumbras, la llama azul de la estufa de gas, la línea del contrabajo que sale del tocadiscos ahora. Y mientras lo pienso, ya el momento se ha escapado. Es algo bastante turbador.

El café ya está listo. Todo el mundo bebe espresso; a veces le añaden un poco de ron. Quito la cafetera de la estufa y la coloco sobre la bandeja de metal, al lado de las tazas.

Cuando atravieso el umbral, rasgando la cortina de humo, te veo. Estás sentado donde siempre, al lado de la inmensa ventana que da al mar. Los audífonos están a tu alcance, en caso de que la conversación deje de interesarte. Siempre existe el refugio de la música mientras los otros se esconden detrás de sus palabras. ¿Qué me queda ya? ¿Un manojo de recuerdos que preferiría dejar atrás?

Pongo la bandeja sobre la mesa central. Tú te levantas y te acercas a mí. Sin decir nada te sirves una taza y me haces una señal para que te siga. Después de un momento de vacilación, yo también tomo mi taza y te sigo, adentrándome en la oscuridad. Bajamos las escaleras. En el descanso te detienes y te sientas sobre uno de los peldaños. Sobre nosotros hay una bombilla protegida por una oxidada pantalla metálica. La bombilla está fundida. Nadie se ha molestado en cambiarla por años. Así que nos sentamos en la oscuridad, con las tazas de café humeante en la mano y escuchando el sonido de las olas. Esperamos una palabra, un signo.

Arriba alguien ha abierto la puerta y el sonido de una guitarra llega hasta nosotros a través de la cortina de humo que suavemente se escapa de la casa. Estamos sentados sobre el último peldaño, frente a frente, pero sólo veo la mitad de tu cara bañada en la luz lechosa y difusa que llega de arriba. La otra mitad tal parece no existir.

Te he visto a veces, absorto en tu escritura, sentado en el rompeolas, o haciendo apuntes mientras escuchas el jazz. Sin embargo, sé tan poco sobre ti, sobre los pensamientos que sé que constantemente cambian en tu mente, aun cuando duermes. ¿Siempre permanecerá oculta una de tus facetas? ¿Es posible que me engañe, haciendo que todo esto tenga sentido, porque es lo más fácil para mí? Tal vez sólo miro una máscara, como las que usan los actores del teatro griego. Y tal vez yo uso una también, solamente para ti.

La música de arriba ha cesado. Las voces se han acallado; una sola voz impera en la atmósfera cargada. Trae un poema, pero no logro concentrarme. Las palabras me llegan muy hondo, resucitando fantasmas que quiero dejar atrás, enterrados en el mar del olvido.

La agonía de parques
u objetos que te buscan...
...y se consumó en sus cámaras secretas
no es el intangible dolor que te aniquila
sino las gotas de arena...
...y todo lo que tu costado deshizo
anula la ruptura
impone el desagravio
...el mar desposeído
cierra su puerta para siempre
y escuchas
el llanto lento de tu madre.

Las últimas palabras todavía vibran en el aire, como una indecisa burbuja que no se ha dado cuenta que ha llegado la hora de romperse, de desparecer, para ser barrida por la brisa del océano.

Levanto la taza de café y tomo un sorbo. Cuando mis manos tocan mis mejillas, súbitamente siento las cálidas líneas gemelas que corren por mi rostro...

¿Cuándo fue la primera vez que quise hacerte daño? Es tan difícil ser exacta, encasillar el momento cuando sentí la primera señal de resentimiento. ¿Fue por tu indiferencia hacia mí? O tal vez porque yo reconocí en ti precisamente todo lo que yo quería olvidar sobre mí misma. En realidad no puedo estar segura, pero sé que fue hacia finales del verano.

A veces caminábamos por la playa durante horas, solamente mirando a los niños y las últimas gaviotas del día perdiéndose en el horizonte. Ibamos

210

a dar al muelle, sobre los bancos de madera que ahora están cubiertos de nieve y hielo. Yo llevaba mi cuaderno de bosquejos; quería capturarlo todo entonces, inexplicablemente me sentía robada si un gesto, una imagen, se me escapaba.

No lo había encontrado a él todavía.

Y tú estabas siempre tan serio, tan solemne, como si cada una de tus acciones — como las de un sacerdote druida — acarreara un significado de vida o muerte. En tu mano, como siempre, tu pluma y un cuaderno de composiciones. ¿Creías aún entonces — me pregunto — que ibas a escribir, que lograrías crear, dar sustancia a una realidad de tu propia invención?

Yo hacía los bosquejos de las imágenes cambiantes sobre el muelle. Creo que traté de explicarte acerca del arte de lo que había que excluir. Me decías que era imposible preservarlo todo. Debo de haber insistido. ¿Te dije acerca del tipo de pintura japonesa sobre el lienzo de seda, donde cada pincelada debe ser decisiva, firme y sin interrupciones? ¿Traté de hacerte comprender lo difícil que es escoger? ¿Te molesté, sin quererlo? Súbitamente espetaste algo; no recuerdo tus palabras exactas, pero tenía algo que ver con lo que tú llamabas filosofar. Fue entonces que vi la oportunidad. Conocía tu punto débil (por lo menos era tu punto débil entonces). Sabía que te creías escritor. El hecho de que no hubieras escrito nada no parecía tener importancia.

("Mejor que no hacer nada", creo que dije, esperando que entendieras mi alusión a tu inhabilidad de escribir. ¿Cuánto te molestó?, me pregunto. Sé que sabías lo que quería decir, porque abruptamente cerraste el cuaderno de composiciones y te pusiste de pie. Pero tú no admitirías — o siquiera reconocerías — que yo había hecho ese comentario. Simplemente te alejaste después de decir algo que se perdió en el bullicio de la muchedumbre veraniega que llenaba el muelle....)

Me sentía apenada y alegre al mismo tiempo. Entre la muchedumbre, te seguí. Te divisaba, caminando al borde del muelle. Pero no te alcancé; simplemente me limité a seguirte unos pasos atrás.

¿Esperaba que te volvieras, que me buscaras en la muchedumbre? En realidad no lo sé. Y si en algún momento lo supe, ya lo he olvidado.

Pero tú no te volviste. Todavía me pregunto si sabías que te seguía; me pregunto si te importaba.

Finalmente te detuviste en un kiosco de caramelos. Cuando te alcancé, simplemente me ofreciste un pedazo, como si fuera lo más natural del mundo, como si yo hubiera estado junto a ti todo el tiempo. Lo tomé y me senté a tu lado en uno de los bancos de madera frente al océano.

Me di cuenta de que estabas a punto de encender un cigarrillo y yo saqué uno también. Al tú encender la cerilla, nuestras manos subieron instintivamente, para proteger la llama. Entonces, por un instante, cuando nuestras manos se encontraron, yo estaba de nuevo debajo de la casa, en la oscuridad, y mirando fijamente en el abismo de tus ojos.

Cuando abrí la puerta y entré en la habitación, me di cuenta de que no te habías movido, que todavía trabajabas detrás del caballete.

Hace ya días que haces lo mismo. ¿Qué poder te impulsa? ¿Tratas, tal vez, de llegar a una meta inexorable? Las pistas están por doquier: el cenicero repleto de colillas; la música del Bolero en el tocadiscos; las varillas joss que se consumen al pie de su pedestal.

Me miras involuntariamente y entonces retornas a tu febril obra. Todavía no sé lo que haces; no la dejas al descubierto cuando no trabajas. El lienzo es inmenso, mucho más grande de todo lo que has hecho anteriormente. A veces te he visto parada sobre las puntas de los pies, para poder aplicar una pincelada con mayor facilidad, tal vez alcanzar una esquina difícil. Esto es todo lo que haces. Hasta tus paseos por la playa han disminuido desde que empezaste a trabajar en esta pintura.

¿Qué puede ser tan urgente, tan importante que decidas ponerlo todo a un lado?

Siento que nos acercamos al centro del vórtice. Habrá una calma momentánea, una revelación cegadora que de un golpe lo esclarecerá todo, les dará significado a nuestras caminatas, a nuestras noches de vigilia, a nuestras sesiones de música en el silencio de la noche...

El aire está cargado con la música del Bolero de Ravel; se siente como un engrudo que ya no logramos penetrar. No hay forma de escapársele, de escapársete. O a él. Ya he reconocido que hemos de interpretar nuestros papeles hasta el final, cuando el enigma se revelará y nuestra finalidad será completada.

Cuando entro en la cocina otra vez me miras rápidamente y regresas a la pintura, febrilmente aplicando el óleo sobre el lienzo frente a la ventana. A veces, durante las horas avanzadas de la mañana, cuando el sol se cuela detrás de ti y yo me encuentro en la posición adecuada sobre los cojines, puedo ver tu cabello refulgiendo, casi como si estuviera en llamas o rodeado de un halo improbable.

Mientras preparo el café cuidadosamente, no puedo dejar de pensar en las noches que pasamos aquí, al principio del verano. Todo se ha disipado; sólo quedan fantasmas y recuerdos. ¿Qué puede sobrevivir? He tratado de escribirlo todo en mi cuaderno, fijarlo en el tiempo y el espacio para que estos hechos vayan más allá del dominio de la memoria, más allá de las distorsiones de la realidad...

¿Sabré jamás si he tenido éxito? ¿Y hasta qué punto? A veces, releyendo lo que he escrito, debo admitir que todo parece una serie de eventos sin conexión, o tal vez los mismos eventos interpretados de diferentes maneras, en circunstancias diferentes... Pero sé que a pesar de todo debo persistir.

Pronto vendrá el día en que estas páginas serán lo único que quede.

...en retrospectiva, mientras fumo y escucho la música, me cuesta trabajo precisar el momento cuando llegamos a la encrucijada, el punto que marcó el principio del fin, el principio del hilo que me conduciría al laberinto que estoy condenado a habitar hasta el resto de mis días.

Si tuviera que elegir un día, un hecho... tal vez — cómo estar seguro — , sería el día en que logré ver por primera vez la pintura sin terminar. Habías estado trabajando febrilmente y sin advertencia. El caballete se encontraba cerca de la ventana, donde la luz llegaba con mayor claridad.

Y tú, trabajando y fumando noche y día, sacrificando hasta tus largas y solitarias salidas por la playa. ¿Tratabas de darme una señal, una silente pista que me alertaría sobre los hechos venideros? Lo que más recuerdo de esos días es el movimiento de tus pies descalzos sobre la desteñida alfombra, mancillada al azar por las cenizas de los cigarrillos. Pasaba la mayoría del tiempo sobre el piso, reclinado en los cojines y escuchando el jazz — afortunadamente tenía audífonos — mientras tú pintabas y escuchabas el enloquecedor Bolero. A veces trataba de escribir en mi cuaderno, darle sentido a todo lo que estaba sucediendo, tratar de apuntar los hechos, a caso que mi memoria me traicionara (como lo ha hecho en otras ocasiones) en el futuro. Recuerdo que te parabas sobre la punta de los pies, estirándote, haciendo un esfuerzo para alcanzar una esquina difícil, para colocar la pincelada en el sitio exacto. A veces la parte inferior de tu túnica era visible, cuando flexionabas las rodillas para trabajar en la parte baja del lienzo. Seda negra sobre la blanca suavidad de tu piel.

Pero debo de haber cerrado los ojos, tal vez dormitando, porque súbitamente habías desaparecido. Recuerdo el silencio cuando me quité los audífonos. La pintura, sin embargo, permanecía allí, al descubierto (la parte trasera hacia mí, por supuesto). Pero tú nunca la dejabas así; hasta entonces no había logrado saber lo que pintabas.

¿Era esto una invitación? ¿Habías salido a propósito, sabiendo que yo miraría el cuadro? Tal vez lo esperabas. A mi derecha, sobre su pedestal, el chino manco. Las varillas joss se consumían lentamente. Esto, también, era raro. Sabía que tú nunca lo abandonabas hasta que tu ofrenda estuviera terminada. ¿Por qué el cambio súbito? ¿Habías vislumbrado la luz al final del túnel? ¿Habías llegado al final de tu camino?

Recuerdo haber caminado lentamente hacia el lienzo, como si ese momento se desarrollara en cámara lenta. De alguna forma sabía que nada podía impedirme mirar la obra que te había obsesionado por tanto tiempo.

Llegué a la ventana y miré hacia afuera, al mar, demorando el momento cuando me volvería y quedaría frente a frente con la pintura por primera vez. Al mirar la marejada, el rompeolas lejano, me di cuenta de que ahora, cuando sólo tenía que volverme, no sentía curiosidad. Permanecí al lado de la ventana, mirando el océano y fumando un cigarrillo que había sacado de un bolsillo.

Estaba consciente del sonido del móvil japonés, siempre tintineado en el viento, y de las varillas joss que se quemaban a la base de la estatua. ¿Dónde estabas? ¿Imaginabas — donde quiera que estuvieses — esa escena a medida que se desarrollaba?

Sabía que era hora. El cenicero sobre el marco de la ventana recibió mi cigarrillo. Me volví. La figura era demasiado familiar, aunque debo admitir que no esperaba verlo allí, repetido sobre el lienzo. Ya se encontraba en demasiados lugares. Su cabello blanco le caía libremente sobre los hombros. La túnica en la pintura era más ornada, como destinada para una ceremonia especial. Sus brazos estaban extendidos; todavía le faltaban las manos. Pero le faltaba algo más. El oval, donde debiera aparecer la cara, estaba vacío. Debes haber tenido tus razones — desconocidas para mí — para hacer la pintura en secciones.

El espejo estaba a unos pasos. Me detuve un instante para mirarme. Sobre mi hombro podía ver el reflejo de la pintura sin terminar, su cara vacía absorbiéndolo todo en la habitación.

Cuando salí de la casa noté que ya no hacía frío. Abajo, donde el auto se encontraba estacionado, los primeros manchones verdes se distinguían entre la arena. Saqué otro cigarrillo y lo encendí antes de entrar en el auto.

El motor no arrancó la primera vez. La humedad del océano lo invadía todo. Pero sabía que tarde o temprano arrancaría. Cuando lo hizo, me desplacé hacia la playa con un ruido de velocidades maltratadas y las llantas traseras lanzando arena al aire.

Había verde por todas partes. En el espejo retrovisor lograba ver el sol casi tocando la línea del horizonte.

La carretera principal siempre estaba desierta a esa hora del día, en esa época del año. No me molesté en detenerme, sino que entré en ella y puse el auto en tercera.

Cuarta, acelerador hasta el máximo. Encendí la radio. Siempre la misma estación, me parecía, la única que transmitía jazz ininterrumpidamente las veinticuatro horas.

El sonido de un órgano llenó el auto. Reconocí de inmediato Black Pearl, de Jimmy Mc Griff. Aceleré más, hasta que me perdí en la música y en el viento.

El sol había desaparecido en el horizonte.

▦   ▦   ▦   ▦   ▦   ▦   ▦

La hora se acerca.

Todas los signos señalan en esa dirección: tu nerviosismo, los cigarrillos constantes, tu febril compulsión de pintar, de terminar ese lienzo que vi hace unas semanas por primera vez. Tu túnica está abierta hasta la cintura. Ya no te molestas en ocultarme el corazón rojo, sino que pareces querer que lo vea claramente. ¿Es éste otro de los eslabones de la cadena? No lo sé. No importa cuánto trate, todavía no logro descifrar el enigma que se encuentra delante de mí. Tal vez no quiero vislumbrar la solución — se me ha ocurrido en destellos, a media noche — porque es demasiado improbable, demasiado impensable. Y mientras tanto tú sigues tocando el mismo disco, sin interrupción, esa pieza musical concebida por un cerebro casi demente. Es un círculo, un callejón sin salida, tal como la situación que vivimos, esta absurda realidad que siempre logra escapárseme cuando trato de atraparla con mi pluma, agarrarla con una red de palabras porque ya es lo único que me queda. Pero, ¿cómo trasladar a la página lo que se siente al sentirse atraído irrevocablemente al punto ígneo de tu cigarrillo, mientras tú miras por la ventana al caer la tarde? ¿Puedo explicar, hacer que alguien sepa lo que es tu perfil con el sol poniente de fondo, mientras yo fumo reclinado en los cojines?

¿Y él? Pudiera agotar el diccionario y todavía ni empezaría a comunicar el sentido de inquietud — como si alguien que no logramos ver nos mirara — que su presencia le imparte a esta habitación. Y más allá. Sí, porque aun cuando caminas por la playa, en esas raras ocasiones en que nos tomamos de la mano, él parece estar allí, mirándonos, mofándose de nosotros con sus ojos rasgados.

A veces pienso que no importa cuánto tratemos de escapar de su mirada, su control, simplemente ejecutamos sus deseos silentes, lo que él haya dispuesto para nosotros. ¿Qué poder secreto tiene sobre ti? Creo que a estas alturas tengo derecho a saberlo. El ritual se ha ejecutado tantas veces; la madrugada me ha encontrado mirándote en la oscuridad más veces de las que puedo recordar. He visto, pero no he comprendido. Esos puntos esenciales de referencia en que tú basas tu versión de la realidad no están accesibles para mí. Lo que pase ahora determinará lo que fueron esos hechos, lo que era tu realidad antes de convertirse en este presente, en este callejón sin salida que compartimos. El futuro moldeará el pasado.

Te he visto anteriormente, mirándome fijamente mientras escuchas la música y fumas sin cesar. He visto tus ojos, abiertos, casi desaforados, durante esa fracción de segundo cuando enciendes la cerilla y tu cara se vuelve visible. ¿Qué tratas de decirme? Estoy consciente que estás más allá de las palabras, pero lo que comienzo a sospechar es demasiado terrible, demasiado final para que lo acepte todavía.

Pero todo se está esclareciendo, un patrón se está desarrollando. Nuestros paseos por la playa se han vuelto más esporádicos, aunque parecen estar más cargados de tensión. ¿Esperamos, acaso, que algo pavoroso suceda de momento? Tú pareces tratar de absorberlo todo, grabarlo para siempre en tu mente...

He abierto el libro.

PARALELO
Sí
tu cobardía en acecho
y no obstante
te entregaste tal vez
por temor o por indiferencia
confiando en que la historia
que lo que otros nos contaron
no es lo que nos acontece
que la vida pasa sin cambiarnos nada
que pagamos por todo
y cuando queremos recobrar
algún olvidado estremecimiento
que entonces no estrenamos
ya es tarde para especular
con nuestra dicha
sí
es tarde para los dos
cada cual en su anillo lejano
único y sin embargo
tristemente comprometido
es tarde ya
y por eso por lo paralelo
hablo con tus errores
conozco tu soledad
respiro los mismos reclamos
ahora
después de la revelación
la risa las palabras
cuando se ha hecho presencia
lo que antes sólo era
un atroz presentimiento
un escalofrío que compartía contigo
en tu temor confeso
en tu sufrimiento casi mortal
de cada día
con pan con llave y transparencias
sin sal sin casa y sin fronteras
de nada te valían
las circunvalaciones
tu oficio de Dédalo incipiente

pues a cada minuto
se escapaba del escondrijo
donde caías tú
allí donde ni siquiera existías
donde perecían tus palabras
y sucumbían tus sueños
ahogados en nafta o en café.

Antes que sea demasiado tarde, cierro los ojos.

No necesito mirar para saber que tu estás allí. Al acercarme a la casa oigo — siento — las notas, las cadencias enloquecedoras del Bolero halándome hacia el vórtice, engendrando una ligera sensación de vértigo. De fondo, en el viento, el sonido de las olas. Miro hacia el mar, pero la noche ha llegado y no logro ver nada. Debajo de la casa, apenas visible, la oscura silueta del Volkswagen. Por un instante considero la posibilidad de un paseo temprano. La carretera está tan vacía a esta hora, la fresca brisa tan calmante ahora en la primavera, casi como si uno se quitase unas vendas que había llevado sobre la cara por largo tiempo. Siempre me da una perspectiva nueva, fresca. La brisa, la velocidad y el jazz en la radio, sumados a la solitaria carretera al anochecer, son parte íntegra de mí. Es una de las pocas veces en que verdaderamente puedo decir que me siento completo, más allá de cualquier necesidad. Hasta más allá de ti.

(Una vez más me encuentro frente a frente con mi perenne fracaso de poder expresar exactamente lo que quiero decir, lo que siento en este momento. Las palabras son instrumentos tan pobres. Y aun suponiendo que pudiera encontrar las palabras que necesito, ¿cómo es posible que alguien que no ha visto tu cara, ni se ha detenido al pie de la escalera para escuchar el sonido del Bolero de Ravel mezclado con el de las olas y el de un móvil japonés, pueda saber exactamente cómo me siento? Es todo tan inútil, en realidad, tal como me dijiste una vez durante uno de nuestro paseos por la playa. Tratar de capturar la realidad — o mi versión de ella — no lograba más que confirmar, perpetrar mi propio fracaso. Sé que te debo mucho por ayudarme a comprender la futilidad de mi empresa.

Súbitamente estoy consciente de la textura áspera del pasamano de madera. Mi pie está sobre el primer peldaño. Me creo un alpinista a punto de subir una montaña prohibida, una montaña cuya cima contiene un conocimiento tan horrendo que una vez adquirido, no se puede descender. Nunca es posible dejar de ser un cómplice a la vez que uno haya participado en esta ceremonia.

El tintineo del móvil japonés ofrece un descanso en la subida, un paraguas temporal debajo del cual puedo respirar, esconderme de la presión de la música que me llega de arriba en olas crecientes. El sonido, siempre el mismo, se repite infinitamente en mi cerebro. (Los redoblantes subrayan todos los otros instrumentos, martillean mi cordura.)

Miro hacia la playa y saco un Marlboro mentolado. Lo enciendo e inhalo el humo hondamente, aguantándolo en los pulmones y entonces lentamente permitiéndole que se escape por las ventanas de la nariz. Desde el descanso lo único visible es una hoguera en la playa. A veces siluetas mercuriales parecen bailar a su alrededor. De vez en cuando las llamas se avivan; las chispas saltan en el aire salitrero de la noche. Arriba, la luna en cuarto creciente adopta una sonrisa indiferente.

La inmensa plancha de cristal que da al mar está oscura, pero sé que te encuentras allí; ya no tienes adónde ir. Con un movimiento del medio y el pulgar desecho el cigarrillo. Abajo florece una momentánea fuente de chispas al dar sobre la arena.

Subo las escaleras. Al acercarme a la puerta cerrada el ascenso se vuelve más difícil: el sonido es casi intolerable, el aire se ha vuelto plomo derretido.

La puerta no está cerrada con llave, ya sé, pero el picaporte parece estar al rojo vivo. Quiero posponer ese instante cuando la música y el humo me den de lleno, cuando me encuentre compartiendo la misma habitación, la misma oscuridad contigo. Y con él.

Pero hago rotar el picaporte y entro. La música — los redoblantes — casi me empujan hacia atrás. Cierro la puerta detrás de mí pero no me muevo. Quiero acostumbrarme a la oscuridad más profunda, tal y como un buzo debe descender poco a poco para acostumbrarse a la presión en aumento.

El súbito resplandor de una cerilla: tu perfil, la oscuridad horadada por el punto flamígero. Me acerco a los cojines donde te sientas, cerca del cenicero, cerca de él. Me siento a tu lado. Después de un instante de búsqueda en la oscuridad, encuentro tu mano trémula...

Por lo que parece ser una eternidad permanecemos en la oscuridad, compartiendo los sonidos que salen del tocadiscos y fumando sin cesar. Cuando el disco termina y el brazo regresa, para comenzar de nuevo, hay una pausa, siempre subrayada por el tintineo del móvil japonés.

"Pronto, pero esta noche no", dices con una voz suave, apenas audible sobre las primeras notas de flauta del Bolero. "Ven, déjame enseñarte", susurras al mismo tiempo que me tiras de la mano en la oscuridad. Las varillas joss al pie del pedestal se han convertido en ceniza. Pero él sigue sentado, indiferente al tiempo, a nosotros. Él sabe que controla la situación. Al lado de la ventana se encuentra el inmenso lienzo que ha tomado tanto de tu tiempo, el lienzo que siempre me ocultabas. Pero según tú misma el juego ya está a punto de terminar. Preciso tu silueta en la tenue luz de la luna que entra por la ventana. Buscas el conmutador de la pequeña lámpara sobre el lienzo.

Cierro los ojos.

"Mira", dices. Trato de imaginar lo que representará tu pintura. ¿Qué podía ser tan importante para que abandonaras tus paseos por la playa, tu sueño, para concentrarte solamente en este lienzo, excluyéndolo todo.? ¿Un pez? ¿Un castillo de arena, tal vez? ¿O tal vez un corazón rojo, gigantesco, latiente, eternamente aguardando la daga que lo traspasará?

Abro los ojos.

Bajo la luz veo su cabello blanco, su túnica de seda, las zapatillas negras con hilos de oro. Sus manos han reaparecido. Sostiene un arma cruel: una daga cuyos bordes plateados brillan bajo la luz. A través de la parte superior de sus manos se ve parte del mango pacientemente labrado. Abajo, lo que parece ser una figura durmiente, todavía sin completar. A él le falta la cara.

"Pronto estará terminada"; dices y aprietas mi mano, "ya no podemos retroceder".

Al terminar de decir estas palabras, apagas la luz. Una vez más nos encontramos en las tinieblas, con el crescendo del Bolero. Nos sentamos sobre los cojines, al lado del tocadiscos, de la mesa central con el cenicero que se desborda.

Cada vez que inhalas el resplandor del cigarrillo ilumina tu cara vagamente. Después de un rato, me doy cuenta que todavía lloras.

VII

...está tan claro en mi mente. ¿Crees por un instante que podría olvidarlo? Ese pedazo de carretera está para siempre conmigo, como tú estás siempre conmigo. Cierro los ojos y puedo verlo con todos los detalles: los árboles desnudos, las pocas manchas que quedaban de hierba, el viento aullando entre las ramas sin hojas. Era el final del otoño.

Ya para entonces la playa estaba desierta, excepto por nosotros. Caminábamos por la tarde, estremeciéndonos a veces dentro de los abrigos cuando una súbita ráfaga de viento nos empujaba. Sin embargo caminábamos al lado de la marejada, al lado del océano que había cambiado de un azul intenso a duro gris acero. Seguíamos tratando de descubrir un horizonte que lentamente se había borrado del paisaje, tornándose en un borrón de mar y cielo a medida que progresaba la estación.

A veces me quedaba atrás, caminando lentamente, perdida en las olas que rompían con un despliegue de espuma blanca a unos metros de distancia. Entonces encendía un cigarrillo y suavemente dejaba que el humo se confundiera con el viento.

¿Te he hablado alguna vez de mi juego secreto, silente? No recuerdo cuándo empecé, pero gradualmente se convirtió en un hábito, una segunda naturaleza durante nuestros paseos por la playa. Sabía que caminabas delante de mí, con tu cuaderno de composiciones bajo el brazo, tal vez fumando un cigarrillo. Te daba algún tiempo y entonces te seguía, colocando mis pies exactamente donde habías puesto los tuyos. Pero no podía mirarte — esa era la regla —, mis ojos tenían que estar fijos sobre la arena, en las huellas que tú dejabas atrás. Nunca sabía cuánto tiempo lograría hacerlo. Tú eras tan impredecible a veces que era imposible saber cuándo te detendrías, y yo chocaría contigo.

Jamás puedo ganar.

A medida que seguía tus huellas imaginaba que tú eras él, que en cualquier momento me encontraría mirando tus manos.

Cuando llegaba a la casa me encontraba invariablemente atemorizada, pensando en mi escape, al menos por ese día.

Me apresuraba hacia él y encendía las varillas joss. Su cara impasible lo era todo.

Entonces, cerraba los ojos.

Tu cara está permanentemente grabada en mi mente. Cada facción, cada pequeño estremecimiento de tus párpados, la línea recta de tu nariz. Te he mirado tantas veces, desde tantos ángulos, bajo tantas clases distintas de luz que a estas alturas debiera conocer tu cara. Hasta te he mirado reflejado en

221

un espejo. (No, no he olvidado que fue en un espejo donde nos encontramos por primera vez.)

Te he visto con los ojos cerrados, tu perfil contra el cielo duro y azul del invierno, enmarcado por la ventana. A veces fumas y tus facciones se desdibujan en un suave borrón detrás de las volutas cambiantes. Es entonces que me recuerdas tanto a él. O tal vez tú eres él y yo estoy a tus pies, mirando tu cara mientras entono un canto tenue y hago mis ofrendas, esperando posponer lo inevitable, lo que tarde o temprano se consumará.

Pero, ¿conozco en realidad tu cara? Desde este verano he estado tratando de bosquejarla. Primero era una multitud, donde todo el mundo me daba la espalda. Tú estabas en el centro, mirando hacia atrás. Después eras sólo tú, mirando algo — ¿un cuaderno de composiciones? — y descansando el mentón sobre la mano izquierda. Subsiguientemente hice los bosquejos de muchas formas: sobre el rompeolas, escuchando el jazz, mirando hacia el horizonte desde el ventanal...

Pero sé que todavía falta algo. Hay una cierta cualidad escurridiza que no he logrado capturar. El lienzo permanecerá sin terminar hasta que encuentre el elemento que falta, lo que hace que tu cara sea la tuya y no de nadie más. No eres uno, sino muchos. Mi dilema es elegir cuál de ustedes completará la pintura que le dará significado a esta realidad.

Te vi una vez, este otoño pasado, mientras conducías. Tu cara entonces era tal vez lo más cercano que he visto al efecto que quiero lograr. Tú conoces ese pedazo de carretera, tan recto y angosto, paralelo al mar. La misma sección de la carretera que hemos pasado tantas veces para llegar a la casa.

Como de costumbre mantenías la vista en la carretera, sin prestarle atención a nada más. La radio estaba encendida: jazz; el sol se ponía. Al entrar en la recta, las sombras de los árboles, combinadas con la velocidad creciente del auto, sumergían tu cara alternativamente en sombra y luz. Era un efecto visual que a la postre se tornó como en una luz de strobe. En ese instante — aunque no me di cuenta entonces — casi te volviste otro, casi él.

¿Es posible transferir ese efecto sobre un lienzo, la fluidez de ese momento sobre una eternidad congelada?

¿Es posible preservar un recuerdo? ¿Cuánto tiempo antes de que se distorsione con el pasar del tiempo?

* * *

¿Y si no somos más que una mentira? ¿Es posible que esta realidad — la playa, la casa, las noches de vigilia fumando y tomando café — no sean más que la invención de alguien, de su concepción de lo que debemos ser? Y peor todavía, al tener esos pensamientos, mientras enciendo un cigarrillo, siento pánico porque temo que estas ideas no sean mías, que mis acciones sean en realidad ficticias.

Ha habido noches cuando he tenido visiones, exactamente antes de dormirme. Siento una entidad — nunca logro verlo claramente — que espera hasta que mi resistencia se debilite con el sueño, para poner sus pensamientos, sus sentimientos, en mi cerebro. He tratado anteriormente de pretender que estoy dormido, para sorprenderlo en el acto, pero de alguna forma él parece saberlo y termino persiguiendo una sombra y con insomnio por el resto de la noche. Entonces he ido a la cocina, buscando la estufa de gas en la oscuridad. He esperado que el café cuele mientras fumaba un Marlboro mentolado y miraba la llama azul debajo de la cafetera. El alba me encontraba allí, envuelto en una manta, todavía fumando y tomando la última taza de café.

¿Quién es? ¿Cuál es su finalidad? Cierro los ojos y lo imagino trabajando en una habitación repleta de libros y papeles. Siempre me da la espalda. Puedo ver sus canas en las sienes, brillando suavemente bajo la luz que entra por la ventana, sobre su escritorio. En mi imaginación le grito que se vuelva, que me deje verle la cara por lo menos una vez, pero él sigue escribiendo. Es en ese momento que me doy cuenta de que lo que él escribe, yo hago en ese instante. Me hace desesperar.

Te lo mencioné una vez, durante uno de nuestros paseos por la playa. No me contestaste enseguida, sino que te diste tiempo para digerir mis palabras mientras fumabas un cigarrillo. Habíamos llegado al rompeolas, pero en vez de seguir caminando por la playa, hacia la casa, comenzaste a caminar sobre la negra rocosidad que llevaba al océano.

Yo te seguí.

Cuando no podíamos avanzar más, te volviste. En ese momento había algo cruel en tu cara.

"Eso es imposible", dijiste, "y yo tengo mis recuerdos, y más, para probártelo".

No dijiste más nada. Entonces lanzaste la colilla de tu cigarrillo al océano y comenzaste a caminar por la playa.

No te seguí.

Sí, lo que habías dicho tenía mucho sentido. ¿Cómo poder negar el pasado, un pasado con frecuencia demasiado doloroso para ser olvidado?

(¿Dejaré de oír alguna vez el sonido del teléfono, las noches sin sueño, las horas de espera al lado de la ventana?)

▦   ▦   ▦   ▦   ▦   ▦   ▦

Desde la cocina vi tu imagen desaparecer del espejo. Habías estado sentada al lado de la ventana toda la tarde, trabajando con papel y carboncillo en el desarrollo de lo que yo pensaba era uno de los bosquejos que habías hecho en el muelle durante el verano. La luz que entraba por detrás hacía que tu pelo relumbrara, como si estuviera envuelto en llamas. Las sombras de tus manos, al moverse sobre el papel, creaban irreales, míticos seres sobre la textura de la desteñida alfombra; ávidamente devoraban las cenizas que caían sobre ella. Todo estaba enmarcado por la ventana.

Súbitamente te levantaste y con un gesto de desagrado arrugaste el papel y lo lanzaste sobre el piso. Despareciste, pero yo sabía adónde ibas; momentos después las primeras notas del Bolero de Ravel llenaron la casa. Los rayos del sol que entraban por la ventana fueron momentáneamente filtrados por el humo de tu cigarrillo. Sabía que te encontrabas sobre los cojines, fumando y escuchando el Bolero. Tus ojos estarían cerrados.

¿Qué te había impulsado a desechar el bosquejo con tanta furia? Siempre persistías, hasta que todo estuviese a tu entera satisfacción. ¿Qué podía ser tan importante que no te transarías por nada que no fuera perfecto desde el principio?

Quedé inmóvil en la cocina. Permanecí sentado a la mesa, bebiendo una taza de espresso y leyendo la lata: Paradiso, anuncia orgullosamente.

A medida que aumentaba el tempo de la música, las volutas de humo se hacían más densas, hasta que casi eclipsaron el sol penetrante. Cuando llegó el crescendo final, el humo fue abruptamente barrido y una ráfaga de aire frío entró en la cocina, enredándose alrededor de mis pies como un gato callejero.

Te habías marchado.

Yo tendría que desenredar el enigma, averiguar la causa de tu frustración. Pero todavía no. Me serví otra taza de espresso y encendí un Marlboro mentolado. Sorbí el café, lentamente saboreando su fresco aroma que yo alternaba con el sabor del humo. Cerré los ojos. La música había comenzado de nuevo, martilleándolo todo.

¿Dónde estabas?

Cediendo a un impulso repentino, corrí hacia la ventana. En la distancia, contra el fondo azul del cielo, te divisé parada sobre el rompeolas. No podías avanzar más; el agua rompía sobre las afiladas rocas, a tus pies. No te movías, sino que permanecías al borde del océano, como esperando que algo sucediese.

Era hora.

Sobre el piso, cerca de la base de la estatua, encontré el bosquejo arrugado. Lo abrí lentamente, asegurándome de no rasgar el papel. Ante mis ojos no se encontraba el bosquejo de verano que esperaba, sino un par de manos crueles, blandiendo un arma. Ya no sabía qué pensar; mientras más penetraba en el enigma, menos lo entendía.

Me sentí ligeramente mareado. La música aceleraba. Con un movimiento rápido busqué las cerillas en mi bolsillo. Acerqué la llama a una de las esquinas del arrugado bosquejo. Cuando comenzó a arder, lo coloqué en el receptáculo para las cenizas, cerca de la base de la estatua. Otra vez corrí hacia la ventana. La playa estaba vacía.

¿Te quise alguna vez? ¿O es ésta la palabra que podría describir nuestra relación? En realidad no lo sé. Pero si tuviera que precisar un día, un momento en que me sentí una contigo, tendría que ser esa noche de verano, cuando salimos a un largo paseo en tu auto, y fuimos a dar a una sección deshabitada de la playa.

Habíamos estado caminando sobre el rompeolas, sólo para evadirnos de la otra gente en la casa. Sentía el aire tibio en la cara; hacia el horizonte las nubes súbitamente se iluminaron con los relámpagos distantes. Tu silueta emergió del impredecible centelleo. En ese momento me recordaste tanto a él que era casi como estar de vuelta en la glorieta en penumbras, al lado del estanque en el centro del parque. Cerré los ojos y comencé a pronunciar su nombre, pero me detuve a mí misma en el último momento posible.

Las primeras gotas de lluvia tibia cayeron sobre mi cara, tal vez mezclándose con las lágrimas que no lograba contener al recordarlo. Fue entonces que me di cuenta de que tú jugarías un papel decisivo en mi futuro. Ni siquiera sabía tu nombre, pero en ese momento, en aquella noche lluviosa, era un detalle sin importancia.

El chubasco se acercaba, así que empecé a caminar de regreso hacia la casa. Lo que más recuerdo es el retumbar de los truenos en la distancia. Tú estabas junto a mí, consciente de mis acciones como si fueses mi propia sombra. En la casa podía ver a la gente a través del ancho ventanal que daba al océano. Siempre estaban allí, fumando, hablando, escuchando la música hasta tarde...

Cuando llegamos noté que subías las escaleras, en busca de los otros. Sin saber por qué te busqué y puse mi mano sobre tu brazo. Te detuviste. Durante un momento eterno permanecimos allí, al pie de la escalera. ¿Esperabas, tal vez, una explicación? Entonces bajé la mano y comencé a caminar hacia el auto.

Sabía que me seguirías.

En la oscuridad encontré el Volkswagen y me senté sobre uno de los guardabarros delanteros. Saqué un Marlboro mentolado del paquete que tenía en el bolsillo de la chaqueta militar. Antes que tuviera tiempo para encontrar las cerillas, ya estabas a mi lado, ofreciéndome el fuego. Me acerqué y puse mis manos alrededor de las tuyas, para prevenir que la llama se apagara. Compartimos el pequeño oasis de luz por lo que pareció ser una eternidad. Mis manos estaban trémulas. ¿Qué cualidad poseías, que el mero contacto con tus manos me hacía temblar tan incontrolablemente? Confirmaba lo que ya había sentido hacía meses. De alguna forma entrarías en mi vida — ya lo habías hecho, pero no me había dado cuenta — y la controlarías, al mismo tiempo que yo me rendiría.

La lluvia caía de lleno, así que no había forma de salir de debajo de la casa. No recuerdo si esperaba que hablaras, pero no dijiste nada. Fumábamos y mirábamos la lluvia. De vez en cuando los sonidos de la casa llegaban hasta nosotros a través de la cortina de agua. Creo que era la música de una guitarra mezclada con risas. Pero sobre todo era el sonido de la lluvia. Permanecimos allí por largo tiempo, porque cuando al fin la lluvia se detuvo, se me habían agotado los cigarrillos.

Permanecimos inmóviles.

Después de un rato alguien abrió la puerta arriba y comenzó a bajar las escaleras. No estoy segura si nos vieron o si simplemente no quisieron decir nada. Prosiguieron hasta donde su auto estaba estacionado. Al dar la vuelta, para regresar a la carretera principal, los faros momentáneamente me iluminaron la cara. En la oscuridad subsiguiente sólo logré distinguir las imágenes de los faros, todavía grabadas en mis retinas. Entonces tu cara, la luz de una cerilla, la punta ardiente de un cigarrillo.

"Vamos", me oí decir sin saber por qué o adónde se suponía que nos dirigiéramos. Pero tú parecías haber estado aguardando que yo dijera algo; sin palabra alguna te introdujiste en el auto. Tal vez tenías una idea.

Cerré los ojos. Sentí el empujón contra la puerta.

Sabía que acabábamos de ejecutar el viraje de noventa grados que conducía a la carretera principal.

Te acababa de dejar; tú dormías. Había mirado tu cara un rato, tus ojos moviéndose rápidamente bajo los párpados, tus labios que a veces se entreabrían, como a punto de decir algo, de revelar tu secreto. Pero no dijeron nada, así que apagué la lámpara y te dejé sobre el sofá, todavía con tus pantalones de mezclilla y esa chaqueta militar con la ausente etiqueta donde se supone que aparezca el nombre.

Me detuve en el descanso, debajo del móvil japonés que colgaba de la oxidada pantalla metálica. Miré hacia la inmensa oscuridad del océano; en la distancia se distinguía la luz de un barco... sombras... la punta de un cigarrillo.

(En ese momento no podía evitar pensar en esas noches de verano: otra época, otro lugar. Otra tú.

Ella llegaba a la medianoche y cerraba la puerta sin encender las luces. En la oscuridad lentamente se acercaba al dormitorio, se quitaba la ropa y después se desplomaba en una butaca, al lado de la ventana. Sí, la ventana con el búcaro de flores plásticas y el cenicero de cerámica. Allí se sentaba y fumaba mientras escuchaba el jazz. A veces tarareaba, acompañando el disco. Desde la cama se divisaba su perfil contra la luz callejera que entraba por la ventana...)

La leve luz del barco había desaparecido. Bajé al auto y encendí el motor. Sobre el asiento delantero estaba la cajetilla de Marlboros que habías abandonado. Encendí uno, entonces puse el auto en velocidad y lentamente me encaminé a la senda que llevaba a la carretera principal.

226

La radio estaba encendida. Aceleré hasta que el recuerdo de alguien fumando al lado de la ventana se desvaneció, para ser reemplazado por tu figura durmiente sobre el sofá...

Tantas veces nuestras imágenes jugaron en el espejo. ¿Sería hoy nuestra realidad diferente si nos hubiéramos — aunque sólo por un instante — encontrado en la fría superficie, en el lago de azogue? Sí, hemos jugado, tácitamente pretendiendo que éramos amantes. Pero sabíamos que nuestros cuerpos jamás se encontrarían. Si lo hubieran hecho nos hubiéramos convertido en parte de otra realidad extraña a la nuestra. Nunca nos hubiéramos conocido.

Era una imposibilidad, un juego inofensivo. Tú lo sabes. ¿Cómo era posible que nos tocáramos, cuando él siempre estaba allí, su propia imagen sin manos entre nosotros? Era como si él estuviera aguardando el día en que sus manos resurgieran del suave humo, blandiendo un arma cruel para consumar la conclusión de un ritual esotérico. Hasta entonces jugamos en el espejo. Pretendemos que hacemos nuestra voluntad, que él no está allí, entre nosotros, sujetándonos con su fría mirada.

(¿Y si nuestras imágenes se encontraran? ¿Qué sucedería si cerrara los ojos por un instante, un instante eterno cuando te convirtieras en otra cuya cara trato de borrar de mi mente? Sé que buscaría la daga — un gesto que he ejecutado en mi imaginación tantas veces antes — y lentamente la hundiría en el rojo y latiente corazón bajo tu túnica de seda, hasta que tu cuerpo exangüe exhalara su último suspiro de vida mezclado con una palabra incomprensible que se perdiera para siempre en el viento con el suave tintineo de un móvil...)

Aunque no te vi, sabía que habías entrado. La fracción de la puerta que se encontraba visible más allá de la parte superior de mi caballete me lo comunicó. Parte del humo en la habitación se escapó al exterior y unos momentos después sentí el fresco olor del océano estimulando mi olfato. Entonces la puerta se cerró y te oí entrar en la cocina. Ya conocía el rito de memoria: preparar la cafetera de espresso; colocar tres cucharaditas de azúcar en la taza; la espera parado al lado de la estufa, mirando fijamente la llama azul. Entonces el suave gorjeo del agua hirviendo. Finalmente el tintineo de la cucharilla al dar contra los bordes de la taza mientras revolvías el café.

Después de todo esto, regresarás a la sala, pondrás el café sobre la mesa, cerca del tocadiscos, y te sentarás sobre los cojines. Tu cuaderno de composiciones aparecerá en tu mano, y mientras saboreas el café humeante tratarás de escribir algo. ¿Tendrás éxito? Lo dudo. Todo aquí es demasiado elusivo, demasiado mercurial para poder captarlo con palabras. Mirarás hacia el techo; encenderás un cigarrillo. Cerrarás los ojos. Entonces empezarás a preguntarte acerca de este lienzo, acerca de mi devoción a él durante las últimas semanas. No, no lo comprendes todavía. Sé que puedes ver mis pies descalzos, moviéndose a medida que aplico la pintura. No te atreves a preguntar. Y aunque quisieras, la música del Bolero lo hace imposible.

En un rincón, reflejado en el espejo donde nuestras imágenes han jugado tantas veces, se encuentra él. Silenciosamente acepta la ofrenda ardiente que lentamente se consume a sus pies, al lado de la caja de marfil labrado. Sabe que su hora se acerca.

El disco llega al final. Mi respiración — siempre sucede cuando se acerca el crescendo final — se hace más rápida, más irregular. Lo miro reflejado en el espejo y me siento un tanto débil. Puedo sentir la dureza de sus ojos, siempre tan severos, tan implacables como el cuarzo. Por un instante tengo que cerrar los ojos y recostarme al caballete. El disco llega al final; toda la orquesta se viene abajo, sobre mí. Casi me siento desfallecer.

Pongo a un lado la paleta y tapo el lienzo con un pedazo de tela manchado. Debo salir, caminar, tratar de encontrarlo en la playa desierta.

Mi chaqueta militar cuelga de un clavo en la pared. Me la pongo y atravieso la habitación. Tú duermes sobre los cojines, todavía sosteniendo la pluma y el cuaderno vacío. ¿Te darás por vencido algún día? Tratas de lograr lo imposible. De la mesa tomo una cajetilla de Marlboros mentolados. Apago el tocadiscos.Cuando abro la puerta el sonido del móvil me da la bienvenida al paisaje desolado.

"¿Y si no somos más que una mentira, como los reflejos en el espejo?" me dijiste una vez, después de regresar de uno de nuestros paseos por la playa. Estábamos de pie junto a la ventana, mirando el océano, a nosotros mismos en la superficie engañosa.

(No puedo recordar si te contesté. Tal vez te dije que quizás nosotros éramos los reflejos y el mundo al otro lado podría ser el real. Quizás nosotros repetíamos las acciones que nos llegaban del otro lado, y que todo el tiempo nos habíamos hecho creer que nuestras acciones eran el resultado de nuestra propia y libre voluntad. No lo sé; tal vez dije eso.)

Pero si tuviera duda sólo tengo que mirar en el espejo y abrir mi chaqueta militar. La respuesta está allí, indeleblemente grabada con tinta roja sobre mi propia carne. ¿Cómo es posible que todos mis recuerdos, todo mi sufrimiento, sea una mentira? No, esto no es una mentira sino un callejón sin salida. Al final del túnel todo lo que veo — todo lo que hay — es un par de manos sanguinolentas sosteniendo un corazón latiente.

Todo lo que me ha llevado a ti — a él — ha sido como la analogía del dominó: el estudio de arte; las eternas caminatas por la playa; el parque; el apartamento; la oscura glorieta; el estanque congelado; la carta; la puerta blanca; los paseos bajo las luces de neón; el salón de tatuajes; el viaje en autobús; el espejo sobre el mostrador; la carretera desierta; la casa. Tú.

Y no lo olvidemos a él. Él es la culminación de nuestra lucha para asumir el mando sobre nuestros destinos. O tal vez es la última imagen que llega a las pupilas del condenado cuando la rápida y despiadada cuchilla de la guillotina separa la cabeza del cuerpo. Sí, esa última y desesperada imagen a que uno se aferra tenazmente, tratando de llevársela al otro lado. Tal vez la imagen de una mujer corriendo por la playa, su pelo flotando en la última brisa de la tarde, sus pies salpicando en la marejada, hasta que las negras rocas del rompeolas la detienen. Un hombre la sigue, pero ella no se vuelve. Se arrodilla, sosteniendo una figura moribunda en las manos; camina hacia las olas y la deposita sobre la arena. Las olas la arrastran. Entonces se pone de pie y comienza a caminar hacia una hoguera.

La cuchilla cae.

¿O es una cuchilla? ¿Es posible que hayamos creído un engaño? Tal vez era sólo un espejo que al ser visto desde cierto ángulo decapita a la figura durmiente que refleja. Y sobre el cuerpo, como siempre, se encuentra la figura impávida, mirando, esperando...

Cierro los ojos y te imagino en la ribera de un río. Estás envuelta en una inmaculada túnica blanca que alcanza la tierra. Te mueves lentamente. Sí, contemplas una barca funeral egipcia — cargada de regalos de despedida — que se aleja río abajo por última vez. La sigues con la mirada hasta que desaparece. Levantas una mano, pero no sé si dices un último adiós o si te cubres la cara de los rayos del sol poniente.

Por el tamaño de la barca sabemos que un niño está en ella.

Al volverte la túnica cae al suelo, revelando tu cuerpo desnudo. Bañado en los últimos rayos del sol adquiere un tono de bronce, o tal vez una descripción más exacta sería decir que parece como si estuviera cubierto de una miel oscura.

El punto focal, aún más brillante ahora, es el corazón rojo sobre tu seno izquierdo. Te acercas al borde del agua, seguida de tu cortejo. Se detienen, alzando una tela hecha de fino hilo blanco. Te adentras en el agua, lentamente, sin mirar hacia atrás. Cuando el agua alcanza tu pecho, te vuelves. Tus ojos son ascuas refulgentes en medio de orlas blancas y negras pintadas sobre tu cara.

Levantas los brazos.

El corazón comienza a gotear en el río, la rojez mancha el agua hasta que se convierte completamente en sangre.

El sol desaparece detrás del horizonte.

Caminas de vuelta a la ribera. Tu cortejo te aguarda; colocan el fino lino blanco sobre tu cuerpo. Al absorber la humedad de tu cuerpo, también se torna rojo.

Desapareces, guiada por el cortejo, a través de una puerta blanca.

Cuando la figura no resultó exactamente como yo quería, me impacienté y arranqué la página del cuaderno de bosquejos. La arrugué y la tiré sobre el piso con un gesto de desagrado. Había trabajado toda la mañana, pero no lograba trasladar mis ideas al papel.

Como de costumbre, estabas allí, fumando, bebiendo café y pretendiendo escribir. No sé si notaste lo enojada que estaba. En ese momento en realidad no me importaba, así que guardé el cuaderno y el carboncillo y apagué el tocadiscos. Ni siquiera esperé el crescendo final del Bolero. Asegurándome que tuviese una cajetilla de Marlboros mentolados, salí de la casa.

No hacía viento; esto lo recuerdo porque el móvil sobre el descanso estaba mudo. Abajo el mar estaba tan tranquilo que por un instante creí que se había convertido en una infinita masa congelada.

Sabía que sería inútil volver a trabajar. Había algo que me impedía completar el dibujo a mi entera satisfacción. Tenía que caminar, tratar de pensar en otra cosa — ¿pero qué más había, en realidad? — antes de regresar a la casa.

Ya había rebasado el rompeolas, pero por una razón inexplicable volví sobre mis pasos y comencé a caminar sobre las rocas, hasta que llegué al final. Estaba frente al océano; me senté y saqué un cigarrillo del bolsillo de la chaqueta militar. Encendí la cerilla, protegiéndola — a fuerza de hábito — con mi mano, pero no era necesario. El viento había desaparecido completamente. Era uno de esos días cuando todo está muy callado, muy gris, cuando la sola idea de un sonido rompiendo la monotonía parece impensable.

Traté de mirar el horizonte, pero el cielo y el océano mezclaban su gris, haciéndolo imposible de localizar. Por un instante pensé que el cielo y el océano no eran más que dos espejos gigantescos, frente a frente, creando así un corredor infinito en ambas direcciones. Y yo estaba en medio de todo. Súbitamente un pez saltó fuera del agua; miré los círculos concéntricos hasta que se disolvieron.

Al volverme, automáticamente miré hacia la casa. ¿Te vi — si acaso por un instante pasajero — mirándome? ¿Fue tal vez un reflejo sobre el cristal, o mi propia imaginación? Comencé a caminar lentamente, mirando hacia mis pies, notando cada hendidura en la oscura roca. Recordé el bosquejo que había lanzado sobre el piso. Aunque era ahora sólo una pequeña bola de papel, ¿la habías notado? Y en caso de que sí, ¿lograrías adivinar su significado?En el silencio gris de la tarde los únicos sonidos eran los de mis pies sobre la arena y el del rítmico romper de las olas en la playa. Más allá se encontraba el sitio donde una vez construyera un castillo de arena. Recuerdo haber encontrado un envoltorio de aluminio que usé como estandarte en la torre más alta...

Pero la playa estaba vacía esa tarde opaca. Hasta el sol se encontraba ausente. Miré mi chaqueta militar y vi el oscuro rectángulo sobre la tela desteñida, donde estuviera la etiqueta con el nombre. Pero prefería olvidar.

El muelle no estaba distinto al resto de la playa: desierto. La suave bruma que había descendido había ahuyentando a los pocos turistas.

Oí mis pasos sobre los tablones; devolvían un eco y entonces desaparecían, tragados por la bruma.

Te acabo de dejar. Por horas hemos dado vueltas cerca del océano. Hemos fumado y hemos escuchado el jazz. Pero no te conozco. Estás tan distante como esa primera noche, cuando nos encontramos en la carretera. Yo había estado en uno de los bares del pueblo; estaba aburrido. Ya en la carretera sólo tenía una meta: la casa. Sí, sabía que allí encontraría jazz y café. Eso era todo lo que necesitaba esa noche para poder alcanzar la madrugada. Las multitudes playeras siempre me habían vuelto intranquilo, inquieto. Cada vez que me sentaba en un bar, con la copa delante de mí, tenía la sensación de que era un extraño, que nunca llegaría a comprender las reglas por las cuales esas caras sin nombre regían sus actos. Terminaba saliendo abruptamente, introduciéndome en el auto y alejándome del pueblo hasta encontrar una carretera desierta donde pudiera correr y escuchar la radio...

Al cabo llegaba a la casa, donde podía escuchar el jazz y hablar con gente que tenían las mismas reglas que yo, sin importar lo extrañas o descabelladas que parecieran.

Fue entonces que te vi.

Te encontrabas al borde de la carretera, en la bruma tratando de que alguien te recogiera. Mi primer impulso fue detenerme, y lo hice. Recuerdo el reflejo en el espejo retrovisor: eras una silueta roja (porque yo todavía tenía el pie sobre el freno), que corría detrás del auto. Estuve allí por una eternidad, en la bruma roja que tal parecía solidificada por un conjuro maligno. Cuando estabas a punto de alcanzar el auto, (hasta podía ver tu aliento en la bruma fría) cambié de opinión y poniendo el auto en velocidad me encaminé a toda marcha a la seguridad que me ofrecía la casa. Hasta este día no he podido explicarme por qué huí — extraño que use esa palabra — cuando precisé tu reflejo acercándose en la noche. ¿Fue tal vez un presagio, una advertencia de mi subconsciente? ¿Es posible prevenir lo inevitable, lo que ha estado escrito desde el comienzo del tiempo?

No sé si traté de apartarte de mi mente con la música. Recuerdo haber llegado a la casa y haber encontrado a un grupo hablando de poesía. Tal vez alguien tenía un libro. Me refugié en la música. Al usar los audífonos podía aislarme de todo el mundo y concentrarme en la música, convirtiéndola en la única realidad para mí. Con frecuencia cerraba los ojos.

Pero tarde o temprano — tal y como estaba destinado a suceder — tú me alcanzarías.

La puerta se abrió y estabas allí, en el umbral, la llovizna chorreándote del pelo sobre la chaqueta militar. Me encontré a tu lado, ofreciéndote una taza de humeante café negro, como si te hubiera estado aguardando una vida entera...

La memoria es algo tan impredecible. Tomemos un hecho, presenciado por dos personas, y más tarde sus recuerdos serán distintos. Puedo ser más específica, si quieres. Permíteme usar uno de tus días como ejemplo. Cualquier día.

Llovía. Cuando la tormenta llegó yo caminaba por el muelle, fumando y mirando el mar. Tal vez pensaba en él, en el final... no puedo recordarlo.

No me molesté en correr hacia la casa; sabía que no llegaría a tiempo, que no importaba cuánto me apresurara, que me empaparía. La lluvia arreciaba por momentos. Caía en espesas cascadas que borraban el paisaje. Llegó un momento en que abandoné el muelle en dirección de la playa. La arena estaba pesada, pastosa, y era difícil caminar. La fuerza de la lluvia era cegadora, así que estaba forzada a mirar hacia abajo. Pero hubiera logrado encontrar la casa aunque hubiera estado completamente ciega. Creo que sabía que tú te encontrabas allí. (¿Existía otro lugar para ti en un día como aquél?) La puerta, por supuesto, no estaba cerrada con llave. La abrí y me detuve en el umbral. Tú estabas sentado sobre los cojines, fumando y escribiendo en tu cuaderno. Me miraste y tuve la impresión que te llenabas conmigo, que absorbías mi imagen, grabándola con fuego en tus retinas. Me di cuenta de que me había detenido allí más tiempo del acostumbrado. Cuando finalmente te quité la vista de encima y miré hacia abajo, noté que el agua había goteado de mi pelo y de mi chaqueta militar sobre el piso, donde había formado unos charquitos que lentamente encontraron las irregularidades, llegaron a la desteñida alfombra y penetraron en ella.

Al pasar por tu lado dejé caer la chaqueta militar sobre el sofá. Desde la cocina me llegaba el aroma del café. (Era un buen día para café.) Afuera la lluvia tamborileaba incesantemente en la ventana. Encendí un Marlboro mentolado y me serví una taza de espresso.

Cuando regresé a la sala ya habías abandonado tu lugar sobre los cojines y mirabas por la ventana. Me habías dado la espalda. Me dirigí al tocadiscos y lo encendí después de colocar mi taza sobre la mesa. Me senté. En ese momento la única realidad para mí era la música, la taza caliente de espresso y el suave humo mentolado de mi cigarrillo. Quité la vista de la punta del cigarrillo y te miré otra vez. Tu mano lentamente buscaba el cristal, la parte que momentáneamente había sido nublada por tu aliento.

El disco terminaba.

Entonces sucedió: tu mano alcanzó el cristal y trazó un símbolo que quedó parcialmente ocluido por tu brazo. El crescendo final llegó al mismo tiempo que los relámpagos iluminaban tu cara, que a su vez se multiplicaba en el espejo. Era la máscara blanca del mal que usan los actores del teatro Kabuki.

Pero cuando cierro los ojos lo que más sobresale de ese día no son las imágenes — qué extraño — sino las líneas de un poema que leí en alguna parte, alguna vez, en un libro que encontré accidentalmente:

> Es imposible alterar la soledad
> y cuando oculto mis ángulos fatales
> no es por temor o indiferencia
> es porque camino sin mi sombra
> y no tengo más remedio que aceptar
> los mandatos de mi desolación.

Sé que cuando llegue la hora de rendirme a ti, tendré una sensación de deja vu, de haberlo experimentado todo antes. Me estremezco al sentarme delante de él para hacer mi ofrenda silente. Es casi como haber ido y regresado. Ahora sólo tengo que atravesar ese camino una vez más... yo sé llegar. Pasaré a través de una puerta blanca, a una habitación con luces brillantes en el techo. Las luces son tan fuertes que cerraré los ojos. En el fondo habrá música (una pieza despectivamente repetitiva) y el tintineo de un móvil. Abriré los ojos; en el círculo de luz veré las manos una vez más, sosteniendo los instrumentos de acero que más tarde serán desechados sobre una bandeja, produciendo un sonido metálico que se disolverá por los pasillos.

La delgada figura detrás de la luz portará una túnica de seda. Su pelo blanco se mezclará con su barba. En los pies llevará zapatillas negras con hilos de oro. Cuando se me acerque tendré miedo y trataré de pensar en otra cosa.

(...un parque en la primavera, con árboles y flores. En el centro hay una glorieta donde las parejas han grabado sus nombres en la suave madera. Más allá, rodeado de árboles con hojas nacientes, un estanque. Lo acaban de llenar. En el agua fresca las figuras rojo vivo nadan perezosamente. De vez en cuando aparecen en la superficie para atrapar un pedazo de pan que uno de los muchos niños que visitan el parque ha tirado al agua. Es un día ideal. La música de una radio me llegará; una pareja joven, de picnic, la disfrutan. Él tiene el pelo negro y corto; lleva uniforme. Ella es rubia y delgada, y tal vez tiene un poco de frío en ese día de primavera. Él nota su leve estremecimiento y se quita la chaqueta militar. Ella se la coloca sobre los hombros. Desde la distancia lo que sobresale es la blanca etiqueta, sobre el bolsillo, ostentando el nombre indistinguible.)

Cuando llegue a este punto pestañearé, tratando de disminuir la incomodidad de las luces cegantes. Veré lo que parece ser una chispa, un súbito destello que viene de tus manos. Al acercarte, casi me puedo ver reflejada en el frío y cruel acero de la hoja. Pero tú no te detendrás; ya es demasiado tarde, o mejor dicho, ya es hora de consumar lo que ha sido ordenado desde el principio del tiempo. La hoja ahora estará tan cerca que tendré que cerrar los ojos otra vez; me abandonaré al sonido de la música y del móvil. Pensaré en ti a medida que sienta la primera caricia del despiadado acero en mi corazón tatuado...

VIII

...y sentí el ligero empujón de la inercia, lanzándome contra el costado del auto. Tenía los ojos cerrados. Entonces sentí el viento, mezclado con el olor a tierra mojada, sobre la cara. Sabía que atravesábamos ese pedazo recto de carretera que se alejaba de la casa, del pueblo. Después de unos minutos el sonido de la radio invadió el auto.

Jazz.

El gemido melancólico de un saxofón llenó el auto, se mezcló con el viento, hasta que fue reemplazado por una marimba... sabía que estabas ajeno a mí, a todo lo que te rodeaba excepto la música y la velocidad. No puedo recordar cuánto tiempo estuvimos en el auto, pero debió ser bastante. En el portaguantes encontré una cajetilla nueva de Marlboros mentolados. Encendí el primero y por un instante me pregunté qué hacía allí, en un auto con un extraño, en esa carretera desierta al lado del mar.

(¿Pensé en ese momento en todo al mismo tiempo? ¿Apreté mi mano sobre ese rectángulo de la chaqueta militar donde su nombre había estado, buscando tal vez el indeleble corazón que se encontraba debajo? No lo sé. Pero sí supe entonces que estaba donde se suponía que estuviera, en ese callejón sin salida donde tú y yo estábamos destinados a encontrarnos desde el principio del tiempo.)

Cuando abrí los ojos ya tú habías detenido el auto. Los únicos sonidos eran los de la radio y el del viento al entrar por las ventanillas. Abrí la puerta y me bajé. Las nubes que cubrieran el cielo habían desaparecido; una luna solitaria brillaba sobre el océano. Comencé a caminar en la marejada; sabía que me seguirías. Me detuve y me volví. Sin decir palabra saqué un cigarrillo del paquete y te lo ofrecí. Lo aceptaste y entonces tomaste el mío de entre mis labios y uniste las puntas, al mismo tiempo que inhalabas.

La radio todavía estaba encendida; fumamos y escuchamos la música. A medida que nos alejábamos del auto el sonido de las olas rompiendo inexorablemente ahogó la música, hasta que la convirtió en la mera sugerencia de un susurro que traía el viento...

En la distancia, creciendo por momentos, se levantaba un paredón de rocas negras que desaparecían en el océano. No podía avanzar más. Me senté.

(Entonces pensé en él, en el parque, en el sobre con el dinero, en la puerta blanca, en el sonido de los instrumentos de acero sobre la bandeja de metal, en la música, en el salón de tatuajes, en el viaje en autobús. En ti.)

Te habías sentado a mi lado, mirando directamente hacia el océano y fumando. Puse mi mano sobre la tuya y susurré, más hablando conmigo misma que contigo, "Es el fin". Instantáneamente después de haber pronunciado esas palabras me sentí enojada conmigo misma, por haber permitido que ese momento de debilidad sucediera. Me puse de pie abruptamente y comencé a caminar de regreso al auto. Creo que me guiaba más la música que la vista. Al llegar, me senté y te esperé. Apagué la radio y encendí un cigarrillo.

Me agradaba el silencio.

Durante el viaje de regreso mantuve los ojos cerrados. Las imágenes me llegaban al interior de los párpados como proyectadas sobre una pantalla cinematográfica. El empujón lateral y la súbita disminución de velocidad me indicaron que habíamos abandonado la carretera principal y ya estábamos en el camino sin pavimentar que conducía a la casa.

El motor murió.

Abrí los ojos.

En la distancia la negra silueta del rompeolas apenas se divisaba. Después de un rato me bajé y me encaminé escaleras arriba. Momentáneamente me detuve en el descanso. No sabía si mirar hacia el océano o hacia atrás, para asegurarme de que me seguías.

Como de costumbre, la puerta no estaba cerrada con llave. Entré y encendí la lámpara, al lado del tocadiscos. Me senté en el sofá. Detrás de mí te sentí entrar; me pasaste por el lado y entraste en la cocina. Había sido un día extraño. Me recosté sobre los cojines y cerré los ojos. Lo último que recuerdo es el sonido del agua hirviente en la cafetera...

No nos queda mucho tiempo. Tengo este presentimiento, como si las inminentes alas del destino nos fueran a cubrir de un momento a otro. Ahora me doy cuenta de que es imposible huir, que el pasado y el presente están comprimidos irrevocablemente, convirtiéndonos en lo que somos, o en lo que pensamos que somos. Sé que es tan fácil (o a veces hasta inevitable, si deseamos mantener la cordura), engañarnos y hacernos creer lo que sea más fácil de aceptar para nosotros.

¿Fue ése mi caso la primera vez que vine a esta casa? ¿Creí en realidad que podría escaparme de mí mismo? Parece que hace tanto tiempo; me siento tan viejo a veces.

...cierro los ojos y veo las luces a los lados de la carretera, invitándome a parar. Entonces la oscuridad y la música y el sonido del motor a lo largo de la noche entera. Un pueblo, un letrero de neón, un cafetín. Aunque la noche estaba fresca, el aire acondicionado estaba encendido, convirtiendo la atmósfera del cafetín casi fría. Pedí café; dos, tres tazas, no puedo estar seguro. Creo que había un hombre leyendo el periódico. También recuerdo un espejo.

Dejé el pueblo atrás y pronto estaba en la carretera de nuevo, a noventa, cortando el resto del manto de la noche con la presión sobre el acelerador. Al rato había llegado al camino sin pavimentar que conducía a la casa; cambié de velocidad y abandoné la carretera principal. Al llegar a la casa estacioné el auto debajo de ella y me quedé allí un rato, fumando y escuchando la radio. Las primeras señales de la madrugada ya aparecían, pintándolo todo con su luz irreal, lechosa. Me bajé del auto y comencé a caminar; me encontraba

236

abrumado por la inmensidad del océano, por la quietud del paisaje. El único sonido era el de la marejada al romper sobre la playa.

En la distancia se divisaba la masa de rocas negras que se perdían en el mar. La convertí en mi meta. Cuando la hube alcanzado, en vez de atravesarla y continuar caminando por la playa, decidí llegar hasta el punto donde se sumergía en el mar. La marcha era lenta, ya que el rompeolas estaba lleno de hendeduras y la falta de luz hacía la tarea más ardua. Me debe de haber llevado casi una hora avanzar el medio kilómetro que la roca penetraba en el océano. (Un negro e infinito arpón incrustado en el costado de una ballena sin fin.)

Entonces pensé en todo lo que había dejado atrás — en ella — y en un momento de rebelión me quité el reloj y lo lancé al océano, lo más lejos que pude...

Recordando ese instante me doy cuenta que en realidad no era tan distinto a éste. Soy yo quien es diferente, más viejo. Y el momento de exuberante euforia, de triunfo que sentí entonces se ha convertido en el sabor de cenizas frías en mi boca...

Lo que viste hoy fue una de las primeras señales de la primavera. Habías corrido por la playa, salpicando en la marejada, en contra del viento y hacia el rompeolas. Tu pelo flotaba en la suave brisa. Pero súbitamente te detuviste; habías visto algo que para ti acarreaba un significado especial.

Cuando por fin te alcancé, te arrodillabas sobre la arena. Estabas de espaldas a mí; sostenías algo en las manos. Sabía que llorabas. Me quedé allí, detrás de ti, sin decir nada. Sabía que me habías oído; también sabía que no había nada que pudiera decir. El sol se hundía en la línea del horizonte. Te pusiste de pie y comenzaste a correr hacia la casa, para encontrar un refugio en la música, en el humo. En él.

Pero yo no quería correr tras de ti. Todo hubiera sido tan sin sentido, tan fuera de lugar. Sabía dónde estarías; sabías que tarde o temprano llegaría a ti. Siempre ha sido así; ahora ya lo sé.

El sol casi había desaparecido en el horizonte. Alguien había hecho una hoguera; en la playa siempre hacía fresco en primavera. A medida que te acercabas al fuego tu sombra se volvió más larga, más siniestra. Llegaste al grupo reunido alrededor de la hoguera y pasaste por su lado sin decir nada. La fogata quedaba ahora atrás, y al alejarte tu figura se convirtió en un punto luminoso sobre un fondo negro, perdiendo intensidad hasta que desapareció en la noche.

Podía imaginarte subiendo las escaleras, todavía con las lágrimas corriéndote por las mejillas. En la oscuridad te sujetarías del pasamano y harías una pausa en el descanso, bajo el móvil japonés que cuelga de la pantalla metálica. Es posible que te volvieras, tal vez buscándome, esperando que estuviera detrás de ti. Pero sólo verías — a través de tus lágrimas — un punto de luz borroso, perdiendo intensidad a cada instante. Entonces seguirías escaleras arriba, hasta encontrar el tocadiscos en la oscuridad: el Bolero de Ravel. A la vez que las primeras suaves notas surgieran del aparato, irías hacia él, hacia el pedestal donde se sienta impasible, por encima de todo lo que lo rodea. Entonces el resplandor de una cerilla iluminaría tu cara contorsionada por un instante. Las varillas joss brillarían en la oscuridad; tú fumarías hasta el amanecer.

Tal vez hasta me esperarías.

Cuando desperté a media noche sabía que algo no andaba bien. Tenía una sensación oprimente en el pecho... en la noche el único sonido era el del viento, jugando suavemente con el móvil japonés. La luz de la luna entraba por la ventana, proyectando sombras irreales sobre las paredes, bañando en plata líquida la estatua sentada. ¿Dónde estabas? ¿Te habías marchado de nuevo, o es que no habías regresado todavía?

Cediendo a un súbito impulso corrí hacia la ventana. En la playa, bajo la luz platerescas, distinguía un punto oscuro que lentamente se alejaba de la casa...

Cerré los ojos... sí, ya recuerdo, el calor de tu mano en la mía, la última brisa de la tarde sobre tu cara. El sonido de las olas. Te miré con el sol poniente como fondo; quería seguirte, pero me movía en cámara lenta. En tu carrera tropezaste con un castillo de arena, abandonado por los últimos niños en la playa. Su estandarte de papel de aluminio reflejó el sol poniente a medida que la marejada lo barría. Cuando llegaste al rompeolas te detuviste; todavía me dabas la espalda.

Te arrodillaste y recogiste algo de entre las hendeduras de las rocas.

No sé cuánto tiempo me llevó llegar a ti, horas, tal vez siglos. Cuando por fin te alcancé te volviste, con tus brazos extendidos hacia mí.

"Mira", dijiste. En las manos, todavía latiendo, se encontraba un corazón sanguinolento. Tu cara ostentaba dos líneas rojas y paralelas que brotaban de tus ojos. Te acercaste a la marejada, te arrodillaste de nuevo, y depositaste el corazón latiente al borde del agua al mismo tiempo que pronunciabas una palabra que se confundió con el sonido de las olas y fue barrida por el viento antes de que pudiera captarla.

El sol había desaparecido detrás de la línea del horizonte. Te incorporaste y sin reconocer mi presencia empezaste a caminar hacia la casa. En tu camino alguien había hecho una hoguera. Tus pasos se volvieron más rápidos, hasta que yo quedé atrás, en las sombras a medida que tu desaparecías en las llamas que te devoraban.

Corrí, pero no era exactamente como correr; se sentía tal vez como cuando una corriente profunda lo atrapa a uno en un río aparentemente apacible. El fuego se había convertido en el ojo del vórtice: lo atraía, lo succionaba todo a su alcance. Entonces hubo luz/oscuridad/música: me encontraba al pie de la escalera. El sonido de los redoblantes que me llegaba de arriba era casi intolerable. Sin mirar sabía que la puerta estaba cerrada, pero sin llave; también sabía que tenía que ascender en tu búsqueda, encontrarte en la oscuridad. Esperé; todavía no estaba listo. Los redoblantes se combinaban con el batir de las olas para crear un ruido casi intolerable.

Subí las escaleras. Abrí la puerta. El sonido de la música y el humo denso me dieron de lleno: el Bolero de Ravel y Marlboros mentolados. No eras más que una silueta rodeada de un tenue resplandor... las varillas joss se quemaban.

En la oscuridad encontré tu mano trémula. Me guiaste hasta donde se encontraba el lienzo, al lado de la ventana. La pintura misma parecía fosforecer, o tal vez parecía estar rodeada de un frío halo de fuego.

Tú te encontrabas sobre el lienzo, tus senos al descubierto en primer plano. El corazón rojo captó mi atención. Pero había algo diferente, algo horripilante. Él, también, estaba sobre el lienzo; sus manos habían retornado y sostenían una daga que lentamente perforaba el rojo corazón sobre el seno izquierdo.

Llevaba un atuendo extremadamente trabajado.

Miré su cara.

Por un instante no supe dónde estaba; tenía los ojos abiertos. Me di cuenta entonces que me encontraba sentado en la cama.

▦　　▦　　▦　　▦　　▦　　▦　　▦

Es un día brumoso; el horizonte ha desparecido y la playa está vacía. He caminado durante horas. Cuando regreso a la casa ya te has marchado. Me dirijo al tocadiscos y pongo el Bolero; en la cocina hay café, todavía caliente, así que sé que te has marchado hace poco. Me sirvo una taza y regreso a la sala. El ritmo del Bolero es el único sonido en la casa; enciendo un cigarrillo y voy hacia él. Es hora de la ofrenda; saco las varillas joss de su caja y entonces me acerco al receptáculo en la base de la estatua. Pero hay algo fuera de lo común; hay cenizas frescas, no las que dejan las varillas joss, sino de papel. En una esquina del receptáculo, apenas visible, hay un pequeño pedazo que ha sobrevivido el fuego. Lo saco. No, no hay duda, es parte del bosquejo que yo hubiera arrancado de mi cuaderno y arrugado en mi impaciencia. ¿Cuál fue tu reacción inicial? ¿Ya has desenredado el enigma? ¿Te dijeron algo las manos?

Pronto, como el ave Fénix, esas mismas manos surgirán de las cenizas para consumar el acto indecible que ha sido ordenado desde el principio del tiempo. Aunque quisiéramos no podríamos cambiar un solo movimiento, un solo suspiro, un solo reflejo de esa ceremonia en la que seremos los actores principales...

He encendido las varillas joss; sus puntas brillantes se han convertido en el punto focal de la habitación. Me concentro en ellas hasta que logro excluir todo lo que me rodea. Me siento lejana, como si fuera una espectadora desinteresada de los sucesos que pronto se desarrollarán...

¿Lograré mantener la calma hasta el final, hasta el instante en que vea las manos surgiendo de las cenizas y sosteniendo la daga a medida que lentamente penetra en el rojo y latiente corazón? O tal vez tendré miedo, querré huir, pero ya para entonces será demasiado tarde y las manos serán lo único que llenen mi campo de visión... hasta el reflejo en el espejo desaparecerá. De fondo -tal vez ahogando el grito que se mezcla con un nombre — se oirá la música enloquecedora del Bolero.

Sobre la humedad del cristal trazarás un símbolo.Afuera, el móvil japonés sonará en el viento.

No puedo estar segura de lo que siento por tu cara; casi se ha convertido en una obsesión. Debo dominar cada una de sus facciones. Es la única forma en que lograré trasladarla al lienzo. El total será mayor que la suma de sus partes. Pero si voy a tener éxito debo recrear los hechos principales:

Primero: Sí, me doy cuenta que nuestro primer encuentro no fue directo, sino en la fría superficie de un espejo sobre el mostrador en el cafetín. Qué ajena me encontraba ese día de cuánto perseguiría tu cara — tu imagen — hasta el punto del embrujo.

Cada detalle está grabado en mi mente: el sol saliente después del viaje en el autobús, la estación, el cafetín, la taza humeante de café. Tus ojos.

No sé si me di cuenta completamente del significado de ese segundo. Fue la bisagra en que la carga de mi vida se apoyó.

Segundo: Había llegado a la casa por primera vez — estaba mojada y tenía frío; el agua corría de mi pelo hacia el cuello de mi chaqueta militar. Tú estabas allí, saliendo de la cocina con una taza de espresso en la mano. ¿Fue una mirada de reconocimiento lo que noté en tu cara cuando me entregaste la taza humeante? ¿Habías ya empezado a sospechar cómo se desarrollarían los hechos? ¿Era tu sonrisa tal vez una de complicidad, como si compartiésemos algo misterioso y trágico al mismo tiempo?

Tercero: Recuerdo tu expresión de disgusto al darte cuenta del letrero — "NO FUMAR" — que colgaba de la pared trasera. Fue el día en que encontré el móvil japonés. Pero te había abandonado y comencé a deambular entre las conchas de mar y las cabezas de monos hechas de cocos secos. Entonces te vi de nuevo. Esta vez tu cara estaba cortada por la afilada hoja de una espada samurai. Me sentí electrizada. Al cambiar ligeramente de posición lograba ver las partes individuales de tu cara reflejadas en la hoja: tus ojos y cejas eran, al aislarlos del resto de tu cara, los de un animal salvaje que ha sido momentáneamente apaciguado con más que suficiente de comer, pero que al sentir hambre de nuevo matará sin vacilación. Se te ensancharon las aletas de la nariz a medida que inhalabas el olor que contaminaba el aire de la quincalla — barniz, laca, incienso — y que el aire acondicionado era incapaz de eliminar completamente. Tu boca era una mueca (no es exactamente lo que quiero decir, pero no puedo ser más exacta), tal vez no era sino una muestra de desagrado acerca de algo que yo nunca sabré.

Entonces pestañeé y tu cara desapareció de la pulida hoja; en su lugar encontré la mía.

Cuarto: Llovía: final del verano. Estaba reclinada en los cojines, escuchando el Bolero de Ravel y fumando un Marlboro mentolado. Tenía tu cenicero de cerámica sobre mi estómago. Ya casi oscurecía, pero no nos habíamos molestado en encender la luces. De vez en cuando la habitación se iluminaba con el resplandor de los relámpagos. Estabas de pie al lado de la ventana, mirando la lluvia caer en el océano. Me habías dado la espalda. Permanecimos así por mucho tiempo; ya era casi de noche. El disco concluyó y comenzó varias veces. Durante los intervalos de silencio se oía la lluvia sobre la ventana. Entonces sucedió: levantaste la mano a esa sección del vidrio que se había empañado con tu aliento y dibujaste un símbolo. Fue entonces que vino el relámpago, pintando tu cara de un blanco azuloso que vi reflejado en el espejo al lado de la ventana. Sí, me doy cuenta que sólo duró una fracción de segundo, pero fue más que suficiente. Ese momento quedó paralizado, congelado para siempre en mi mente. El momento recordaba la imagen del maquillaje blanco — el mal — que usan los actores del teatro Kabuki. Tu cara era dura, esculpida de granito. Cierro los ojos y todavía te veo en la oscuridad.

Quinto: ¿Cuántas horas habías pasado escribiendo en el cuaderno mientras yo pintaba y escuchaba la música? Sería imposible de determinar. Pero tú estabas allí; yo estaba allí. Y él también.

Yo había puesto los pinceles a un lado. Me dirigí al pedestal donde él se encontraba, mirándolo todo con sus ojos de cuarzo. De una caja laqueada tomé las varillas joss. Después de encenderlas en el receptáculo de la base de la estatua, dejé escapar un suspiro. El humo comenzó a flotar hacia el techo. La imagen que tenía en frente se hacía más difusa; tenía los ojos casi cerrados. A través de las pestañas podía ver su cara. Permanecí así hasta que se consumieron las varillas joss. Sabía que todavía estabas allí, detrás de mí, sentado sobre los cojines con tu cuaderno.

Me volví.

Por un instante no supe si tú tenías su cara, o él la tuya, o si las dos eran la misma. El humo que ascendía de tu cigarrillo había creado un efecto extraño. Pero cuando traté de explicármelo, ya todo había pasado. Había durado una fracción de segundo, pero había sido lo suficiente duradero para darme una pista cuyo significado no pasaría desapercibido.

Sexto: ...nos habíamos refugiado debajo de la casa, donde el automóvil se encontraba estacionado. La lluvia caía en cascadas. De vez en cuando los sonidos de arriba llegaban a nosotros: una risotada súbita; el sonido penetrante de una trompeta; una voz solitaria recitando un poema olvidado. No entré en el coche, sino que me senté sobre uno de los guardabarros delanteros, fumando y escuchando la lluvia. Las palabras no eran necesarias; ya estábamos más allá de ellas. Saqué otro cigarrillo del paquete medio vacío, pero después de unos momentos de búsqueda infructuosa en los bolsillos me di cuenta de que se me habían acabado las cerillas. No me había percatado de que me mirabas. Encendiste una cerilla y me ofreciste el fuego. Instintivamente coloqué mis manos alrededor de las tuyas, para evitar que se apagara la llama. Fue entonces que miré en tus ojos, mientras nuestras manos se tocaban y nosotros compartíamos el fuego. Supongo que fue la combinación de luz y sombra, sumada a la proximidad de tu cara, lo que hacían tus facciones únicas, lo que la fijó en ese momento del tiempo por una eternidad.

Séptimo: Habíamos estado caminando por la playa durante el crepúsculo. El sol se ponía, lentamente hundiéndose detrás de la línea del horizonte. Corrí, haciéndole frente a la última brisa de la tarde y salpicando en la marejada. Cuando llegué al rompeolas me detuve. Allí, en una de las lagunillas creada por la marea, se encontraba un pez moribundo. Su cuerpo había sido mutilado por los cangrejos. Me arrodillé al lado de la hendidura, sin saber si debiera sacarlo o abandonarlo para que muriera allí. Ya entonces sabía que estabas detrás de mí, mirando hacia la lagunilla. Lentamente introduje las manos en el agua. Por un instante mi cara se reflejó sobre la superficie, sobre el pez moribundo. Entonces tu cara estaba allí, sobreimpuesta en la mía, en el pez, hasta que todos se unificaron antes que mi mano quebrara el reflejo al entrar en el agua...

Al fin soy libre. A través de ti me he dado cuenta de mi fracaso, de la absoluta futilidad de mis actos. ¿Creí en realidad una vez que lograría exorcizar los demonios con una inútil pluma y un cuaderno en blanco? ¿Fui tan inocente en pensar que lograría deshacerme de mis recuerdos simplemente dándole la espalda a todo y viniendo a esta playa? No hay dónde esconderse, sólo los largos silencios donde uno puede refugiarse y hacerse creer que todo está bien. Pero esas pausas son demasiado frágiles, como burbujas en el viento. Tarde o temprano deben romperse y el vacío quedará abruptamente cancelado por el torrente de la realidad. ¿Qué hacer, excepto abrir los ojos y continuar?

Ya sé lo que se me ha destinado; he visto la pintura terminada y comprendido su significado: las manos ausentes; las armas en la caja de marfil labrado; tu búsqueda de mi cara. Mi cara. Porque es mi cara la que ha completado la pintura. Sin saberlo se ha ido efectuando en mí una sutil metamorfosis desde ese primer día en que nos encontramos en el espejo sobre el mostrador. Tú habías interpretado los signos correctamente desde el principio. Sabías que tarde o temprano estaría listo para consumar lo que está ordenado. Era yo quien me desplazaba en la oscuridad, dando tumbos contra los símbolos que no lograba interpretar, omitiendo lo obvio y pensando que escribía algo especial, que fijaba esos hechos que entonces parecían importantes, pero que ahora — como si una venda se me hubiera caído — me doy cuenta eran los más triviales.

La pluma se volverá una daga; llevaré una túnica de seda y zapatillas negras con hilos de oro: seré él. Con manos trémulas harás una última ofrenda a él/mí. Las manos de la estatua habrán reaparecido, blandiendo una de las armas de la caja de marfil. No hablaremos; en ese momento las palabras serían un sacrilegio. Con movimientos lentos te dirigirás al tocadiscos; tu mano ceremoniosa guiará el brazo sobre el disco. Tus pies descalzos no producirán sonido alguno en la alfombra. Entonces, mientras te reclinas yo encenderé el pequeño reflector que tú usabas para iluminar tus lienzos. El súbito resplandor te hará parpadear, cerrar los ojos, te cegará de momento. Serás la única realidad en la habitación oscura. La música del Bolero aumentará de volumen, más instrumentos repetirán el infinito refrán. Haciendo un esfuerzo abrirás los ojos, pero sólo verás mis manos en el círculo de luz. Con un movimiento lento, ceremonioso, abriré tu túnica escarlata; sus dorados arabescos sugerirán secretos antiguos. Allí, bajo la luz cegante, el corazón rojo sobresaldrá sobre la blancura marmórea de tu piel. La visión será extática y horripilante a la vez.

Tus pechos se estremecerán obedeciendo el ritmo de tu respiración. Tus labios se entreabrirán, pronunciarán una palabra que podría ser un nombre, una invocación ceremonial o un suspiro mezclado con el pavor de ese último instante, cuando la realización de que no hay marcha atrás llegue al fondo de tu mente. Entonces cerrarás los ojos otra vez y tratarás de pensar en otra cosa, abandonándote al éxtasis del momento, a la fría caricia del acero sobre tu corazón...

Todos los signos anuncian el final: afuera ya los árboles se han cubierto con su atuendo primaveral; deben seguir los ciclos de las estaciones para estar en armonía con la naturaleza. Al fin la pintura está terminada; he logrado trasladar la elusiva cara, con todos sus detalles, al lienzo. No existe razón alguna para demorar lo inevitable.

Sé que existe un momento en la vida de todo el mundo — casi siempre un momento que viene y se va más rápido que el pestañear de un ojo — cuando todo adquiere una perspectiva clarísima, total. No es hasta entonces que nos damos cuenta que hemos estado, hasta ese momento, percibiendo la realidad fuera de foco. ¡Qué deslumbrante, qué exquisitamente horrendo ese momento! Es como si con un chirrido los inmensos engranajes del tiempo se detuviesen y entonces uno pudiera, a su libre albedrío, incorporar la esencia misma de las experiencias, trascendiendo todas las limitaciones físicas. No es hasta ahora que empiezo a comprender un poema que leí en ese libro que alguien sin nombre olvidó detrás de los cojines del viejo sofá.

PUEDO DETENER EL TIEMPO
Puedo detener el tiempo
arañar el cielo
calentarme en el centro de esta hoguera
filtrarme entre los granos de arena
entenderme con la espuma y la sal
predecir el trayecto del pez
descifrar el graznido de las gaviotas
echar esta enorme red
donde tiembla plateada anhelante
la Pregunta.

...donde tiembla plateada anhelante la Pregunta. Ya casi es la hora. Todo será contestado, calculado. El acto final lo balanceará todo.

He tenido miedo antes, en un momento de debilidad en la noche. Pero ahora todo ha pasado. Sólo queda una sensación de vacuidad, como si una marea dentro de mí se retirara. Pronto nosotros — tú, él, yo — convergeremos para ese último momento de revelación. Ya has visto el lienzo terminado y lo has interpretado correctamente. El acto final nos liberará, nos dará realidad.

Enciendo un Marlboro mentolado y pongo en marcha el tocadiscos: el Bolero de Ravel. Miro hacia el mar, hacia la playa. Ya casi es hora del último paseo...

...pero sobra todo quiero preservar el recuerdo de este momento cuando cada detalle es de una importancia absoluta. Inhalo el aire fresco del mar; siento el calor de tu mano en la mía; miro el sol lentamente hundiéndose detrás de la afilada hoja del horizonte. Mientras caminamos la implacable marejada borra nuestras huellas instantáneamente. Arriba podemos oír las gaviotas huyendo de la oscuridad inminente. Excepto por unos niños, la playa está casi desierta a esta hora. Nos miran con un interés pasajero, entonces concentran de nuevo su atención en sus castillos de arena.

Pero tu mano, resbaladiza como un pez fuera del agua, súbitamente se escapa de la mía y tú corres hacia el viento, salpicando en la marejada, tu pelo flotando en la última brisa del día.

No te sigo.

Me quedo atrás a propósito, mirando tu pelo flotar en el viento, tus huellas que las olas borran de inmediato, la marea que se acerca. Al llegar al rompeolas que desaparece en el océano, te detienes.

No me doy prisa.

De alguna manera sé que permanecerás allí, mirando lo que ha detenido tu carrera por la playa. Posiblemente algo que pasaría desapercibido para la mayoría de la gente. Siempre has sido así.

"Mira", dices señalando una hendidura entre las rocas que la marea empieza a llenar.

Es inútil. ¿Para qué? Ya lo he visto demasiadas veces, hasta antes de haberte visto a ti. Te arrodillas al lado de la poceta, y por un instante siento tu indecisión. Pero lo recoges — todo el tiempo de espaldas a mí — y después caminas hacia la playa y lo depositas sobre la arena. Tus movimientos me recuerdan los de una sacerdotisa antigua al hacer una ofenda a un dios ya olvidado.

"Es lo menos que puedo hacer", dices todavía sin mirarme. Sé que lloras.

La oscura silueta desaparece, barrida por la blancura de sudario de la marea implacable.

Atardecer.

Sentada en la arena, con la marea rítmicamente acariciándote los pies y el océano de fondo, súbitamente me pareces más pequeña, casi insignificante.

Anochecer.

Más allá en la playa, directamente en nuestro camino, alguien ha encendido una hoguera. Te echas el pelo hacia atrás y empiezas a caminar. Sé que regresas a la casa. A él.

Al acercarte a la hoguera tu sombra — porque eso es todo lo que eres en este instante — con cada paso se vuelve más larga, más siniestra, hasta que finalmente me traga, me borra del paisaje.

Ya entonces has llegado al fuego. Te has vuelto visible; te has vuelto tú otra vez.

Yo, también, alcanzo el fuego. Los allí reunidos no me dignan más que una mirada involuntaria, como a las personas en trenes de paso: gente que uno no volverá a ver jamás.

Tú eres ahora un punto luminoso sobre un fondo negro, perdiendo intensidad al alejarte del fuego.

Yo lo soy todo.

Y al seguirte, gradualmente alejándome de la luz de la hoguera, mi sombra se hace más larga, más siniestra, hasta que finalmente te traga, te borra del paisaje.

⸎　⸎　⸎　⸎　⸎　⸎　⸎

...y lentamente llego al descanso de la escalera. De la oxidada pantalla cuelga un móvil japonés. De fondo, implacable, el perenne sonido de las olas.

El tintineo del móvil lo subraya todo.

Enciendo un cigarrillo y espero lo inevitable.

La hoguera en la playa se ha extinguido. Su único recuerdo se encuentra en la punta de mi cigarrillo...

Subo las escaleras; llego a la puerta y entro. Adentro todo está oscuro, silencioso.

Ya es hora.

Busco la perilla del reflector sobre la pintura y lo enciendo. Él está allí, impasible, listo a perforar el corazón de la figura reclinada con la afilada daga. Tiene mi cara. Una cara tal vez vista a través de una leve cortina de humo y cruzada por secciones alternas de luz y sombra. Los ojos parecen fosforecer.

Al lado del pedestal se encuentra la caja de marfil labrado. La abro y saco las manos con presteza. Las inserto en las negras cavidades de las mangas. Sostienen una daga.

Las varillas joss ya están encendidas.

El tocadiscos aguarda. Lo enciendo y coloco la aguja en las primeras estrías: el Bolero de Ravel.

Sobre una mesa pequeña, al lado de la estatua, encuentro la túnica de seda cuidadosamente doblada. Lentamente me la pongo. Las zapatillas están allí también, sus hilos de oro refulgiendo bajo la luz del reflector. Sobre la mesa hay un estuche de madera. Adentro, descansando sobre el forro de terciopelo negro, una daga.

Ven, no tengas miedo. Coloca la cabeza sobre este cojín mientras yo ajusto la posición de la luz... sí, quiero que seas la única realidad en la habitación. La luz es tan brillante que me fuerza a cerrar los ojos; tú has desaparecido en la oscuridad; mantengo los ojos cerrados. Haz un esfuerzo para ser fuerte, éste es el momento que hemos estado aguardando, ...me siento más aprensiva, aunque me parece haber pasado todo esto antes, he colocado los cojines de la forma apropiada, y siento que caigo en una abismo sin fondo... para que puedas verte reflejada en el espejo, para que pretendas ser otra... la luz no está al final del túnel, sino sobre mi cabeza... Abre los ojos, lentamente, no te des prisa; tenemos una eternidad en esta noche de noches... es tan difícil mantener los ojos abiertos con la luz directamente sobre ellos, pero sé que debo llegar al final. Vira la cabeza ahora, déjame guiarla. Mira el espejo, mira ese cuerpo maravilloso bajo el reflector. Súbitamente me doy cuenta de mi respiración entrecortada, de mis manos trémulas... ¿Por qué te estremeces? No, no pienses en eso, concéntrate en otra cosa, en esa figura reclinada que has vislumbrado tantas veces a través de una cortina de oscuridad... ahora abres mi túnica, poniendo al descubierto el corazón rojo sobre mi pecho; siento la suave caricia de tus manos... ¡Qué hermosa eres! ¡Qué rojo es el corazón sobre la blancura de tu piel; cómo te estremeces bajo la luz! ...sí, ahora veo tus manos reflejadas en el espejo, moviéndose sobre la figura reclinada... una desaparece... El sonido de la música ya casi llega al creescendo final; mi mano llega al estuche forrado de terciopelo... Al fin las manos. Sí, las mismas manos que por tanto tiempo me han perseguido en mis más oscuras pesadillas. Oigo la música del Bolero y veo una infinita puerta blanca... casi vacilo. Los latidos del corazón rojo y las enloquecedoras notas de la música llenan la habitación... el tintineo de un móvil, las varillas de acero, las agujas para tatuajes... sostengo la daga con ambas manos y la hundo... o tú sin manos y tu cara detrás del humo de una ofrenda... completamente al mismo tiempo que el crescendo final explota, ahoga un último grito o tal vez una palabra, un nombre... silencio... el tintineo del móvil... el batir de las olas...

Books Available from Gival Press

A Change of Heart by David Garrett Izzo
  1st edition, ISBN 1-928589-18-9, $20.00

  A historical novel about Aldous Huxley and his circle "astonishingly alive and accurate."
  — Roger Lathbury, George Mason University

An Interdisciplinary Introduction to Women's Studies Edited by Brianne Friel & Robert L. Giron
  1ˢᵗ edition, ISBN 1-928589-29-4, $25.00

  A succinct collection of articles written for the college student of women's studies, covering a variety of disciplines from politics to philosophy.

Bones Washed With Wine: Flint Shards from Sussex and Bliss by Jeff Mann
  1st edition, ISBN 1-928589-14-6, $15.00

  A special collection of lyric intensity, including the 1999 Gival Press Poetry Award winning collection. Jeff Mann is "a poet to treasure both for the wealth of his language and the generosity of his spirit."
  — Edward Falco, author of *Acid*

Canciones para sola cuerda / Songs for a Single String by Jesús Gardea; English translation by Robert L. Giron
  1st edition, ISBN 1-928589-09-X, $15.00

  A moving collection of love poems, with echoes of *Neruda à la Mexicana* as Gardea writes about the primeval quest for the perfect woman. "The free verse...evokes the quality and forms of cante hondo, emphasizing the emotional interplay of human voice and guitar."
  — Elizabeth Huergo, Montgomery College

Dead Time / Tiempo muerto by Carlos Rubio
  1st edition, ISBN 1-928589-17-0, $21.00

  Winner of the Silver Award for Translation - 2003 *ForeWord Magazine's* Book of the Year. This bilingual (English/Spanish) novel is "an unusual tale of love, hate, passion and revenge."
  — Karen Sealy, author of *The Eighth House*

Dervish by Gerard Wozek
    1st edition, ISBN 1-928589-11-1, $15.00

    Winner of the 2000 Gival Press Poetry Award. This rich whirl of the dervish traverses a grand expanse from bars to crazy dreams to fruition of desire. "By Jove, these poems shimmer."
    — Gerry Gomez Pearlberg, author of *Mr. Bluebird*

Dreams and Other Ailments / Sueños y otros achaques by Teresa Bevin
    1st edition, ISBN 1-928589-13-8, $21.00

    Winner of the Bronze Award for Translation – 2001 *ForeWord Magazine*'s Book of the Year. A wonderful array of short stories about the fantasy of life and tragedy but filled with humor and hope. "*Dreams and Other Ailments* will lift your spirits."
    — Lynne Greeley, The University of Vermont

The Gay Herman Melville Reader Edited by Ken Schellenberg
    1st edition, ISBN 1-928589-19-7, $16.00

    A superb selection of Melville's work. "Here in one anthology are the selections from which a serious argument can be made by both readers and scholars that a subtext exists that can be seen as homoerotic."
    — David Garrett Izzo, author of *Christopher Isherwood: His Era, His Gang, and the Legacy of the Truly Strong Man*

The Great Canopy by Paula Goldman
    1ˢᵗ edition, ISBN 1-928589-31-6, $15.00

    Winner of the 2004 Gival Press Poetry Award. "Under this canopy we experience the physicality of the body through Goldman's wonderfully muscular verse as well the analytics of a mind that tackles the meaning of Orpheus or the notion of desire."
    — Richard Jackson, author of *Half Lives, Heartwall*, and *Unauthorized Autobiography: New & Selected Poems*

Let Orpheus Take Your Hand by George Klawitter
    1st edition, ISBN 1-928589-16-2, $15.00

    Winner of the 2001 Gival Press Poetry Award. A thought provoking work that mixes the spiritual with stealthy desire, with Orpheus leading us out of the pit. "These poems present deliciously sly metaphors of the erotic life that keep one reading on, and chuckling with pleasure."
    — Edward Field, author of *Stand Up, Friend, With Me*

Literatures of the African Diaspora by Yemi D. Ogunyemi
   1st edition, ISBN 1-928589-22-7, $20.00

   An important study of the influences in literatures of the world. "It, indeed, proves that African literatures are, without mincing words, a fountainhead of literary divergence."
   —Joshua 'Kunle Awosan, University of Massachusetts Dartmouth.

Metamorphosis of the Serpent God by Robert L. Giron
   1st edition, ISBN 1-928589-07-3, $12.00

   "Robert Giron's biographical poetry embraces the past and the present, ethnic and sexual identity, themes both mythical and personal."
   — *The Midwest Book Review*

Middlebrow Annoyances: American Drama in the 21st Century by Myles Weber
   1st edition, ISBN 1-928589-20-0, $20.00

   "Weber's intelligence and integrity are unsurpassed by anyone writing about the American theatre today..."
   — John W. Crowley, The University of Alabama at Tuscaloosa

The Nature Sonnets by Jill Williams
   1st edition, ISBN 1-928589-10-3, $8.95

   An innovative collection of sonnets that speaks to the cycle of nature and life, crafted with wit and clarity. "Refreshing and pleasing."
   — Miles David Moore, author of *The Bears of Paris*

Prosody in England and Elsewhere: A Comparative Approach by Leonardo Malcovati
   1st edition, ISBN 1-928589-26-X, $16.00

   "To write about the structure of poetry for a non-specialist audience takes a brave author. To do so in a way that is readable, in fact enjoyable, without sacrificing scholarly standards takes an accomplished author."
   —Frank Anshen, State University of New York

Secret Memories / Recuerdos secretos by Carlos Rubio
   1st edition, ISBN 1-928589-27-8, $21.00

   "From the beginning, the reader feels pulled into the narrator's world and observes, along with him, a delicate, beautiful, and vulnerable universe as personal and intimate as a conversation between lovers."
   — Hope Maxell Snyder, author of *Orange Wine*

The Smoke Week: Sept. 11-21, 2001 by Ellis Avery
1st edition, ISBN 1-928589-24-3, $15.00

Writer's Notes Magazine 2004 Book Award—Notable for Culture.
Winner of the Ohioana Library Walter Rumsey Marvin Award
"Here is Witness. Here is Testimony."
— Maxine Hong Kingston, author of *The Fifth Book of Peace*

Songs for the Spirit by Robert L. Giron
1st edition, ISBN 1-928589-08-1, $16.95

This humanist psalter reflects a vision for the new millennium, one that speaks to readers regardless of their spiritual inclination. "This is an extraordinary book."
— John Shelby Spong, author of *Why Christianity Must Change or Die: A Bishop Speaks to Believers in Exile*

Sweet to Burn by Beverly Burch
1st edition, ISBN 1-928589-23-5, $15.00

Winner of the 2004 Lambda Literary Foundation Award for Women's Poetry; Winner of the 2003 Gival Press Poetry Award
"Novelistic in scope, but packing the emotional intensity of lyric poetry..."
— Eloise Klein Healy, author of *Passing*

Tickets to a Closing Play by Janet I. Buck
1st edition, ISBN 1-928589-25-1, $15.00

Winner of the 2002 Gival Press Poetry Award
"...this rich and vibrant collection of poetry [is] not only serious and insightful, but a sheer delight to read."
— Jane Butkin Roth, editor, *We Used to Be Wives: Divorce Unveiled Through Poetry*

Wrestling with Wood by Robert L. Giron
3rd edition, ISBN 1-928589-05-7, $5.95

A chapbook of impressionist moods and feelings of a long-term relationship which ended in a tragic death. "Nuggets of truth and beauty sprout within our souls."
— Teresa Bevin, author of *Havana Split*

Books for Children

Barnyard Buddies I   by Pamela Brown; illustrations   by Annie H. Hutchins
1st edition, ISBN 1-928589-15-4, $16.00

Thirteen stories filled with a cast of creative creatures both engaging and educational. "These stories in this series are delightful. They are wise little fables, and I found them fabulous."
— Robert Morgan, author of *This Rock* and *Gap Creek*

Barnyard Buddies II by Pamela Brown; illustrations   by Annie H. Hutchins
1st edition, ISBN 1-928589-21-9, $16.00

"Children's literature which emphasizes good character development is a welcome addition to educators' as well as parents' resources."
— Susan McCravy, elementary school teacher

Tina Springs into Summer / Tina se lanza al verano by Teresa Bevin; illustrations by Perfecto Rodriguez
1ª edition, ISBN 1-928589-28-6, $21.00

"This appealing book with its illustrations can serve as a wonderful learning tool for children in grades 3-6. Bevin clearly understands the thoughts, feelings, and typical behaviors of pre-teen youngsters from multi-cultural urban backgrounds...."
— Dr. Nancy Boyd Webb, Professor of Social Work, author and editor, *Play Therapy for Children in Crisis* and *Mass Trauma and Violence*

Inquiries: 703.351.0079
Books available via Ingram, the Internet, and other outlets.
Or Write :
Gival Press, LLC / PO Box 3812 / Arlington, VA 22203
Visit: *www.givalpress.com*